Raffaella Ierni

Alla fine di me...
il tuo respiro

Blueberry Edizioni,
La Nuova Casa del Romance

1

Alla forze delle donne
al coraggio degli uomini
a chi ha trovato la determinazione di dire no ai soprusi e
soprattutto a chi quel no lo deve ancora fare suo
a chi mi ha sempre sostenuta dandomi la forza di andare
avanti.

1

Descrivermi, raccontarmi agli occhi di chi non mi conosce, cosa potrei dire?

Inizio col presentarmi: mi chiamo Lalla Ferrari, ho ventisette anni, giornalista per vocazione e passione, poche amicizie ma vere. La mia vita appare perfetta anche se viaggia sui binari della normalità; perfetta se escludiamo il fatto che sono orfana da quando i miei genitori mi sono stati strappati via troppo presto a causa di un incidente stradale e che il mio, ormai ex, fidanzato mi ha lasciata perché non apprezzava le mie scelte lavorative palesando il suo disappunto sulle mie capacità...

Ok, perfetta non è proprio il termine giusto per descrivere la mia esistenza su questo mondo.

Comunque, se proprio vogliamo mettere i puntini sulle i, non mi sto decisamente struggendo per la fine della mia relazione amorosa; più che altro lotto contro la costante delusione e amarezza per essermi lasciata trascinare in un rapporto che probabilmente non sarebbe mai dovuto nascere. La nostra storia è iniziata poco dopo la scomparsa dei miei genitori. Riccardo mi ha trovata in un momento di grande fragilità, ero devastata dal dolore e in lui mi è sembrato di vedere un po' di pace per la mia anima ammaccata dal dolore; col tempo, però, mi è stato chiaro che cercavo di riempire solo un vuoto, mi sentivo sola e sapere di avere due braccia ad aspettarmi mi faceva stare egoisticamente meglio, ma mai un batticuore, niente farfalle nello stomaco, neanche l'ombra di una passione e sicuramente nessun amore travolgente.

Sapevo di non stare vivendo una storia sana e la conferma l'ho avuta quando ho toccato con mano cosa volesse dire la parola amore, anche se solo di riflesso. Ho visto quello che porta questo grande sentimento quando è autentico ed è stata la mia migliore amica, Veronica, a farmi aprire definitivamente gli occhi su quanto fosse sbagliato il mio modo di vivere una relazione.

Anche per la mia amica non è stato facile arrivare alla sua attuale felicità. Siamo amiche inseparabili da sempre, abbiamo condiviso ogni cosa insieme, nel bene o nel male, con i disaccordi e le complicità, sempre una la forza dell'altra. Ora lei è pienamente felice e di riflesso lo sono anche io; ha trovato il suo principe azzurro, anche se l'aspetto del suo fidanzato è più quello del pirata che del principe, però è decisamente più affascinante di qualsiasi personaggio delle favole. Io e Miriam, la sorella di Veronica, lo abbiamo soprannominato sin da subito Mister sexy-da-morire, e sì, la mia amica è stata decisamente fortunata perché Alex, il suddetto figo, oltre ad essere innegabilmente bello ha anche la capacità di guardarla come fosse la cosa più bella e preziosa del mondo; è pura adorazione quella che si avverte quando i suoi occhi si posano su di lei.

Ora, però, il punto dolente, perché ce n'è sempre uno, indipendentemente dalla qualità della favola: la loro invidiabile storia d'amore porta con sé un ingombrante quanto invadente personaggio, Massimo, che altri non è che il miglior amico di Alex; per questo motivo me lo ritrovo sempre tra i piedi, fortuna vuole che tra poco partirò per un reportage in Africa, almeno per un po' farò a meno delle sue "attenzioni", che risultano spesso poco eleganti.

Sì, perché il suo modo di reclamare la mia attenzione mi imbestialisce e al contempo mi imbarazza da morire; quel suo sorrisetto studiato ad arte mi fa impazzire, e il fatto che sembri sempre appena uscito da una copertina di GQ è irritante e ingiusto per il resto della popolazione maschile, perché Massimo è bellissimo e ne è perfettamente consapevole, nonché compiaciuto.

Ora, però, bando alle chiacchiere, mi devo preparare e sono in perfetto ritardo. È la notte di Capodanno e sono lontanamente vicina dall'essere pronta per i festeggiamenti; odio l'ultimo dell'anno, non mi è mai piaciuto il divertimento a comando, perché sembra che in notti come questa ridere e divertirsi sia assolutamente necessario. Comunque non ho voglia di divagare, ho promesso alla mia amica che ci sarei stata e io mantengo sempre le mie promesse. Abbiamo optato per una serata abbastanza tranquilla, niente discoteche o mega feste platinate; un bellissimo locale nei pressi di Villa Borghese è stata la nostra scelta.

Ora vi starete sicuramente chiedendo cosa ci faccia io in compagnia della coppia felice. Farò la sfigata reggi-moccolo? Vi rispondo subito di no, anche io ho il mio cavaliere per il ballo. Chi? Ecco, qui entra in gioco la mia naturale capacità di mettermi deliberatamente in situazioni a dir poco scomode. Se ancora non fosse chiaro, il mio cavaliere per l'occasione altri non è che Massimo. Sì, proprio lui, il suddetto bellissimo e arrogante "amico degli sposi".

Non so neanche io come sia riuscita a farmi convincere dalla mia amica manipolatrice, ma a mia discolpa posso giustificarmi dicendo che Veronica è un'ottima psicologa, che conosce la mente umana e i suoi meccanismi e che è dotata di ottime capacità di persuasione, almeno è quello che continuo a ripetermi per autoconvincermi di non essere una pazza sociopatica.

Per essere del tutto onesta, almeno con me stessa, devo ammettere che ultimamente Massimo si è rivelato essere anche sensibile e a suo modo protettivo. Ho cominciato a vedere altro al di là della sua sfacciataggine; le sue battutine, spesso spudorate, vengono sostituite da parallelismi toccanti ogni volta che mi vede triste o angosciata. A differenza di Riccardo, lui sembra rispettare le mie scelte lavorative; oserei anche dire che ne è interessato e affascinato, a suo modo mi incoraggia spingendomi a non avere rimpianti...

Ho iniziato a rivalutarlo, anche se non del tutto, il giorno del pranzo di Natale a casa dei genitori di Veronica, quella che ora è l'unica famiglia che mi resta. La giornata di festa non era riuscita a distaccarmi dal mio stato di inspiegata apatia: il non capire perché mi sentissi tanto giù di morale mi rendeva insofferente, ed è stato allora che Massimo è intervenuto in mio soccorso, pur non riferendosi direttamente alla sottoscritta. Ha intavolato un discorso su quanto sia importante l'appoggio delle persone che ci circondano quando un militare si appresta a partire per una missione; le parole che ha usato e la forza con cui le ha pronunciate mi hanno magicamente risvegliata, in quel momento ho capito che voleva alleggerire il mio precario stato d'animo. Restando in silenzio l'ho ringraziato, è bastato solo guardarlo... Ora però basta con le chiacchiere, è arrivato il momento di prepararsi per la grande serata.

Guardo il mio vestito, che aspetta solo di essere indossato: ho optato per il nero, perché ritengo rappresenti il massimo dell'eleganza. Il corpetto a forma di cuore e senza spalline è ricoperto da un leggero strato di punti luce, fili di stoffa sottilissimi che si intrecciano tra loro sono tutto quello che andrà a disegnare la mia schiena e la lunga gonna di raso è tagliata da un vertiginoso spacco laterale, che si rivela solo camminando. Mi piace molto, lo trovo accattivante e sexy, ma allo stesso tempo elegante e per nulla volgare. Una volta truccata lo indosso, completandolo con un paio di decolté nere con un vertiginoso tacco a spillo. Vista l'altezza del mio accompagnatore, ho dovuto per forza di cose scegliere qualcosa che non mi faccia apparire come una nanetta, consapevole comunque che la differenza tra noi sarà ugualmente evidente.

Mi guardo allo specchio e quello che vedo non mi fa entusiasmare, ma in fondo non lo fa mai. Ho sempre avuto un brutto rapporto con la mia immagine e il mio corpo, nonostante i ripetuti apprezzamenti delle persone che mi circondano e mi frequentano io continuo a non piacermi appieno. Ho un conflitto perenne con il mio riflesso.

Decido volutamente di non soffermarmi oltremodo su quello che è il risultato del mio impegno nel prepararmi, distolgo lo sguardo dallo specchio, metto il necessario nella piccola borsa che completa il mio look e lascio il mio appartamento, pronta ad affrontare il mio cavaliere.

2

Aprendo il portone della palazzina dove vivo, la prima cosa che vedo è lui. Appoggiato al cofano della sua Mercedes Coupé nera fiammante, devo ammettere che è indubbiamente bello nel suo completo blu notte; la camicia bianca che si intravede sotto il gilet damascato gli illumina il viso, nonostante le ombre che rivestono la sera i suoi occhi grigi spiccano come due fari, le mani in tasca gli conferiscono la sua naturale aria sexy e sicura di sé. Appena mi vede, abbandona la sua posizione andando ad aprire lo sportello del passeggero e invitandomi a raggiungerlo. Quando gli sono di fronte, ecco che appare sulle sue labbra il suo inconfondibile sorrisetto mischiato all'inconfondibile profumo che richiama l'odore del mare.

«Sei un bello spettacolo, fiorellino», afferma prima di strizzare un occhio con fare ammiccante.

«Lalla! Io mi chiamo Lalla e non fiorellino», rispondo acida, senza dare importanza a quello che voleva essere un suo complimento.

«Se questi sono i presupposti, prevedo una lunghissima serata», ribatte piccato ma per nulla intimorito dal mio modo di fare, richiudendo lo sportello dopo essermi accomodata al mio posto.

Avvolgo il cappotto su me stessa come a volermi proteggere dal suo sguardo, che noto imbarazzarmi e infastidirmi in egual misure.

«Hai dormito con il sederino scoperto o è solo quel periodo del mese?», chiede, mettendo in moto e immettendosi sulla strada.

Poi continua a sparare le sue assurdità senza darmi il tempo di replicare.

«Che poi non capisco perché avere il ciclo mestruale vi innervosisca tanto. Lo avete tutti i mesi, dovreste imparare a sopportarlo e gestirlo, che sarà mai!»

Sono sempre più allibita dalle scemenze che riesce a sciorinare con tanta naturalezza e superficialità.

«Non che siano affari tuoi, ma sei proprio fuori strada. Qui l'unica cosa fastidiosa sei tu con i tuoi vaneggiamenti».

Senza scomporsi minimamente, continua a guidare sciolto e disinvolto.

«Fiorellino, dovresti lavorare un po' sulla tua sconvolgente simpatia», aggiunge enfatizzando il nomignolo che mi ha affibbiato, sapendo perfettamente di infastidirmi.

«Io non devo lavorare proprio su niente. Si dà il caso che solitamente risulti essere molto simpatica, è solo con te che la mia predisposizione al conversare amabilmente si annulla. Tu sei come la sabbia nelle mutande, tendi a infastidire».

Ovviamente, ogni mia affermazione non lo scalfisce minimamente, e il suo risultare sempre così sicuro di sé inspiegabilmente mi fa innervosire.

«Mi spezzi il cuore, fiorellino. Per me che ho sempre puntato sulla mia naturale empatia con gli altri, le tue parole sono un duro colpo», aggiunge con fare teatrale toccandosi il cuore.

È veramente un cretino, bellissimo ma sempre un cretino.

«Non credo che sia uno dei tuoi pregi, mi dispiace abbattere le tue sicurezze, ma non sei simpatico. Risulti invece solo un buffone che crede di far colpo sulle donne con qualche battutina studiata ad arte, un Narciso che ha la certezza di veder cadere tutte ai suoi piedi. Con me ti risparmio la fatica di continuare con la tua recita, sicuramente messa in scena tante volte: non cadrò mai ai tuoi piedi e puoi scommetterci che non diventerò il prossimo trofeo di cui poi andrai a vantarti con gli amici».

Mi rendo conto di risultare veramente antipatica, ma in fondo chi se ne frega, sono certa che le mie parole non gli facciano né caldo né freddo. Non controbatte questa volta, il che mi destabilizza. Noto le sue mani assumere una presa più ferrea intorno al volante; resta ancora in silenzio e ciò mi induce a guardarlo. Ha perso la sua espressone rilassata, la mascella si contrae in modo vistoso, e questo mi porta a rimproverarmi mentalmente per aver dato un giudizio che ora mi rendo conto essere stato superficiale. L'ho additato come un donnaiolo senza morale pur non avendone il diritto. Sto per scusarmi quando la macchina si ferma, accorgendomi così che siamo arrivati a destinazione.

«Puoi scendere qui. Io cerco parcheggio, non vorrei che la mia prossima ipotetica scopata si rompa una gamba cadendo dai suoi tacchi; sai, le mie vittime di solito cadono in ginocchio solo in determinate circostanze».

Per quanto cerchi di non darlo a vedere, il suo tono di voce lo tradisce: è offeso e irritato. Mi ritrovo a chiedermi perché con lui sia sempre scontrosa e antipatica, in fondo non ha mai fatto niente per farsi odiare da me, però sono la sua esuberanza e sicurezza a farmi innalzare dei muri nei suoi confronti. Tendo ad attaccarlo e a giudicarlo sempre male, anche senza volerlo; le mie battute tendevano a offenderlo e forse volevo solo testare quanto in là mi potessi spingere, ma ho capito di essere andata oltre e ora mi sento una grandissima stronza superficiale.

Veronica e Alex ci stanno aspettando all'entrata del locale. La mia amica, vedendomi, si acciglia subito: ci conosciamo troppo bene per non accorgerci quando qualcosa non va.

«Lalla, tutto bene?»

«Benissimo! Ora entriamo, che fa un freddo tremendo».

La sorpasso senza aggiungere altro, manifestando ulteriormente la mia inopportuna stronzaggine.

Vengo immediatamente inghiottita da un ambiente fiabesco, che poco si addice al mio stato d'animo: ci troviamo a Villa Borghese, in un ristorante rinomato ed elegante che oggi è reso festoso da decorazioni ricercate e regali. Candele e grandi stelle di Natale bianche adornano ogni angolo, e la musica regalata dalle note di un pianoforte conferisce al tutto un'atmosfera molto piacevole, facendomi percepire un leggero rilassamento.

Una volta depositati i nostri cappotti, veniamo indirizzati al nostro tavolo. Nel frattempo, anche Massimo ci ha raggiunti, e anche se dal suo viso traspare ancora un po' di nervosismo, è comunque evidente lo sforzo che sta facendo per apparire tranquillo e rilassato. I nostri amici ci osservano interrogandosi silenziosamente sul perché del nostro strano stato d'animo, e io ringrazio che non facciano domande alle quali, tra l'altro, non saprei come rispondere. So che per ora Veronica sta solo rimandando, me lo dice il suo sguardo, e so che non mi potrò sottrarre al suo futuro interrogatorio. Per ora, però, il mio pensiero è solo quello di trovare il modo per scusarmi con il mio accompagnatore e cercare di recuperare questa serata; non ho alcuna intenzione di rovinare anche questo giorno di festa con il mio muso lungo, mi è bastato avergli già intossicato il Natale.

Alex sembra capire la situazione, per questo invita la mia amica, che stasera è veramente incantevole, ad alzarsi e seguirlo, permettendoci così di restare soli.

«Torniamo subito», ci informa, rivolgendosi però direttamente a Massimo.

«Fai con calma, amico», gli risponde con un sorriso tirato che non arriva agli occhi.

Rimasti nuovamente soli, l'aria si fa subito imbarazzante ed è Massimo ad annullare il silenzio.

«Lalla...»

Lo interrompo immediatamente, perché sento il bisogno di iniziare con le mie scuse.

«No, Massimo, ascolta prima me. Io detesto chi tende a giudicare le persone additandole con stereotipi, ma con te ho fatto proprio questo e il motivo mi è incomprensibile».

Faccio un respiro profondo per rafforzare il mio tono di voce, che va ad affievolirsi ogni secondo di più.

«Ti chiedo scusa, non era mia intenzione offenderti».

Vorrei dire tante cose, ma proprio non ci riesco. Lui mi guarda con quei suoi bellissimi occhi grigi che sembrano avere la capacità di leggerti l'anima. Ora il suo volto appare più rilassato, e mi rincuora sapere che almeno scusandomi sono riuscita a rimuovere dal suo bel viso un po' di amarezza.

Inaspettatamente la sua mano si posa sulla mia, coprendola completamente. Fisso confusa questo nostro contatto ma non mi sottraggo al suo tocco, poi due pozze argentee e magnetiche catturano la mia attenzione. Spingendosi verso di me, porta i nostri visi vicinissimi; il modo in cui pretende la mia attenzione è surreale, un sorriso appena abbozzato accompagna le sue parole.

«Accetto le tue scuse, ma ho bisogno di farti capire una cosa. È vero, le donne non mi sono mai mancate, forse anche grazie alle mie battutine, e adoro farle cadere ai miei piedi...», afferma strizzandomi l'occhio e provocandomi un leggero imbarazzo, essendo stato volutamente malizioso.

«Ma, e sottolineo ma, non ho mai considerato una donna come un trofeo di cui vantarsi con gli amici. La mia intimità resta sempre solo mia. Io rispetto l'essere umano in generale, soprattutto le donne, non mi sognerei mai di sminuirle o esporle ai giudizi di altri».

Improvvisamente allunga le distanze e leva la mano che scaldava la mia, togliendomi la tranquillità che mi aveva donato. Avverto il senso di perdita e non riesco a spiegarmi il perché di tale reazione.

«Tu sei una ragazza bellissima e intelligente, solo uno stupido non ci proverebbe con te e io non mi ritengo uno stupido, ed è proprio per questo che capisco anche quando è il momento di mollare. Tu non sei pronta a una relazione, che sia seria o meno; hai bisogno di ritrovare te stessa ed è assolutamente logico, considerando il tuo passato. Quindi direi che è il caso di azzerare tutto e lasciare tutto nelle sapienti mani del tempo e del destino...»

A questo punto dovrei sentirmi soddisfatta, ma non so perché il fatto di sapere che ha percepito la mia riluttanza nell'avere una qualsiasi tipo di relazione mi porta ad avvertire un senso di delusione. Fino a un minuto fa era questo il punto in cui volevo arrivare, ma ora non lo so più. Le mie contraddizioni interiori non riesco a capirle nemmeno io, se da una parte so di non avere voglia delle sue attenzioni, dall'altra invece le ricerco...

Che confusione!

«Ti ringrazio per aver capito e...»

Vengo bruscamente interrotta da un improvviso mormorio e agitazione generale. Massimo distoglie l'attenzione dal nostro tavolo, girandosi nella direzione che poco prima hanno preso i nostri amici. Istintivamente ci dirigiamo verso la fonte che ha catturato l'attenzione dell'intero locale.

Arrivati sulla terrazza, resto basita: Alex tiene per il colletto della camicia Thomas, l'ex fidanzato di Veronica, ringhiandogli in faccia.

«Non la devi guardare! Non la devi toccare! Non la devi cercare! E, se possibile, non la devi neanche pensare!»

Sono queste le parole che in modo chiaro e accorato gli alita in faccia. Non so cosa ha scatenato questa sua ira, so comunque per certo che quel cretino di Thomas ne avrà combinata un'altra delle sue; l'ho sempre ritenuto un pallone gonfiato narcisista, per questo non ha mai avuto la mia simpatia.

Cerco Veronica con lo sguardo e non devo andare troppo lontano, in quanto è proprio dietro il suo uomo, che con la sua mole la sovrasta e protegge. L'intera sala è intimidita e scoraggiata dall'intervenire, Alex furioso mette effettivamente soggezione. Massimo, però, è un'altra storia: non perde tempo e interviene tempestivamente cercando di sedare gli animi. Anche lui, come Alex, ha una fisicità importante, pur essendo più longilineo; si mostra tranquillo e per nulla preoccupato da una possibile reazione negativa del suo amico.

Alex, però, ricorda una bestia a cui stanno sottraendo la preda. Thomas, nella sua limitata intelligenza, continua a sottovalutarlo dichiarandolo un pazzo, e Alex avalla la sua teoria mettendolo in guardia.

«Faresti bene a ricordarlo la prossima volta che incontri la mia donna».

E non c'è niente da aggiungere. Il grande e grosso Mister sexy-da-morire ha finalmente palesato i suoi pensieri, dichiarando pubblicamente come la pensa; il modo e il tono in cui ha sottolineato il suo possesso non è spinto dal dominio o dall'orgoglio di maschio, lui la ama anche se probabilmente ancora non ne è perfettamente consapevole, e alle mie stesse conclusioni sembrano essere arrivati anche la mia amica e Massimo. Per un momento lui resta stupito dall'atteggiamento di Alex, ma si riprende comunque in fretta; lo vedo alzare gli occhi al cielo e sorridere affettuosamente, si capisce che gli vuole bene e che è sinceramente felice per lui.

Con una pacca precisa sulle spalle lo allontana da Thomas.

«Ok, amico, abbiamo chiarito il concetto. Ora, però, diamoci una calmata!»

L'ex fidanzato di Veronica finalmente si allontana con la coda tra le gambe accettando la sconfitta e gli animi si calmano.

Guardo Veronica e so che in questo momento il suo unico pensiero è rivolto alle parole del suo uomo. Sono felice per lei, ha trovato il grande amore, ha accanto a sé una persona che sono certa la proteggerà per sempre...

Tornando al nostro tavolo l'atmosfera resta comunque tesa; i nostri amici sono con la testa altrove, sicuramente non vedono l'ora di restare da soli e chiarirsi definitivamente.

Io e Massimo sentiamo di essere di troppo, e poi avvertiamo ancora la distanza per il momento di chiarimento che stavamo vivendo fino a poco tempo fa. Decidiamo così di non prolungare ulteriormente una serata che nessuno di noi vuole continuare a vivere, per questo dopo il consueto brindisi al nuovo anno abbandoniamo di comune accordo i festeggiamenti.

Una volta in macchina Massimo adotta il silenzio e io seguo il suo comportamento; il mio atteggiamento è anche dovuto al fatto che non riesco a trovare nessun argomento di conversazione. Ho voluto e cercato un suo allontanamento, ma ora che l'ho ottenuto non sono più sicura di aver ottenuto quello che io stessa credevo di desiderare...

3

Massimo

Guido in un silenzio surreale.

Non capisco perché non riesco a farmi scivolare addosso le sue parole e quello che in realtà pensa di me. Sono sempre stato indifferente al giudizio della gente, nessuna battuta o offesa mi ha mai toccato particolarmente e ho imparato che l'indifferenza e il sarcasmo sono le armi migliori per colpire chi ha la presunzione di giudicarti, ma stasera qualcosa non ha funzionato nel mio modus operandi, forse perché per la prima volta i giudizi venivano da una persona alla quale tengo. Sì, a me il suo giudizio interessa, e sapere che mi vede come un don Giovanni incallito e stronzo mi infastidisce parecchio.

In vita mia non ho mai avuto l'intenzione o la voglia di giocare con i sentimenti delle persone, né tantomeno denigrare le donne con le quali vado a letto; non ho mai sentito la necessità di vantarmi delle mie conquiste e sicuro come la morte non vado in giro a spiattellare la mia vita privata. Il fatto che lei possa pensare che per me le donne sono trofei di cui vantarmi con gli amici mi fa incazzare. Ma per chi mi ha preso?

Poi sarei curioso di sapere come è giunta a tale conclusione. Sono certo di non averle mai dato un'impressione tanto negativa di me, a parte qualche battutina a doppio senso non sono mai sconfinato nella volgarità, eppure non è un'idea molto appagante quella che si è costruita su di me.

Da quando la conosco ho avuto modo di osservarla ed ascoltarla molto: è una donna che nonostante la sua giovane età ha sofferto già abbastanza, questo l'ha portata a costruirsi immaginari muri di difesa, ha una necessità quasi morbosa nel volersi proteggere dal dolore e dalle delusioni.

Ha catturato le mie attenzioni dal giorno in cui Veronica ci ha fatti conoscere: quel giorno eravamo in un bowling e al suo fianco c'era ancora l'ingombrante e fastidioso ex, un coglione patentato; capiamoci, non lo definisco così perché sono affetto da onnipotenza e arroganza, ma per il modo in cui non è riuscito mai a capirla, apprezzarla e sostenerla, non è mai riuscito a farla sbocciare, perché Lalla è ancora un bocciolo che si appresta ad aprirsi per poter rivelare il bellissimo fiore che diventerà.

Ora che ci penso, ricordo che anche in quell'occasione Thomas ha fatto la sua comparsa in una scenata ridicola: quella sottospecie di Big Jim dei poveri ha la facoltà di materializzarsi sempre in momenti sbagliati, ma dopo stasera credo proprio che resterà solo un ricordo poco gradito. Comunque è stato proprio l'intervento di Thomas ad accendere lo sguardo spento e apatico di Lalla, quella sera. Ha acceso delle emozioni in lei: rabbia e ostilità, l'ho vista trasformarsi in una mamma orsa pronta a difendere il suo cucciolo, si è palesato tutto l'affetto per la sua amica, per lei era pronta a tutto pur di proteggerla. Quello è stato l'esatto momento in cui ho cominciato a guardarla davvero. Ho capito che può trasformarsi in una combattente se le si toccano le cose a cui tiene e mi è stato subito chiaro che il suo rapporto con Riccardo non rientrava tra i motivi per cui battersi; ne ho avuto conferma anche col tempo, nessuna scintilla l'ha mai attraversata guardando quello che doveva essere il suo uomo.

Mi sono domandato più di una volta del perché di quel rapporto spento e privo di passione e ho cominciato a desiderare di essere io ad accendere il suo sguardo, ad immaginare quali sfumature avesse preso il celeste dei suoi occhi se toccata dal desiderio e dalla voglia di vivere a pieno la sua vita, sì perché a questa ragazza bellissima manca il fuoco e io non ho fatto altro che cercare di accendere quella fiamma da quando la conosco. A quanto pare, fallendo miseramente, considerando gli scarsi risultati e facendo riferimento alla bassa considerazione che dichiara per il sottoscritto...

Il viaggio in macchina che mi vede riaccompagnarla a casa è stato silenzioso, accompagnato esclusivamente dalle note delle canzoni trasmesse alla radio, e ora che mi appresto a parcheggiare mi rendo conto che avrei potuto sfruttare il tempo a nostra disposizione in modo più proficuo.

So che è prossima a partire per un reportage in Africa e probabilmente questa è l'ultima volta che ci vediamo, considerando anche la programmazione della mia imminente missione; passeranno mesi prima che le nostre strade si incontrino di nuovo.

«Sei pronta per la tua partenza?»

Decido di accantonare il mio orgoglio ferito e decido di dare fine a questo ridicolo mutismo, anche se l'unica cosa che vorrei dirle è che stasera è bellissima nel suo vestito sexy, che la sua schiena seminuda è stata una costante distrazione per tutta la sera e che le mie mani mi hanno supplicato continuamente di farsi strada tra quei fili di stoffa per reclamare la sua pelle...

Però abbraccio l'argomento lavoro di proposito, perché al momento sembra essere l'unica cosa ad emozionarla davvero.

Infatti, ecco che sul suo viso si accende un tiepido sorriso e la sua postura finora rigida tende a rilassarsi.

«Sì e no».

«Che vuol dire? Non sei più convinta di andare?», chiedo un po' confuso; mi sembrava entusiasta all'idea di questo lavoro.

«No, non mi fraintendere, io sono convinta di voler andare. Il fatto è che a volte mi domando se mi sto imbattendo in qualcosa di più grande di me e delle mie capacità, l'ignoto un po' mi spaventa».

Ed ecco che nonostante l'amore per il suo lavoro emerge quell'insicurezza che altri le hanno inflitto con maestria. So che per settimane il suo collega ed ex fidanzato le ha ripetuto all'infinito che questo incarico non era alla sua portata, quando invece, a mio parere, avrebbe solo dovuto incoraggiarla e sostenerla.

Questo non fa altro che confermarmi che non l'ha mai amata, o almeno non come sarebbe giusto amare. Certo, con i sentimenti non esistono regole scritte, ma sono convinto che non si debba mai tarpare le ali alla persona che abbiamo accanto, indipendentemente dal fatto che si condividano o meno determinate scelte; la paura di perdere il controllo di chi abbiamo scelto di amare non deve vincere assolutamente sul concedere sempre la libertà di scelta. L' egoismo cozza con l'amore ed il rispetto.

«Tu pensi che non provino le tue stesse paure anche gli altri, quando si apprestano ad affrontare qualcosa di nuovo? Tutti hanno paura, anche chi afferma di non averne, senza la paura si è solo incoscienti...»

Appoggio la testa sul sedile e mi concentro sul buio della notte che ci circonda, solo perché so che se mi soffermassi sui suoi occhi e sul suo viso non è di parlare che avrei voglia. Posso anche averle detto che ho smesso di provarci, ma il mio corpo non nega quanto questa ragazza riesce ad attrarmi.

«A ogni nuova missione che mi appresto ad affrontare, ho una naturale paura anche io, ma non mi lascio sopraffare da lei, perderei in partenza; l'affronto lasciandomela amica, perché è grazie a essa se resto vigile, però non la lascio vincere o sarei spacciato. Quindi tieniti la tua paura, ma affiancala alla determinazione e alla voglia di giustizia, e vedrai che sarai tu la sola padrona del tuo destino e dei tuoi successi».

Faccio l'errore di girarmi e guardarla, e quello che percepisco non è più astio o fastidio nei miei riguardi ma qualcosa che è più vicino alla stima e all'attrazione. La guardo e confermo di trovarla bellissima con i suoi capelli neri che fanno da contrasto a due occhi a mandorla di un azzurro intenso. Le sue labbra leggermente socchiuse sono un vero richiamo alla mia bocca, il mio amico là sotto inizia a dare segni di vita ed è necessario che io faccia qualcosa per uscire da questo momento al limite dell'imbarazzo. Le soluzioni sono due: cedere al mio istinto e trascinarla a cavalcioni sopra di me per poi divorarla come desidero, oppure spegnere ogni pagliuzza di desiderio facendo ricorso a qualche battuta idiota. Per quanto io sia più propenso per la prima ipotesi, è sulla seconda che faccio affidamento.

«Allora, fiorellino, vuoi che ti accompagni fino alla porta di casa? Ma ti avverto che in tal caso mi aspetto il bacio della buonanotte...»

Le dedico un occhiolino sfacciato, certo che così la farò innervosire e imbarazzare, ma Lalla mi sorprende non facendosi indispettire e sfoderando una delle sue smorfie, che ormai ho iniziato ad apprezzare.

«Ti ringrazio per la gentile offerta, ma non ho bisogno di essere scortata e soprattutto non ho alcuna intenzione di dispensare baci della buonanotte a nessuno, men che meno a te».

Bugiarda! Tu i miei baci li prenderesti eccome.

Lo penso ma non glielo dico, per oggi l'ho punzecchiata abbastanza.

«Buonanotte, fiorellino».

«Buonanotte, soldato».

Mi strappa una risata, so che ha deliberatamente scelto questo appellativo con l'intento di sminuire i miei gradi di ufficiale, ma al di là di tutto io resto comunque un soldato, per questo non mi sento minimamente offeso. Per avallare il suo saluto, invece, le porgo il classico saluto militare accompagnato dal migliore dei miei sorrisi; un leggero rossore imporpora le sue gote, forse non è ancora il momento per un approccio tra noi due, ma non le sono indifferente e per ora me lo faccio bastare.

Aspetto in macchina fino a che non scompare all'interno della palazzina. Solo quando vedo la luce provenire dalla sua finestra capisco che per ora è al sicuro; un'ultima occhiata ed eccola la sua figura minuta che cerca di celarsi dietro una tenda, la riprova che mi sta cercando ancora.

Metto in moto e parto automaticamente. Le mie labbra si tirano all'insù in un sorriso che ha il sapore della speranza. Non scapperai ancora a lungo, fiorellino...

4

«Lalla, per favore, non ti sto mica chiedendo la luna. Domani partirai e non so quando ti rivedrò. Accontentami».

Veronica mi ha dedicato tutta la giornata in previsione del mio viaggio in Africa, ma il modo in cui vuole concludere la serata non rientra tra i miei piani.

Dopo aver provveduto agli ultimi acquisti utili al mio prossimo soggiorno e averle raccontato il perché del mio malumore la sera di Capodanno, abbiamo pranzato nel nostro bistrò preferito, dove ci hanno poi raggiunte Miriam, sua sorella e mia cara amica, e i suoi genitori, che ci tenevano a salutarmi di persona. Abbiamo deciso di passare il pomeriggio facendoci coccolare in una spa, immerse tra profumi di oli essenziali e candele che sprigionano odori rilassanti e freschi; continuiamo a godere delle bollicine derivanti da una vasca idromassaggio, ma benché in questi casi sia suggerito il silenzio, la mia amica è impegnata in un attacco per convincermi in un proseguimento che io non mi sento di affrontare.

Il suo piano prevede di raggiungere l'appartamento di Alex per mangiare una pizza tutti insieme, solo che per "insieme" non intende noi tre, ma anche l'onnipresente figura di Massimo.

Non l'ho più visto e sentito dalla notte di Capodanno, ha mantenuto la promessa di starmi lontano. Ho apprezzato il fatto che abbia assecondato le mie volontà, però uno strano stato di amarezza mi colpisce se penso che nel frattempo non si sia dato alla castità, e mi rattrista l'immaginare che non si stia struggendo per un mio rifiuto. E nel pensarlo ammetto che il saperlo con un'altra mi dà un po' fastidio. Ok, va bene, più di un po', e questa è la cosa più ridicola, visto che tra noi non c'è stato e non ci sarà mai niente proprio per mia volontà.

«Lalla, mi stai ascoltando?»

No! Stavo solo delirando.

Tengo per me le mie elucubrazioni mentali.

«Scusa, ero sovrappensiero. Cosa mi hai chiesto?»

La mia amica mi studia come fossi pazza e non la biasimo, visto il binario che avevano preso i miei pensieri ridicoli.

«Ti dicevo che Alex e Massimo faranno un po' tardi al lavoro e possono raggiungerci solo in tarda serata».

Sbuffa per la mia scarsa attenzione e poi continua nella sua opera di convincimento.

«Sarai contenta almeno di sapere che la tua tortura durerà meno del previsto».

La vedo un tantino amareggiata e delusa; consapevole che il mio atteggiamento alquanto infantile le reca dispiacere, cerco di rimediare.

«Veronica, lo sai che stare con te non è mai un sacrificio, al contrario semmai, e in questo periodo mi sono anche affezionata alla montagna di muscoli di cui ti sei innamorata...»

«E di Massimo che mi dici?»

Già, e Massimo? Bella domanda. Non posso dire di odiarlo e nemmeno di trovarlo poco piacevole, sarei un'ipocrita patentata. Quello che provo in sua presenza è un mistero. Da un lato trovo molto stimolante relazionarmi con lui, perché non è solo molto affascinante, ma anche indiscutibilmente intelligente; ha la rara abilità di saper ascoltare e capire le persone, di capire me, e sento che se lo lasciassi fare saprebbe leggermi nel profondo, e questo mi destabilizza. Il rovescio della medaglia, però, prevede sempre un "ma": un po' mi intimorisce, un po' mi irrita e un po'... non lo so nemmeno io...

«Massimo cosa? È un vostro caro amico, ed essendo io la tua migliore amica sono consapevole di doverlo frequentare, volente o nolente, e per me è ok, va bene?»

La mia risposta appare fredda e distaccata, però voglio anche rassicurarla, non vorrei mai che per colpa mia i loro rapporti si incrinassero; è assodato che non ho alcuna intenzione di far scegliere ad Alex e Veronica da che parte stare, sarebbe assurdo obbligarli a stabilire con quale amico passare il tempo. Per questo l'unica cosa da fare è comportarsi da persona matura e interagire con la costante presenza di Massimo, in fondo è di una stupida cena che stiamo parlando.

Con un evidente miglioramento dell'umore sul viso della mia amica, ci concediamo ancora qualche momento di coccole: ceretta completa e un bel massaggio rigenerante segnano la fine di questo pomeriggio di relax tutto al femminile.

Uscite dalla spa la nostra meta è l'appartamento di Alex. Ordiniamo le pizze e il ragazzo al telefono ci informa che arriveranno per le ventuno: mancano ancora un paio d'ore e così decidiamo di ingannare il tempo con un po' di musica.

«Visto che siamo da sole e non rischiamo di cadere in situazioni imbarazzanti, che ne dici di un aberrante karaoke?»

Veronica propone sempre di cantare quando siamo sole o con Miriam, consapevole delle nostre pessime doti canore. Cantare ci diverte e si è sempre dimostrato un modo per debellare lo stress, ma quando ci dilettiamo in questa attività chi ci ascolta non è propriamente ammaliato dalle nostre voci; diciamola tutta, siamo delle vere campane.

«Alex ha intenzione di traslocare presto? Lo sai che quando cantiamo c'è sempre il rischio che qualcuno allerti le forze dell'ordine...»

Ridiamo di noi stesse come due quindicenni spensierate e senza rendercene conto la tv è già pronta ad assecondare il momento di pazzia. All'inizio optiamo per brani semplici, ma poi ci facciamo prendere la mano come sempre, arrivando a scegliere canzoni via via più improponibili e al di fuori di ogni nostra portata. Quando arriva il momento del remake dei cartoni animati che hanno segnato la nostra infanzia, non resistiamo alla tentazione di buttarci in balletti al limite del ridicolo. Lo so, non cresceremo mai sotto questo punto di vista.

«Stai tranquilla, i vicini di Alex chiudono un occhio visto che lui non è quasi mai in casa; in questo caso staranno sicuramente chiudendo anche le orecchie».

Veronica accompagna le sue rassicurazioni con una risata che non ha nulla di aggraziato.

«E poi parliamoci chiaro, tu discuteresti con l'uomo roccia?»

Continua a ridere nonostante gli occhi a cuoricino ogni volta che nomina il suo amore, però non posso che appoggiarla: Alex, con la sua mole e il suo viso perennemente imbronciato, mette soggezione. Imparando a conoscerlo, però, in lui c'è molto altro che intimidazione.

Continuiamo a cantare a squarciagola incuranti delle nostre doti canore, riuscendo anche a sovrastare il volume alto del televisore e dando il nostro meglio o, per meglio dire, peggio. Ridiamo, cantiamo, stoniamo ogni nota ed è bellissimo sentirsi così leggere e spensierate; solo ora mi accorgo di quanto avessi bisogno di tutto questo, solo lei riesce con la sua spontaneità e dolcezza a farmi stare bene e ad annullare ogni forma di stress o di insicurezza che anche inconsapevolmente mi porto sempre dietro. Chi non mi conosce può tranquillamente definirmi forte e sicura, e la cosa mi sta anche bene, poiché non mi piace mostrarmi fragile; posso affermare che solo pochi intimi conoscono la vera Lalla...

«Ok, ora basta, si fa sul serio», sbuffa Veronica con un po' di fiatone, mentre prova a sistemare i suoi indomabili capelli ricci.

«Stai invecchiando, amica mia! Una volta avresti resistito per ore».

«Non scherzare, ho ancora un po' di voce, ma ho intenzione di usarla per il prossimo step».

«Cioè stanotte con il tuo Mister Muscolo?»

Strizzo gli occhi enfatizzando un tono malizioso.

«Cretina. Con il mio Maggiore uso i miei respiri, non la voce».

Alza gli occhi al cielo come fosse ovvio quello che dice.

«Comunque non è al mio amore che stavo pensando adesso, cioè a lui penso sempre... vabbè, capiscimi... ora, mia cara amica, si BALLA!»

Battiamo il cinque come inequivocabile gesto di intesa e selezioniamo una playlist di canzoni del momento. Prese dall'entusiasmo, o dalla pazzia, fate voi, spostiamo il divano verso il muro preparando lo spazio necessario per la nostra performance e decidiamo che il basso tavolo di legno sarà il nostro palco. Non resistiamo nel continuare solo a cantare, ma stavolta accompagniamo la voce con movimenti fluidi e ben studiati, perché se è vero che siamo campane nel canto, il ballo è decisamente un altro discorso: ballare è sempre risultata la nostra valvola di sfogo, quando ci abbandoniamo al ritmo siamo decisamente nel nostro elemento.

«Vai, amica mia, chiudi gli occhi e fa' uscire la pantera che è in te», urla Veronica da sopra la musica, ancheggiando in modo vergognoso; non me lo faccio ripetere e la seguo a ruota.

«Vedo che tu la leonessa l'hai già lasciata andare. Se ti vedesse Alex in questo momento, gli scoppierebbero le coronarie».

«Mi dispiace deluderti, ma il mio Alex mi ha già visto ballare così... sono stata colta in fragrante qualche giorno fa e posso assicurarti che non è scoppiata alcuna coronaria, ma i fuochi d'artificio», ribatte sfacciata e felice.

È così bella e raggiante, non credo di averla mai vista così viva e radiosa. Se lo merita, è una delle persone più buone e pure che io conosca e l'amore che ora trasuda in ogni cosa che la circonda è la giusta ricompensa per il dolore e le delusioni che in passato ha dovuto subire. Guardandola mi chiedo se anche solo per un istante io sia stata così, e la risposta è una sola: no. La tristezza sulla riflessione della mia esistenza senza brividi causati dalla passione viene fortunatamente risucchiata dalla sua allegria; lei mi contagia con il suo buon umore e io mi lascio andare, chiudo gli occhi e c'è solo la musica ad accarezzare il mio corpo e i miei movimenti.

5

Massimo

«Mi spieghi perché tutto questo mistero sulla prossima missione?»

Io e Alex siamo appena usciti dal Comando Generale dopo una lunga ed estenuante preparazione per il nostro prossimo incarico.

«Lo sai che siamo tenuti al segreto. Perché ti ostini a chiedere, pur sapendo che da me non otterrai niente?»

Quasi ringhia la sua risposta e questo non fa che confermare le mie perplessità, qualcosa non mi quadra per niente. Immagino che ora che nella sua vita c'è Veronica, per lui sarà più difficile partire, ma questo non è tutto; c'è altro, lo conosco troppo bene.

«Mi chiedevo solo perché sei stato blindato per più di due ore nell'ufficio del Generale, in fondo partiremo insieme e non mi spiego perché io non sia stato coinvolto in tutte le riunioni e mi siano stati omessi parecchi dettagli».

«È vero che partiremo insieme e anche la destinazione iniziale sarà la stessa, ma opereremo insieme solo per il primo mese, dopodiché le nostre strade si separeranno, ognuno con un incarico differente. Per favore, ora basta domande».

Diciamo che per ora lascio correre, ma se c'è una cosa che proprio non tollero è quella di essere messo in disparte e di non disporre di tutte le informazioni che mi permettono di essere sempre preparato. So per esperienza che anche il più piccolo dettaglio può fare la differenza nel nostro lavoro e soprattutto che i rischi e gli imprevisti sono sempre dietro l'angolo.

Ancora mi maledico per l'ultimo "incidente", che ha visto il mio amico in bilico tra la vita e la morte; non mi perdonerò mai di non aver individuato per tempo l'ordigno che esplodendo indisturbato lo ha quasi ucciso. Il mio lavoro è prevedere e prevenire le mosse delle cellule terroristiche, ma in quell'occasione ho fallito, per questo ora sono un perfezionista al limite dell'ossessione. Ho giurato a me stesso che non si ripeterà mai più un evento del genere sotto il mio comando, anche se forse può risultare utopistico.

«A proposito della nostra partenza, Veronica non sa ancora niente e preferisco che per il momento continui a non sapere, non voglio farla preoccupare ulteriormente prima del tempo. Voglio godere del tempo che ci rimane in tranquillità».

Sebbene non condivida questa sua scelta, non posso che appoggiarla: ama troppo la sua donna e probabilmente questo è l'unico modo che conosce per proteggerla dalla sofferenza, anche se così facendo continua a trincerarsi dietro la solitudine. Pur amando la sua dottoressa, non ha ancora capito che la condivisione è un punto fondamentale di un rapporto. Deve ancora lavorarci su, ma sono fiducioso; Veronica è riuscita dove tutti hanno fallito, è andata oltre il suo aspetto burbero e il suo carattere chiuso e bisbetico, gli ha fatto scoprire il significato della parola amore e ha saputo donargli tutti i colori di una vita da vivere e non solo accettare di essere per il semplice sopravvivere. Voglio bene come a un fratello a questo energumeno d'amico e non posso che essere felice per lui; se c'è una persona al mondo che merita una possibilità, questa è Alex. Non ho bisogno di assicurargli il mio silenzio con la sua fidanzata, sa perfettamente che in me troverà sempre un amico fidato.

«So che non approvi, ma è già triste per la partenza di Lalla, non mi sembra il caso di darle altre brutte notizie. Al momento giusto glielo dirò io».

E questa frase mi riporta al motivo di questa "riunione" serale.

Salutare Lalla.

È dalla notte di Capodanno che non la vedo e devo ammettere che il mio fiorellino un po' mi è mancato. Adoro stuzzicarla per poi sorprenderla. È… buffa! Mi fa ridere e mi fa eccitare in egual misura. Ho avuto tante donne, per lo più avventure di breve durata, una sola fidanzata quando ero molto giovane, ma nessuna ha calamitato così tanto la mia attenzione… lei è diversa…

Quando arriviamo a destinazione, le scale rimandano un gran frastuono e una musica assordante riempie l'aria.

«Dovresti scegliere con più attenzione i tuoi vicini, amico mio».

Mi rivolgo ad Alex convinto di trovare sul suo volto il giusto disappunto, e invece lo vedo sorridere come un imbecille.

«Non sono i vicini…»

Non aggiunge altro e scrollando la testa divertito apre la porta del suo appartamento. Veniamo investiti dalla musica come da un tornado, ma è la vista di quello che mi si palesa davanti che mi paralizza sul posto. Lalla e Veronica stanno usando il grande tavolo basso davanti al divano come cubo di una discoteca e devo ammettere che non hanno nulla da invidiare a delle ballerine di lap dance professioniste, ma tra le due è solo una che calamita tutta la mia attenzione: lei che è decisamente una campana scordata quando canta ma un'autentica sirena quando si muove.

Non hanno ancora notato la nostra presenza, visto il volume alto dello stereo, e ringrazio il cielo per questo, perché siamo rimasti imbambolati come due salami. Il corpo di Lalla si agita in maniera sinuosa andando perfettamente a tempo con la canzone del momento, *"Move for me"*. È di spalle, quindi inevitabilmente il mio sguardo si sofferma sul suo fondoschiena imprigionato in un legging nero; cavolo, ma dove lo teneva nascosto quel sedere? È spettacolo puro, da copertina: alto e pieno, una vera tentazione per le mie mani, che ora mi trovo costretto a chiudere a pugno. È bellissima! Non mi era ancora mai capitato di vederla così: rilassata, felice, nel suo elemento. Una piroetta e ho modo, per un attimo, di ammirare il suo viso arrossato correlato da un meraviglioso sorriso. Altro che buffa, è... meravigliosa!

«Stai sbavando».

Con tono canzonatorio accompagnato da una brusca gomitata, Alex mi riporta in me, e improvvisamente mi accorgo della necessità di battere gli occhi, anche se guardandolo mi accorgo che lui non sta meglio, me lo dice l'espressione da ebete che ha assunto una volta che ha posato gli occhi sulla sua donna; è completamente andato, cotto a puntino. Se non fossi ancora perdutamente imbambolato sul bel fiorellino che continua a incantarmi col suo corpo sinuoso e sexy, lo sfotterei fino all'esaurimento.

Intanto continuo a osservarla e a pensare che se non fossi in procinto di partire sarebbe lei la mia prossima missione.

La voglio!

La voglio perché è una sfida continua.

La voglio perché è bella senza averne la piena consapevolezza.

La voglio perché sono convinto che con lei potrei impazzire di piacere.

E forse la voglio anche per i suoi rifiuti e voglio che riesca ad ammettere che è desiderio quello che nutre per me e non disprezzo, e poi la voglio perché con lei dovrei impegnarmi in una conquista per nulla scontata.

«Amico, cominci ad essere imbarazzante... Se la vuoi davvero, vattela a prendere prima che te la soffino da sotto il naso... So che il suo ex è tornato all'attacco».

Alex mi strizza l'occhio in modo complice e poi si dirige verso la sua meta, Veronica, che non esita a saltargli al collo riempiendolo di baci e carezze. Per una scena del genere in passato avrei riso a crepapelle, il mio amico è una montagna dall'aria dura e imperturbabile ma con la sua "ragazzina" tra le braccia si trasforma completamente, e il mio cuore che gli vuole bene come a un fratello non può che esserne felice, se lo merita e per un solo momento mi trovo a invidiarlo.

6

«Dottoressa, se il tuo intento è quello di farmi impazzire, ti avviso che ci sei molto vicina».

La voce imponente di Alex ci fa sobbalzare, così concentrate nella musica non lo abbiamo sentito arrivare.

«Ma tu sei già pazzo... di me».

Queste le parole di Veronica prima di saltargli al collo. Lui prontamente e senza esitazione l'afferra, stringendola a sé come il bene più prezioso; il gigante e la bambina, questo sembrano al momento, ma anche due anime che si fondono insieme magicamente. Il loro amore è palpabile.

«Prendetevi una stanza, di questo passo mi farete venire il diabete».

Il proprietario di questa voce sicura e decisa lo riconosco immediatamente. Quando mi volto e lo vedo, non posso non confermare quanto sia bello.

Sempre affascinante.

Sempre perfetto.

«Fiorellino, complimenti e grazie per il tuo interessante intrattenimento».

Sempre fastidioso e irritante.

Mi strizza un occhio, sfoderando uno dei suoi ammalianti sorrisi.

«Grazie, sono felice di aver allietato la tua piatta e triste esistenza».

Sono consapevole di risultare antipatica e un tantino acida, ma i suoi modi di approcciarsi mi fanno sempre perdere le staffe. Non mi riconosco davanti a lui: mi intimidisce, mi rende insicura e il solo modo che conosco per proteggermi è attaccare per non restare ferita.

«Grazie a te per aver reso la mia triste e piatta esistenza decisamente più accettabile ed eccitante».

Nel parlare percorre e accarezza con lo sguardo tutto il mio corpo. La naturalezza con cui accetta ogni mia frecciatina al veleno mi destabilizza.

«Non mi fai paura, piccolo fiore, e la tua lingua tagliente mi piace, anche se avrei in mente modi migliori e sicuramente più piacevoli per tenerla impegnata...»

Sono basita, lo ha detto davvero? Ma questo uomo la conosce la parola "decenza"?

«Sei imbarazzata, principessa?»

Porca miseria, Lalla, di' qualcosa. Sembri uno stoccafisso! E per l'amor del cielo, smettila di fissarlo imbambolata come se avessi di fronte a te una specie di Dio e non il demonio travestito da fotomodello.

La mia voce interiore prova a scuotermi, ma purtroppo senza ottenere risultati.

«Non riesco a crederci, sono riuscito a farti rimanere senza parole... Certo, nel mio immaginario avrei desiderato che ciò avvenisse decisamente in un altro contesto, più intimo per capirci, comunque per ora mi godo il momento».

Mi guarda e sorride. Lui sorride e io continuo a risultare una bambola senza voce.

«Ok, godere non è proprio il termine esatto, perché per quello...»

«Smettila, deficiente!»

La voce baritonale di Alex risuona, risvegliandomi improvvisamente.

«Cosa dovrei smettere, esattamente?»

Massimo si rivolge al suo amico con aria strafottente e per nulla intimidito dal tono usato nei suoi confronti.

«Di dire stronzate e soprattutto di continuare sulla strada che hanno intrapreso i tuoi pensieri», gli risponde, sfidandolo a continuare.

«Almeno aspetta di non avere spettatori», dice poi, offrendogli un'occhiata d'intesa che Massimo sembra apprezzare con un velato sadico piacere.

Ok, mi è perfettamente chiaro che Alex propende interamente dalla parte del suo amico pur non ammettendolo apertamente, visto anche il fulmine che la sua Veronica gli sta lanciando con una sola occhiata di avvertimento.

Il campanello interrompe tempestivamente questo momento al limite dell'imbarazzo. Le nostre pizze sono arrivate, e visto che con la mia amica avevamo già preparato la tavola, non perdiamo ulteriore tempo e ci sediamo per la cena.

Cena che nonostante le premesse si rivela tranquilla e all'insegna delle risate in un clima di totale divertimento e spensieratezza. Ora mi è anche più chiaro il forte legame che esiste tra Alex e Massimo, posso paragonarli alla coppia al maschile di me e Veronica: si spalleggiano, si deridono, ma soprattutto si rispettano profondamente. È sempre gratificante e piacevole vedere e percepire le sensazioni che un sano rapporto, che sia d'amicizia o d'amore, fa emergere; in un certo senso lo trovo rigenerante, considerando che spesso quello che ci circonda o che si osserva è egoismo, menefreghismo e indifferenza.

Conclusa la cena, i saluti sono accompagnati da qualche lacrima indisciplinata. Separarmi dalla mia amica è stato più duro del previsto, ma la consapevolezza che tra qualche

37

settimana ci rivedremo ha poi stemperato quegli attimi di tristezza.

Non avendo la mia macchina, essendo venuta con Veronica, inevitabilmente mi trovo costretta ad accettare un passaggio da parte di Massimo.

Arriviamo sotto il portone del palazzo che ospita il mio appartamento in relativo silenzio; una volta lasciati i nostri amici, l'atmosfera giocosa e rilassata che ci aveva pervaso fino a quel momento si è improvvisamente dissolta. Massimo mi appare stranamente nervoso, e inspiegabilmente la sua naturale verve sembra averlo abbandonato. Quando parcheggia spegnendo il motore per apprestarsi a scendere, lo fermo.

«Non c'è bisogno che mi accompagni oltre, ti ringrazio per il passaggio».

Avverto un'irrefrenabile voglia di scappare per risparmiarmi inutili convenevoli per i saluti, ma le mie parole non sembrano toccarlo. Infatti, come se non avessi aperto bocca, scende dall'auto per raggiungermi dal lato passeggero, dal quale mi sto apprestando a scendere il più velocemente possibile, ma lui mi precede e quando apre lo sportello lo vedo porgermi la mano, invitandomi ad afferrarla. Lo faccio e il contatto provoca immediatamente una sorta di elettricità. Si possono contare sulla punta delle dita i rari momenti in cui siamo stati particolarmente vicini, e comunque nulla di paragonabile a questo segmento di tempo. I suoi occhi grigi e magnetici saettano nei miei senza mai lasciarli andare e il suo naturale profumo che ricorda il mare mi riempie sguardo e polmoni. La tentazione di abbassare gli occhi è forte, eppure mi costringo a non farlo. Quando sono finalmente in piedi davanti a lui sento le mie gambe molli e avverto un cedimento, ed è allora che un braccio forte e rassicurante mi avvolge completamente la vita.

Appare tutto come al rallentatore. L'attenzione dei nostri sguardi si alterna tra occhi e labbra, ho piena consapevolezza che tutto questo sfocerà in un bacio e la cosa mi spaventa e agita, divisa a metà con i miei desideri: lo voglio, ma nello stesso tempo la mia mente sembra rifiutare l'idea di un simile contatto con lui. Non mi riconosco in questo duello tra mente e corpo, mi è comunque chiaro che la mente sta perdendo miseramente.

Quando sento l'abbandono della stretta del suo braccio, il mio corpo avverte il distacco e anche un'inspiegabile delusione. Un casto e innocente bacio sulla fronte è tutto quello che le sue calde labbra mi concedono.

«Buon viaggio, fiorellino».

La sua voce risulta leggermente roca e il respiro mi raggiunge irregolare.

«Grazie», è tutto quello che riesco a dire.

Mi sento così ridicola e frustrata. Combattendo contro le sensazioni che mi hanno appena investito, mi allontano, invitando le mie gambe che ora sembrano piombo a fare passi decisi e controllati. Tutto questo non ha alcun senso e quando credo di aver finalmente messo fine a questa assurda situazione, una mano forte arpiona il mio braccio obbligandomi a voltarmi. Sento solo ringhiare un "fanculo", prima di scontrarmi con la sua bocca.

Godo immediatamente della morbidezza delle sue labbra, abbandonandomi completamente alla piega che ha assunto il nostro saluto. La sua lingua disegna linee immaginarie sulle mie labbra, in un tacito invito a farlo entrare in contatto con la mia. Come sotto un suo incantesimo, gli lascio il potere che mi chiede ed è magia. Le sue braccia tornano a stringermi con prepotenza, infondendomi un calore mai avvertito prima; non sono mai stata baciata così, come fossi la cosa più desiderabile al mondo. Sento la sua mano abbandonare la mia schiena per poi dirigersi sulla parte bassa della mia nuca con l'intento di intensificare questo duello di lingue, denti e respiri. È tutto così intimo e intenso che stento a credere di non essere la protagonista di una commedia romantica. Ringrazio la forza delle sue braccia, senza la quale mi troverei a terra, perché le mie gambe che fino a poco fa sembravano piombo ora sono gelatina. Mi sento fluttuare come sotto l'effetto di qualche potente afrodisiaco; passano i secondi, i minuti e il nostro bacio si intensifica sempre di più, ho come l'impressione che voglia divorarmi e io ho solo voglia di essere mangiata da questa bocca che sa di buono e di peccato. Non sento neanche la necessità di respirare, vorrei solo che il tempo si fermasse e mi lasciasse in questa nuvola di perdizione e benessere.

Ma si sa, il "per sempre" per me non è mai contemplato, e dopo quelli che mi sono apparsi come attimi di eternità le sue labbra mi abbandonano e avverto immediatamente il gusto freddo della perdita. La sua fronte poggiata sulla mia, le sue mani che incorniciano il mio volto, i nostri respiri affannati e il cuore che pompa ad un ritmo tutto suo, questo è quello che accompagna il silenzio che segue. Restiamo così per un tempo che non sono in grado di quantificare, e quando i suoi occhi riagganciano i miei è lui a riportarci alla realtà.

«Ora sono certo che mi penserai», afferma tranquillo, allontanandosi lentamente e facendomi percepire già la sua assenza.

Accompagna con le dita e lo sguardo una ciocca dei miei capelli dietro l'orecchio, la delicatezza delle sue attenzioni mi colpisce piacevolmente.

«Stai attenta, e quando tornerai riprenderemo esattamente da qui, o da dove vorrà il destino».

Strizza l'occhio, poi deposita un delicato bacio sul mio naso e se ne va.

Resto a fissare i fari della sua macchina fino a che non scompaiono completamente, inghiottiti dalla notte, ed è solo quando di lui non resta altro che il suo sapore sulle mie labbra che ritrovo le mie facoltà mentali.

Che diavolo è successo?

7

Massimo

Buffa!?
Come ho potuto solo immaginare di affiancarle un tale appellativo?
Lalla è tutto, ma certamente non buffa.
È dinamite!
Ho desiderato quelle labbra dalla prima volta che l'ho vista, anche se in quel momento apparteneva a un altro. Quello è stato il primo campanello d'allarme per me, io la volevo pur sapendola impegnata, e non mi era mai successo; le donne degli altri non si toccano e soprattutto non si desiderano, ma nonostante le mie convinzioni io l'ho desiderata, in quel bowling io la volevo e del coglione che si trovava al suo fianco non me ne fotteva niente. Percepivo che non fosse veramente sua, ma nonostante tutto non ho fatto niente per portargliela via, i miei principi morali hanno avuto la meglio sull'istinto.
A parte qualche battutina a doppio senso, non l'ho mai sfiorata e non mi sono mai fatto avanti apertamente. Ma adesso è tutto diverso, lei è libera, il coglione ha lasciato il campo da tempo, anche se so che sta provando a rientrare in partita; stavolta, però, non ho alcuna intenzione di farmi da parte, soprattutto ora che ho avuto un assaggio di lei.
Oddio, quella bocca! L'avrei assaporata per ore.
Mi illudevo che tolta la voglia, la mia fame si sarebbe un po' assopita e invece non ne ho abbastanza neanche lontanamente. Se poi ripenso al suo totale abbandono tra le mie braccia, lo catalogo come il colpo di grazia.

Al di là delle sue affermazioni o rimostranze, ero consapevole di non esserle indifferente. Gli sforzi che faceva per farmi desistere mi hanno sempre fatto sorridere; lei mi vuole almeno quanto la voglio io, chiamatemi pure presuntuoso ma è così.

Certo, non posso affermare che il tempismo non sia pessimo, ho fatto la mia mossa proprio nel momento in cui la lontananza non giocherà a mio favore. Lei andrà via domani e io farò altrettanto a breve. Sorrido pensando quanto a volte il destino giochi con le nostre vite, visto che anche la mia missione mi vedrà impiegato in Africa. Staremo più vicini di quanto immagina; ovviamente le nostre strade non si incontreranno in quel continente, in quanto saremo impegnati in fronti completamente diversi, ma in qualche modo il saperla tanto vicina mi strappa un sorriso.

Con il suo dolce e inebriante sapore ancora sulle labbra arrivo al mio loft, mi abbandono sul mio letto king size e mi chiedo se riuscirò a rincontrarla nei miei sogni, che ovviamente colorerò con tinte di rosso passione. Per ora credo che dovrò accontentarmi della fantasia, e quella non mi manca certamente.

Buonanotte, mio fiore del peccato.

Sbuffo un sorriso a me stesso e poi mi lascio trascinare da Morfeo.

8

L'Africa è un continente che suscita emozioni contrastanti. Se da una parte emana fascino ipnotico, dall'altra mette in allerta ogni mio senso. È bellissima nei suoi paesaggi, che spesso appaiono incontaminati. Ti cattura in pochi attimi, sembra sia stata catapultata in un altro mondo: i colori, i suoni, gli odori, è tutto così lontano dalla quotidianità europea. Grandi strade in cemento si alternano a percorsi primitivi colorati dal rosso della terra.

Qui la concezione della vita è altamente differente dalla nostra, non c'è traccia della fretta e della frenesia che spesso accompagnano le nostre giornate, qui si vive di attimi...

È incredibile, villaggi fatti di case costruite con paglia e fango, dove l'elettricità è un miraggio; a questo si contrappone tutto un altro scenario: grandi supermercati e centri più che evoluti.

Il bianco e il nero.

Lo Yin e lo Yang.

Due opposti appartenenti alla stessa medaglia.

Sono qui da diversi giorni, dieci per l'esattezza. Dieci giorni da quel bacio che proprio non riesco a dimenticare. Non mi spiego perché continui a scandire il tempo in relazione a quell'attimo in cui le mie labbra sono state rapite dalle sue, e che in qualche modo ora sentono di appartenergli; è assurdo, lo so, eppure mi ostino a contare i giorni tenendo il nostro bacio come punto di riferimento.

La mia mente è consapevole che è altro ciò su cui si deve canalizzare, ma involontariamente il pensiero di Massimo e della sua bocca non mi abbandona mai.

"Ora sono certo che mi penserai", questo ha sussurrato sulle mie labbra prima di lasciarmi andare, e, maledizione, aveva ragione; non faccio altro che pensarlo, con la stupida speranza che per lui sia lo stesso.

Comunque, tornando al motivo per cui mi trovo qui e per il quale devo cercare di concentrare tutte le mie energie, finalmente domani avrò modo di incontrare il mio contatto: Hina Ayub, l'avvocato che sta eroicamente lottando contro l'assurdità dei matrimoni tra bambine e adulti.

Ogni anno nel mondo sono migliaia le ragazze che vengono obbligate a legarsi a uomini molto più vecchi di loro, costrette a una prigionia fatta di sottomissione e obbedienza senza alcun diritto di replica. Bambine e adolescenti a cui vengono volontariamente e barbaramente sottratte l'infanzia e l'innocenza. È contro questo segmento di ingiustizia e abusi che Hina Ayub si batte, e il mio obiettivo è quello di dar voce e rilievo a questo fenomeno sociale che reputo inaccettabile.

L'avvocato che andrò ad incontrare è una donna sulla quarantina. Finora è riuscita a far annullare molti matrimoni e lo scopo ultimo è quello di arrivare a distruggerne il maggior numero possibile. La sua missione è spinta esclusivamente da nobili motivi, non ha scopi di lucro, ma in lei prevale solo un senso di giustizia; per questo, anche se ancora non ho avuto il piacere di conoscerla personalmente, ha già la mia totale stima e ammirazione.

Io, dal canto mio, con il mio lavoro voglio riuscire a dare un contributo. Anche se in minima parte, farò sentire la mia voce in un coro che andrà ad amalgamarsi alle grida mute di aiuto di chi è stato privato anche del diritto di ribellarsi; è un "no" che spero si trasformi in un'eco senza fine.

Sono le nove del mattino seguente quando raggiungo Hina nel suo alloggio. Non riesco a fare a meno di studiare la sua abitazione, che mi rimanda alle immagini dei trulli di Alberobello in Puglia e che qui portano il nome di tucul. Sono semplici edifici a pianta circolare con tetto conico composto di argilla e paglia, le pareti sono rinforzate da pali di legno oppure con pietre legate dal fango, il loro diametro non supera i venticinque metri e la loro altezza si aggira intorno ai cinque; sul tetto, grazie a una serie di supporti, si erge una specie di portico, ed è proprio su questo che mi trovo in compagnia di una donna che appare subito forte e sicura di sé. La sua pelle scura risulta danneggiata dal sole, i suoi capelli neri come la pece sono raccolti in un'acconciatura approssimativa, ma non per questo sciatta o trasandata. Nonostante gli evidenti segni lasciati da una vita palesemente non facile, è comunque una donna piacente e il suo sorriso cordiale e sincero unito alla luminosità dei suoi occhi color cioccolata la rendono degna d'ammirazione.

Dopo avermi messa facilmente a mio agio offrendo a me e al mio cameraman, Pietro, una bevanda tipica del posto, il tè rooibos, cioè una miscela di foglie di rooibos, fiori di lavanda, fette di limone e miele, che devo ammettere essere buonissima, abbiamo passato diverse ore affrontando l'argomento per il quale ci stiamo battendo, anche se su fronti diversi. Il tempo è volato e la quantità di informazioni che mi ha fornito è immensa; la sua disponibilità è stata totale anche nei confronti di Pietro e delle sue riprese.

Ci salutiamo nel pomeriggio con la promessa di rivederci a giorni, il tempo di organizzare un incontro con una delle spose bambine che ha trascinato via da un matrimonio mai voluto. Non speravo di ottenere tanto, una testimonianza diretta è il massimo a cui potevo aspirare; avrò un quadro più dettagliato e ulteriori elementi che andranno ad arricchire il mio lavoro.

Torniamo al nostro albergo che è oramai sera, soddisfatti ma anche molto stanchi e provati.

«Spostarsi in questo posto dimenticato da Dio è un vero incubo».

Pietro è palesemente stanco e spossato. Nonostante sia gennaio, la temperatura si aggira intorno ai ventotto gradi; il caldo ci investe inesorabilmente, in più l'attrezzatura per le riprese che è costretto a portarsi dietro è ingombrante e pesante e lui non permette a nessuno di toccarla, ne è geloso ai limiti del morboso.

«Sapevamo che non sarebbe stata una passeggiata, non siamo qui in vacanza, ma vedrai che dopo una bella doccia ti sentirai come nuovo».

Gli regalo un sorriso di incoraggiamento e lo sprono ad essere positivo, del resto eravamo consapevoli che non sarebbe stato facile lavorare in queste condizioni.

«Se ti può consolare, nei prossimi giorni puoi dedicarti al riposo e al turismo. Io, dal canto mio, inizio ad abbozzare un articolo».

«Grazie per la tua premura, ma non mi incanti. Qui rischio solo di morire di noia, e per quanto riguarda il turismo, grazie ma no: fuori da qui quello che mi attenderebbe sarebbe una grande distesa di niente».

Ok, odia questo posto, che invece io trovo bellissimo e ricco di cose da scoprire; su questo punto la nostra visione delle cose è nettamente discordante.

«D'accordo, signor negatività, hai chiarito il tuo punto di vista, ma vedi di non andarmi in depressione e cerca di goderti il più possibile questo paradiso di tranquillità; vedrai che una volta tornati tra il caos di Roma ti mancherà tutto questo, in fondo se esiste "il mal d'Africa" ci sarà un motivo».

Sbuffa alzando gli occhi al cielo e a me strappa un sorriso. Con i suoi capelli ricci e castani, il fisico snello e slanciato, la sua montatura degli occhiali nera e spessa, ha proprio l'aspetto di un nerd catapultato in un ambiente che non lo riesce a inglobare.

«Non credo proprio che soffrirò di questo "mal d'Africa". Non rimpiangerò proprio niente, perché io nel caos e nella tecnologia ci nuoto benissimo e ora ho solo "il mal di Roma"».

Qualche altra battuta e ci separiamo, ognuno diretto nella propria stanza. Una volta raggiunta la mia, il mio primo desiderio è una doccia rigenerante, così lavo via la sabbia e la stanchezza per poi tuffarmi sul letto. Mi accorgo anche io di avere nostalgia della mia quotidianità: la frenesia che si respira al giornale, le serate a ballare, la mia amica Veronica e poi... lui.

Lui che mi sta incasinando il cervello e che neanche il trovarci in due continenti diversi mi fa sentire lontano.

Lui che con un unico bacio continua a camminarmi sottopelle e ad invadere i miei pensieri.

Lui che dalla mia testa non vuole proprio uscire.

Maledizione!

Come ha fatto a radicarsi così profondamente nei miei pensieri, proprio lui che fino a qualche tempo fa tolleravo a malapena?

Prendo un cuscino soffiandoci sopra la mia frustrazione. Ma a chi voglio darla a bere, quale indifferenza? Come si può restare indifferenti davanti al fascino di Massimo Rinaldi?

Impossibile!

Non è solo la sua indubbia bellezza, ma il suo magnetismo che ti avvolge come una ragnatela con la preda. Tutto in lui grida sicurezza, bellezza, intelligenza e forza; se poi ci mettiamo che è pure sexy da morire, la frittata è fatta.

Lui che rasenta la perfezione cosa può aver a che fare con una come me che è il sinonimo di ordinario? Io sono una che si amalgama perfettamente alla massa, lui è quello che spicca in un mare di normalità; lui che genera un caos interiore solo con uno sguardo e io che viaggio nel treno dell'anonimato. Non fraintendiamoci, non amo piangermi addosso o essere melodrammatica, ma le differenze che ci separano sono innegabili. Eppure…

Eppure, quel giorno con quel bacio io mi sono sentita speciale, ho avvertito tutta la forza con la quale mi reclamava e desiderava. Non l'ho immaginato, ogni volta che chiudo gli occhi lo rivivo ed è assurdo, ma riesco ancora a percepire il suo sapore.

Quante donne avrà baciato nello stesso modo, facendole sentire speciali e uniche?

Tante! Troppe!

E mi ritrovo a essere gelosa, il che è assurdo, perché lui non è mio e non lo sarà mai. A quest'ora mi avrà già dimenticata e altre labbra si impossesseranno delle sue, forse proprio in questo momento, mentre io come una stupida non faccio che pensarlo.

Un nodo alla gola e un nuovo brivido di gelosia mi travolgono ed è con loro che accompagno il mio ingresso in un sonno che spero mi riporti la serenità.

9

Massimo

Un mese da quando ho assaggiato per la prima e unica volta le sue labbra.

Eh sì, mi sono ritrovato inspiegabilmente a contare i giorni da quel bacio.

Sapevo che sotto la corazza di indifferenza e finta antipatia si celava una donna piena di piacevoli sorprese.

Lalla è diversa da tutte le donne che ho conosciuto, la mia mente la paragona a un diamante grezzo che ancora non ha idea di quanto possa risplendere. Sono certo che se mi desse la possibilità di sfondare quel muro che si è costruita addosso, saprei valorizzarla e farla emergere per quella che realmente è. Qualcosa mi dice che è per l'intero universo maschile che non ha una grande considerazione; nei suoi occhi leggo spesso delusione, rassegnazione e disincanto, sembra avere la falsa consapevolezza che dietro a un uomo non si possano nascondere passione e desiderio. Mi ci gioco le palle che il coglione con cui stava non aveva la minima idea di dove mettere le sue manacce; quello non sa minimamente come si venera il corpo di una donna e nessuno mi toglie dalla testa la sicurezza che non è mai riuscito ad appagarla pienamente. La donna che aveva accanto non brillava di quella luce che solo il vero desiderio riesce a infondere. Io saprei sicuramente dove mettere le mani e come usare il mio corpo per dare piacere al suo; ho una voglia matta di perlustrare ogni centimetro della sua pelle e di vedere come si trasforma il suo bel viso sotto l'effetto di un orgasmo, un orgasmo fatto nascere dalle mie mani, dalla mia lingua e dal...

Mi guardo intorno ricordandomi dove mi trovo, sicuramente questo non è il momento adatto a dar sfogo alle mie fantasie erotiche o a possibili scenari ai limiti della decenza che hanno come protagonista il mio fiorellino. Resetto i miei pensieri, tornando alla realtà del momento: la mia missione è in pieno svolgimento da qualche settimana, io e Alex siamo partiti insieme e ora ci troviamo in una base italiana su territorio africano. Il mio amico e collega è più strano e riservato del solito; so che non è solo per il distacco dalla donna che ha scongelato il suo cuore e mi chiedo il perché di tanto riserbo su ciò che si sta apprestando ad affrontare. L'unica cosa chiara è che la nostra missione tra pochi giorni prenderà strade diverse e la sua è lastricata da un fitto mistero. Decido quindi di provare a parlargli, sperando in una sua apertura. Raggiunta la sua stanza lo trovo, come al solito in questi giorni, immerso nei suoi pensieri.

«Amico, tutto ok?», chiedo, anche se è palese che non è ok per niente.

«Tutto ok».

La sua risposta secca e priva di enfasi me ne dà conferma.

«Ci restano solo un paio di settimane per condividere questa missione, poi saremo costretti a separarci. Mi dici il perché di tanta segretezza sul tuo incarico?»

«Nessuna segretezza, è solo il protocollo».

Giuro che quando mi risponde con quest'aria di sufficienza avrei proprio voglia di prenderlo a pugni, mi manda letteralmente in bestia; io non sono un suo sottoposto ma un pari gradi, ma spesso sembra sfuggirgli questo particolare, che è tutto tranne che irrilevante.

«Lo conosco anche io il protocollo! Ma è con me che stai parlando, sai che puoi fidarti e che non ti tradirei mai».

Sono tentato di aggiungere che per lui ho messo a repentaglio la mia vita pur di salvarlo dal bombardamento che ci ha coinvolti neanche un anno fa, ma non ho bisogno di ricordarglielo, lui sa perfettamente che sulla mia lealtà e alleanza può mettere la mano sul fuoco.

Deve aver intuito i miei pensieri, perché noto la sua espressione rilassarsi e il tono della sua voce si ammorbidisce.

«Lo so e mi fido di te, ma tu sai che nel nostro lavoro ci sono cose che non si possono o devono dire. A nessuno!»

Ha ragione, le missioni non sono tutte uguali e alcune vengono blindate con la massima segretezza, perché ogni minima divulgazione di notizie può portare a un fallimento e anche alla morte delle persone coinvolte. Con questa consapevolezza, decido di non insistere, ma non mi sfugge che per lui non deve essere facile il compito per cui è stato scelto e per il quale sono certo dovrà contare sulle proprie forze; capisco anche che questa volta avrà il peso della responsabilità per la donna che ha lasciato a casa, la donna che gli ha donato la gioia di vivere e farcela. Deciso a lasciarlo ai suoi pensieri mi dirigo verso la porta, ma vengo fermato dalle sue parole.

«Su una cosa posso sbilanciarmi».

Lo guardo e aspetto di sentire quello che ha da dirmi.

«Probabilmente tornerai a Roma prima di me. Ti chiedo di starle accanto se ha bisogno di conforto e rassicurazioni, di tranquillizzarla il più possibile e di non parlarle della mia missione qui. So che hai capito che andrò a fare qualcosa di inusuale, non c'è bisogno che lo sappia anche lei, è già abbastanza quello che sa».

Capisco perfettamente le sue ragioni e la voglia di proteggere la donna che ama, tenendola al riparo dallo schifo con il quale noi siamo costretti costantemente a fare i conti; comunque, anche senza la sua esplicita richiesta, avrei volontariamente vegliato sulla sua Veronica.

«Non c'era bisogno di dirmelo. Mi piace la tua ragazza».

Vedo la sua mascella irrigidirsi sotto il peso della gelosia per poi rilassarsi, consapevole del significato delle mie parole.

«Ti piace la mia ragazza o la sua amica?»

Colpito e affondato.

Veronica mi piace e nutro per lei sentimenti paragonabili a quelli di una sorella, la sua amica invece fa emergere in me sensazioni e pensieri tutt'altro che fraterni.

«Tutte e due», taglio corto ridendo e lasciandolo di nuovo solo con i suoi pensieri.

Le due settimane passano piuttosto in fretta. Alex ha abbandonato la base come previsto. L'espressione tesa e pensierosa che aveva dipinta sul viso mi ha lasciato l'amaro in bocca; sono preoccupato, ma non mi sono lasciato sopraffare dai sentimentalismi e mi sono costretto a salutarlo come nulla fosse, rassicurandolo ancora una volta che per lui e la sua dottoressa ci sarò sempre.

Per quanto mi riguarda, sono stato assorbito dal mio incarico. Sono un ingegnere informatico, il mio lavoro sta nel nascondere ogni traccia del nostro passaggio quando è necessario; tendo a renderci invisibili, anche la segretezza delle nostre basi è sotto il mio controllo e grazie alle mie abilità e a programmi altamente sofisticati sparisce ogni nostro segnale radio o altro. Il mio impiego permette all'esercito di muoversi indisturbato durante un'operazione di attacco o di recupero, riuscendo così a colpire il nemico usufruendo dell'elemento sorpresa. Un mio sbaglio, una mia distrazione e le coperture saltano, e con esse anche delle vite. Sono maniacale e tendo a non tralasciare mai nessun particolare, neanche il più insignificante. "Prevedere" è il mio motto. Sono un fantasma, agisco nell'ombra, faccio parte dell'esercito degli invisibili; non mi vede nessuno, eppure sono ovunque...

Per ora c'è solo un posto dove non sono riuscito a entrare, ma troverò l'accesso anche per quello. Il punto è solo uno: poi sarò in grado di uscirne?

Troverò il modo di entrare, fiorellino, questa è una promessa. Il tuo corpo, la tua mente e il tuo cuore. Io voglio tutto...

10

La mia permanenza si è protratta più a lungo del previsto, ma ne è sicuramente valsa la pena.

Immaginavo che con il passare delle settimane sarebbe stato tutto un po' più difficile. L'aver appreso ogni giorno più informazioni mi ha portato a trascinarmi dietro un bagaglio emozionale molto ingombrante e complicato da gestire e accettare; lo schifo che può ricoprire un essere umano è assurdo e doloroso.

Qui la povertà è solo qualcosa di cui ci si può approfittare e sfruttare a proprio vantaggio: bambini che vengono venduti al miglior offerente per sopperire a fame e miseria, adulti senza scrupoli che approfittano della disperazione per alimentare il proprio ego malato. È aberrante e crudele quello che a volte partorisce la mente umana.

Con l'intervista appena terminata, il mio viaggio si conclude veramente. Ho avuto la possibilità di toccare con mano diverse realtà ed è con la conoscenza di Aisha che è arrivato il picco più alto del battito del mio cuore; lei è un'ex sposa bambina, ex grazie all'intervento di Hina Ayub, con il cui aiuto è uscita dal calvario che l'aveva suo malgrado inghiottita.

La storia di Aisha, la bambina che a soli dodici anni è stata data in sposa a un uomo di quarant'anni più vecchio, mi ha decisamente sconvolto. Lei, la più grande di tre sorelle, è stata venduta da suo padre, il quale ha giustificato il tutto come un atto dovuto per poter far fronte al mantenimento del resto della famiglia che versava in condizioni di assoluta povertà, un sacrificio che andava inevitabilmente fatto. Il cosiddetto padre, però, non sembra aver capito che l'unica a pagare alla fine è stata la piccola Aisha, che si è vista portar via non solo una famiglia, ma anche l'innocenza e ogni diritto o possibilità di ribellione. Una bambina orfana di qualsiasi informazione sulla vita sessuale si è vista violentata; il corpo, la mente e la psiche erano tutti sotto il dominio di suo marito. Lo scopo ultimo di questi uomini senza morale è quello di annullare e sottomettere completamente la personalità delle proprie spose, che sono viste come proprietà paragonabili ad oggetti. Tutto quello che ricevono queste bambine sono minacce e abusi di ogni genere, qualificate come bambole in carne e ossa pronte a soddisfare ogni richiesta di orchi senza scrupoli. Amanti e serve, nulla di più.

Non è stato facile ascoltare Aisha rimanendo neutrali. Ora ha diciotto anni e non è più il giocattolo di nessuno; cresciuta troppo in fretta, oggi è una donna forte e determinata ad aiutare chi ha subito il suo stesso calvario, ma la cosa più importante è che oggi può vantare di essere libera.

Non c'è solo Ayub sulla linea di combattimento per sconfiggere questo fenomeno fatto di soprusi, molte associazioni col tempo sono nate per proteggere l'infanzia e l'innocenza. Certo la strada è ancora lunga e piena di insidie, ma sono fiduciosa che con il tempo e con la determinazione di persone come Hina si arriverà a grandi risultati. Dal canto mio, sono felice di poter contribuire unendomi a questa rivoluzione e farò in modo di dare più risonanza possibile su quanto ho acquisito.

Sono rimasta felicemente colpita anche da Pietro, che non ha nascosto la sua indignazione. Il rispetto che ha portato a ogni persona da noi conosciuta era tangibile, il suo atteggiamento maturo e sensibile eclissa quello degli uomini protagonisti delle storie da noi apprese. Quando si è scusato con Aisha da parte del genere maschile, mi ha strappato un sorriso accompagnato da una lacrima; anche la ragazza ha apprezzato il suo gesto, ringraziandolo per averle fatto capire cosa vuol dire parlare con un uomo degno di tale appellativo.

Voglio precisare che non mi dipingo come una femminista additando ogni essere maschile, sono consapevole che esistano uomini e donne degne di stima o il contrario. Sono fermamente convinta che non esista distinzione di sesso o razza quando si parla di cattiveria o immoralità, il genere umano è composto anche da mele marce, uomini o donne che siano. Da parte mia, mi ritengo sempre obiettiva e mi attengo ai fatti. Attualmente si parla spesso di violenza sulle donne, fenomeno che purtroppo esiste, ma sono altrettanto indignata anche quando è un uomo a subirne; di questo non si parla spesso e mi dispiace che non venga data la giusta rilevanza anche quando non è la donna la vittima. Per farla breve, lo schifo si palesa in ogni specie, ci basti pensare alla pedofilia: si è sempre proiettati a pensare che gli abusi siano fatti esclusivamente dal sesso forte, quando in realtà la quantità di donne coinvolte è molto elevata.

Ok, avete ragione, sto divagando e uscendo fuori tema, addentrandomi in un sentiero troppo esteso e complicato; volevo solo far capire meglio il mio modo di pensare.

Tornando a noi, il mio viaggio tra il paradiso e l'inferno si conclude esattamente in questo momento, con l'ingresso in aereo. Il volo sarà lungo e il mio fidato cameraman e accompagnatore non è proprio quel che si dice un buon intrattenitore; la sua compagnia mi abbandona appena decollati, quando infila le sue inseparabili cuffie alle orecchie per immergersi tra le note della sua musica preferita.

Approfitto di queste ore di dolce far niente per riposare un po' e pensare a qualcosa di bello che allontani dalla mia mente le nefandezze con cui mi sono confrontata in queste settimane. Non vedo l'ora di riabbracciare Veronica, l'ho sentita poco ultimamente e mi è mancata davvero tanto. Pregusto già il momento in cui insieme sorseggeremo il nostro amato caffè tra una chiacchiera e l'altra; chiudo gli occhi pensando a lei, ritrovandomi invece a fare i conti con due occhi grigi che sembrano attraversarmi dentro.

Massimo!

Maledizione, è sempre pronto a insinuarsi tra i miei pensieri. Più cerco di cacciarlo via dalla mia memoria, più sembra radicarsi in me, e con i suoi occhi riabbraccio il ricordo delle sue labbra morbide e seducenti e delle quali ricordo perfettamente il sapore. Come ha potuto un semplice bacio entrare così in profondità nella mia memoria? Semplice: perché nessuno mi ha mai baciato come ha fatto lui, la mia me interiore me lo ricorda costantemente.

Lui che sembrava far l'amore con la mia bocca.

Lui che semplicemente sfiorandomi ha incendiato la mia pelle.

Lui che senza bisogno di parlare è riuscito a trasmettermi tutto il desiderio che in quel momento nutriva per me.

Lui che è troppo bello e passionale per una come me!

Me lo devo togliere dalla testa, sicura che lui avrà già archiviato la parentesi che ci ha visti uniti in quell'unico momento; nel frattempo saranno state altre labbra quelle che ha assaporato e altri corpi che avrà portato alla dipendenza del suo tocco esperto.

59

Un moto di fastidio si insinua in me se lo immagino stringere un corpo che non è il mio o regalare il suo sorriso sexy e irresistibile a occhi che non sono i miei.

Basta, Lalla, per amor del cielo. Non è tuo, non sarà mai tuo!

Non ha nessuna ragion d'essere questa mia stupida gelosia. Massimo ha uno stuolo di donne pronte a prostrarsi ai suoi piedi o a inginocchiarsi, come ha precisato più volte, e non è certo per una come me che smetterà di svolazzare di fiore in fiore.

Però lui afferma che sono io il suo fiorellino.

La parte ingenua e malsana del mio cervello cerca di convincermi di vedere quello che non c'è.

"Fiorellino", anche se non lo ammetterò mai ad alta voce adoro quando mi chiama così. Lalla in lingua persiana significa tulipano, e quando le sue labbra sussurrano quell'appellativo sembra saperne l'origine, sembra averlo scelto apposta per me. Sorrido per le assurdità che sta partorendo la mia mente. Contrariamente a quanto dichiarato in passato, a me lui piace, e pure parecchio: la sua sicurezza, il suo corpo da nuotatore, la sua intelligenza e la sensibilità che spesso lascia trasparire e che con una semplicità innata alterna a comportamenti inopportuni facendo il pagliaccio.

Massimo Rinaldi è indubbiamente unico, un uomo che quando ti entra dentro è difficile da far uscire.

È l'alfa del branco, e io non sarò mai la sua beta.

È su questa verità che devo camminare d'ora in avanti.

11

«Mi è mancato il caffè, soprattutto prenderlo insieme a te», confesso alla mia amica che non riesce ad abbandonare quell'aria così triste.

Atterrata all'aeroporto di Fiumicino, la prima persona che ho chiamato è stata lei. Dopo l'entusiasmo iniziale per il mio ritorno, mi ha messa al corrente della partenza di Alex, l'ennesima missione. Sono venuta a conoscenza che anche Massimo è partito insieme al suo amico e collega, e per un attimo ho avvertito una stretta allo stomaco per questa notizia.

So che la mia è stata una reazione senza senso, è il suo lavoro e poi tra noi non esiste alcun legame, o almeno nulla che mi dia il diritto di sentire la sua mancanza.

La mia parte saggia mi induce a pensare che la mia reazione sia dovuta a un fatto di umanità: la vita di questi valorosi soldati è costantemente in pericolo quando si allontanano per una missione, quindi è normale provare empatia verso il loro lavoro. Il problema, però, è che un'altra parte della mia razionalità prova un'apprensione particolare per solo uno di questi eroi in mimetica.

Non oso immaginare in che stato versi la mente della mia amica, tra quei soldati c'è il suo Maggiore, la sua ragione di vita, l'uomo che è riuscito a donarle quello che ha sempre sognato di avere: il vero grande amore. Quindi, indipendentemente dalle mie elucubrazioni mentali su Massimo e il mio coinvolgimento, è lei che ha bisogno del mio sostegno. Veronica mi dimostra quanto le sia mancata e il suo bisogno nell'avermi accanto, e io non posso che confermare che in me troverà sempre una valida spalla su cui appoggiarsi.

«Andrà tutto bene, ok? Non è la prima missione che affronta, ma sono certa che tornerà presto da te sano e salvo».

Cerco in ogni modo di rassicurarla, ma l'agitazione e l'ansia che prova sono tangibili.

«Lo so che è bravo nel suo lavoro, ma resta comunque un uomo, per quanto forte. Il fatto che non riesca neanche a mandare un semplice messaggio è strano, nella precedente missione i nostri scambi di messaggi erano praticamente giornalieri. Cosa gli impedisce di scrivermi? Non è possibile che non trovi nemmeno un minuto a disposizione, dovrà staccare ogni tanto. Non lo so, Lalla, è tutto troppo surreale».

Ormai parla senza freni, è una diga in un concentrato di stress e dubbi.

Effettivamente il fatto che Alex non riesca a comunicare con lei in alcun modo è molto strano.

Ovviamente non sostengo la sua tesi ad alta voce, il mio intento ora è solo quello di cercare di farla stare meglio. Quello che invece faccio è consolarla, ripetendole che sicuramente questo silenzio da parte di Alex ha un motivo valido. Le mie parole sembrano farla rilassare, e per distrarsi cambia argomento chiedendomi del mio viaggio.

Veronica è così, dolce e altruista indipendentemente dai suoi problemi, non accantona mai chi le sta intorno. È subito chiaro che è sinceramente interessata al mio lavoro, così rispondo entusiasta alle sue domande.

«Effettivamente ne ho viste tante, soprattutto cose brutte. Ho trovato una situazione a cui non ero preparata fino in fondo, nonostante tutte le informazioni che avevo appreso.

Vedere con i miei occhi quelle bambine costrette a sposarsi con uomini tanto più vecchi di loro è stato a dir poco devastante».

Mi si forma un nodo alla gola se solo riaffiorano i ricordi della storia di Aisha, la tristezza letta nei suoi occhi quando raccontava delle barbarie che il suo piccolo corpo ha dovuto subire in silenzio. Poi finalmente la gioia di essere uscita da quell'incubo, la sua espressione soddisfatta e orgogliosa quando ha ricordato l'esatto momento in cui ha lasciato suo marito, e infine il suo sostegno nel combattere affinché tante altre possano arrivare ad avere il suo stesso lieto fine.

Mi sono sentita così inutile ascoltando la sua storia, sapendo che in quel tunnel buio ci sono ancora tantissime bambine; io non posso far altro che da cassa di risonanza alle loro grida d'aiuto. Mi impegnerò con ogni mezzo affinché chi di dovere si metta in moto per fermare questo circolo marcio fatto di abusi e soprusi.

Saluto Veronica dopo aver parlato con lei diverse ore, con la promessa che sarà la prima a leggere il mio articolo. Il suo entusiasmo e la fiducia che dimostra nei miei confronti sono una ventata di aria fresca per la mia autostima e sono sempre più felice di saperla mia amica.

12

Ci apprestiamo a salutare anche la fine della primavera.

Il tempo che ho dedicato al mio lavoro ha dato i suoi frutti. L'articolo che il giornale in cui lavoro ha pubblicato ha avuto una risonanza pazzesca e inaspettata, motivo per il quale al primo ne sono seguiti altri. Non sono più tornata in Africa, ma sono sempre a stretto contatto con i miei agganci; sembra che con la mia penna sia riuscita magicamente a muovere un po' le acque, altre bambine sono state liberate dal vincolo di un matrimonio assurdo e non posso che esserne felice.

Quello che invece mi rattrista è lo stato attuale in cui versa Veronica: Alex è ancora "latitante", non si hanno sue notizie da troppe settimane e anche io inizio a essere preoccupata.

Come ogni giorno, passo del tempo con la mia amica; ci siamo appena lasciate con la promessa di rivederci presto per un'uscita tra ragazze, un altro modo per cercare di distrarla un po'.

Arrivo davanti alla porta del mio appartamento e noto subito un mazzo di rose appoggiato sui battenti. Un moto di stizza mi attraversa, perché so perfettamente chi l'ha lasciato lì. I fiori sono accompagnati dal solito biglietto:

"Alla mia unica ragazza. Con amore, tuo Riccardo"

Frustrata, prendo le rose ed entro in casa, lasciandole vicino a quelle arrivate nei giorni precedenti. Il comportamento del mio ex ultimamente risulta più che fastidioso; nonostante il mio disinteresse, lui continua insistentemente a provare a rientrare nella mia vita. A volte si comporta al pari di uno stalker, me lo ritrovo ovunque e quando non si fa vedere si palesa indirettamente attraverso gesti come questo. Stento a riconoscerlo, non è mai stato tanto appiccicoso quando stavamo insieme, ora invece la sua insistenza rasenta l'ossessione. Devo assolutamente inventarmi qualcosa per farlo desistere da questo suo corteggiamento insensato. Credevo di essere stata chiara sul fatto che non ci sarà mai un riavvicinamento, ma evidentemente dovrò risultare più efficace nel fargli capire il mio disinteresse.

Mentre penso a un modo per allontanarlo dalla sua idea di un possibile ritorno di fiamma, l'arrivo di un messaggio mi distrae.

"Solo le rose più belle per la più bella del mondo. Rosse come la passione che provo esclusivamente per te. Sono sicuro che un giorno anche tu la riaccenderai solo per me".

Questo è pazzo, non trovo altre spiegazioni. A parte il fatto che se vogliamo valutare l'ovvio, la passione tra noi non c'è mai stata; sicuramente affetto e stima, ma di passione neanche l'ombra. Non so cosa gli passi per il cervello, ma è ora di dirgli basta, così digito istintivamente la mia risposta.

"Credo che dovresti smetterla e cominciare a utilizzare il tuo tempo per corteggiare chi vorrà darti quello che cerchi e vuoi. Quella persona non sono io. Per favore, smettila di cercarmi".

Più chiara di così si muore. Spero proprio che il messaggio sia arrivato forte e chiaro, ma la sua risposta mi destabilizza, e non poco.

"Mai!"

Con il passare dei giorni, però, la sua presenza sparisce, nonostante l'ultimo messaggio. Quella che invece non mi abbandona è la costante sensazione di essere osservata. Mi guardo continuamente intorno non notando mai nulla di strano, eppure quella strana sensazione non sembra volermi lasciare.

Probabilmente sono solo un po' paranoica, invece dovrei essere solo più serena, ora che le attenzioni del mio ex sono cessate; eppure, qualcosa mi lascia sempre in allerta. Stasera però non ho intenzione di rovinarmi l'esistenza con inutili paranoie, questa è la nostra serata tra ragazze. Io, Veronica e Miriam, che è tornata dall'Inghilterra per una settimana di pausa, siamo pronte a goderci un po' di sano svago.

Miriam è la sorella minore di Veronica e insieme siamo un trio indivisibile; sempre unite, ci affidiamo l'una all'altra con assoluta fiducia, e nonostante le nostre diverse aspirazioni, cerchiamo sempre di ritagliare del tempo da trascorrere insieme, soprattutto quando riteniamo che una di noi abbia particolarmente bisogno di attenzioni e supporto.

Oggi trascorriamo la serata fuori per l'amicizia che ci lega, ma soprattutto per Veronica che non ricevendo ancora notizie dal suo Alex è avvolta da un manto di tristezza e apatia. Il nostro compito è quello di farla distrarre e allontanare, almeno per qualche ora, i pensieri negativi che riempiono la sua mente.

Siamo in un locale nella periferia di Roma, dove si balla prettamente al ritmo della musica latino-americana, la nostra passione. Ci accomodiamo su un divanetto posto intorno al tavolo che ci è stato assegnato. La serata deve ancora entrare nel vivo, quindi nel frattempo ci dedichiamo ai nostri drink, accompagnati da svariati stuzzichini e chiacchiere leggere.

Il locale è grande. Al centro, una pista molto ampia è circondata da tavoli e divani disposti ad arte, che consentono di avere sempre una buona visuale sul fulcro del locale, la pista da ballo.

«Allora, piccola pazza, come procede la tua esperienza a Londra?», chiedo a Miriam una volta arrivate le nostre ordinazioni.

Lei è un vulcano di energie e voglia di vivere; è la più giovane del gruppo, ma la sua maturità è pari alla sua sana pazzia.

«Benissimo, ho conosciuto tanta gente interessante e il mio inglese migliora ogni giorno di più».

Chiacchieriamo allegramente per un po', ma Veronica non sembra avere nessuna voglia di partecipare attivamente, la preoccupazione per il suo adorato Maggiore è sempre presente. Decidiamo quindi di rapirla dai suoi pensieri strattonandola in pista.

13

Massimo

La prima cosa che mi impongo di fare quando torno da una missione all'estero è quella di prendermi del tempo da dedicare a me stesso, tempo di cui ho bisogno per disintossicarmi dagli orrori con i quali ho convissuto.

Sono a Roma da qualche giorno e con me porto un bagaglio emozionale sempre più pesante.

Come previsto, Alex è ancora impegnato in qualche operazione a me ignota. Dopo aver avvisato la sua fidanzata del mio ritorno e averle assicurato tutto il mio appoggio, mi sono informato in sala operativa per poterle regalare qualche aggiornamento; stranamente, però, non sono riuscito a ottenere niente, Alex sembra scomparso da ogni radar. Sono a conoscenza di missioni particolarmente "top secret" e il mio amico è sicuramente impegnato in una di queste, ma la mia completa estraneità al caso mi rende insolitamente nervoso.

Ora, però, ho bisogno di svuotare la mente e di godermi un po' di sano divertimento, e quale modo migliore se non andare a ballare al "Latinus"? È un locale alla periferia di Roma, il più gettonato per chi ama i balli latino-americani.

Ovviamente, sapere che all'interno ritroverò il mio fiorellino è un incentivo in più. Veronica mi ha riferito che stasera sarebbero venute qui, quindi ho contattato un paio di amici e mi sono catapultato in questo locale come un magnete attratto dalla sua calamita. In questo caso la mia calamita ha i capelli neri come la notte più buia, due occhi azzurri oceano e un corpicino che grida "prendimi e fammi gridare il tuo nome".

Una volta dentro, la cerco facendo un'attenta panoramica su tutto il locale e poi, come richiamato da una luce ipnotica, la vedo.

Cristo santo, lei non balla, lei parla con la musica; non è lei a seguire il ritmo, ma sono le note che suonano adattandosi a ogni suo movimento. È così sensuale, ogni suo ancheggiare, il suo lento volteggiare delle braccia e delle mani la rendono una sirena incantatrice.

«Le hai notate anche tu?»

Con una leggera gomitata sullo sterno, Simone, uno degli amici con cui sono venuto qui, mi distrae dalla vista del mio fiorellino, e quello che vedo trasparire dal suo sguardo mi irrita, pur essendo consapevole di aver dipinta sul volto la sua stessa espressione.

«Sì, le ho notate ma sono off-limits!»

Il mio tono di voce appare più duro di quanto avessi voluto, ma non sono riuscito a trattenermi.

«E perché? Le vuoi tutte per te, Don Giovanni?»

«Lo sai chi è la bionda?»

«No, dovrei?»

«È la donna di Alex».

Spero che questo basti a farlo desistere, tutti conoscono il mio amico e il suo carattere e nessuno ha voglia di mettersi contro i suoi attacchi d'ira.

«È bellissima e anche la ragazza castana non è niente male, ma il mio interesse mira tutto sulla morettina, è sexy da morire».

La mia mascella si irrigidisce visibilmente e serro i pugni per impedirmi di scagliarmi su quello che si presume essere un mio amico. È irrazionale il mio comportamento, ne sono consapevole, ma il modo in cui la guarda e i pensieri osceni su di lei che ora gli staranno attraversando la mente mi fanno incazzare parecchio; lui non può sapere di aver acceso in me un'insana gelosia, eppure adesso avrei solo voglia di prenderlo a pugni per gli apprezzamenti su Lalla. Lei non è mia, ma una cosa è certa: lui non metterà neanche un dito sul suo corpo.

«Anche la moretta è impegnata».

Lei ancora non lo sa, questo però non c'è bisogno che lui lo sappia. Capita l'antifona, Simone e Fausto, l'altro mio amico, si allontanano in cerca di un altro drink e altri obiettivi su cui puntare la loro attenzione; facessero quel che vogliono, l'importante è che girino dalla parte opposta in cui si trovano adesso Lalla e le sue amiche.

Nel frattempo, io aspetto pazientemente il momento adatto in cui fare la mia mossa, godendomi la vista del suo corpo che ondeggia in modo perfetto; non le tolgo gli occhi di dosso neanche per un istante, la pista è piena ma io vedo solo lei.

E poi, ecco il mio momento...

14

Sono stanca e accaldata, ma non ho ancora voglia di abbandonare questa pista. Adoro ballare, è il mio antistress preferito; quando mi muovo al ritmo della musica mi sento libera da ogni pensiero o preoccupazione, nella mia mente tutto si spegne e ci sono solo le note della canzone che mi circonda. Veronica e Miriam mi hanno lasciata momentaneamente sola, sentivano il bisogno di una pausa e io mi sono ripromessa di raggiungerle tra un paio di canzoni, nella speranza di sentir arrivare la mia preferita. Poi, come ad averla invocata ad alta voce, eccola. La riconosco sin dalle prime note, *"Despacito"*: questa canzone per me è una droga, mi cattura completamente. Sono totalmente immersa nella mia bolla, quando qualcosa intorno a me capovolge il mio equilibrio: un calore familiare.

Sobbalzo quando avverto mani forti e sicure impossessarsi dei miei fianchi. Quel profumo che riconoscerei tra mille, che ricorda il mare, acqua e sale. Ho paura che la mia mente mi stia tirando dei brutti scherzi, poi un alito caldo soffia vicino al mio orecchio. Non può essere lui, mi sto lasciando suggestionare; quando sto per allontanarmi da quello che potrebbe essere un perfetto sconosciuto, la voce calda e roca blocca ogni mio ipotetico rifiuto.

«Continua a muoverti, fiorellino, segui il ritmo, segui me».

E lo faccio. Il mio corpo segue solo il suo, i nostri movimenti sono sincronizzati in una danza perfetta e tutta nostra. Non capisco più niente, solo una cosa è giunta alla mia mente: lui è qui!

Lui è tornato a tormentare e ad alimentare i miei pensieri.

E io sono fottuta, completamente in balia delle emozioni che il solo stargli vicino mi provoca.

«Sai che è da un po' che ti osservo? Devo ballare con te oggi».

La sua voce calda e sensuale arriva direttamente al mio stomaco, diramandosi su tutto il mio essere; una voce appena accennata che riesce a sovrastare la potenza degli altoparlanti. Solo un momento per riacquistare un minimo di lucidità e capisco che le sue parole non sono altro che la traduzione della canzone che stiamo ballando e che ora aleggia in tutto il locale, la stessa canzone che sembra stata scritta apposta per questo momento: *Despacito,* "lentamente".

«Già mi sta piacendo più del normale, tutti i miei sensi stanno chiedendo di più, la cosa va presa senza fretta...»

La presa sui miei fianchi si fa più possessiva e il suo petto si allinea perfettamente con la mia schiena, ma mantiene comunque un certo margine di movimento che ci consente di danzare a un ritmo che tende a togliermi il fiato. Le cose che mi fa provare sono magiche. Lo sento così vicino, rapita dalla sua voce calda, intonata e ipnotica; i suoi movimenti precisi mi fanno capire che sa ballare molto bene e anche se ancora non mi concede di guardarlo, io lo vedo lo stesso. Maledizione se lo sento, non mi lascia scampo e continua a comunicare con me attraverso le parole di questa canzone.

«Lentamente», sussurra, traducendo ancora le parole di Luis Fonsi.

«Voglio respirare il tuo collo lentamente, lascia che ti dica delle cose nell'orecchio, così se non sei con me mi ricorderai».

È la cosa più sensuale che mi sia mai capitata e quello che dice alitandomi sul collo arriva come un uragano improvviso direttamente al mio intimo. Sono completamente in balia del suo controllo.

«Lentamente, voglio spogliarti lentamente con un bacio. Ho firmato sulle pareti del tuo labirinto e farò del tuo corpo un intero manoscritto. Voglio vedere i tuoi capelli ballare, voglio essere il tuo ritmo, che tu insegni alla mia bocca i tuoi luoghi preferiti; lasciami oltrepassare le tue zone proibite fino a sentirti urlare...»

Porca miseria ladra, fa caldo, troppo caldo. Mi sta mandando in combustione solo con la voce, si sta appropriando di parole di altri facendole perfettamente sue e ho la sensazione che lui senta ogni cosa e che in questo momento stia facendo suoi pensieri partoriti da altri.

I miei sensi non hanno tempo di elaborare niente, perché lui continua indisturbato a camminarmi dentro.

«Fino a farti dimenticare il tuo nome».

Vergine santissima, dammi la forza di non svenire adesso. Il mio corpo continua a muoversi al ritmo del suo, come animato da vita propria.

«Sai che con te il mio cuore fa bum bum... vieni a provare la mia bocca per sapere che sapore ha, voglio vedere quanto amore ti serve. Io non ho fretta, voglio prenderti nel tempo; cominceremo piano, poi selvaggio, passo dopo passo, piano, pianissimo, ci stiamo incollando poco a poco».

E lo sento farsi sempre più vicino, ora tra di noi non passerebbe un ago. Sono immersa solo dal suo calore, le sue mani arrivano al mio addome muovendosi lentamente, sfiorandomi delicatamente. Con una leggera pressione mi fa girare e finalmente posso godere anche della sua vista. È ancora più bello, se è possibile: una maglia bianca e aderente lascia poco spazio all'immaginazione, fumo grigio colora i suoi occhi che ora si stanno perdendo nei miei, le sue labbra a un battito d'ali dalle mie mi sfiorano senza raggiungerle. Tutti i suoi movimenti sono misurati e calcolati, dita sapienti solleticano i miei fianchi e le gambe mi si riducono in gelatina.

Muta e incapace di fare qualsiasi cosa, mi lascio manipolare dai suoi gesti. Intorno a noi ci sono tante persone, ma io ne percepisco una soltanto. Sento tutto ovattato, ci siamo solo noi, i nostri sguardi e i nostri respiri.

«Ciao, fiorellino», sussurra suadente a pochi millimetri dalla mia bocca.

«Sei... sei tornato».

Un'affermazione che dichiara l'ovvio è quello che le mie corde vocali riescono a rilasciare.

«Sono tornato», decide comunque di rispondermi.

Resta lì, a un soffio di bacio, un bacio che il mio corpo brama ardentemente, ma lui crudelmente continua a non accontentarmi solo per il gusto di farmi impazzire ulteriormente.

«Sto aspettando, Lalla. Lento o diretto?»

«C.. cosa?»

La voce non vuole proprio saperne di contribuire e mi ritrovo a balbettare come una stupida ragazzina. Intanto un sorriso arrogante e al cardiopalma gli disegna le labbra, è consapevole di avere un effetto disarmante sul mio autocontrollo.

«Il bacio che stai desiderando tanto, come lo vuoi? Ti sto lasciando scegliere».

Veramente a me sembra che non mi stia lasciando la scelta di niente, e diciamocela sinceramente, in questo momento fatico anche a ricordare il mio nome, figuriamoci fare delle scelte. So che mi basterebbe fare un impercettibile passo e le mie labbra andrebbero in collisione con le sue, così come ne basterebbe uno nella parte opposta per tirarmi indietro, invece resto ferma, affidandomi semplicemente al tempo e a questi attimi che sembrano eterni.

«Massimo?»

La voce di Veronica vince sulla mia codardia e la bolla in cui mi trovo scoppia.

«Tempo scaduto, fiorellino».

Questa è la fine che pronunciano le sue labbra, e il bacio che desideravo si trasforma in un casto sfioramento sulla mia guancia, prima di allontanarsi definitivamente, lasciandomi subito con un senso di perdita che non riesco a quantificare.

15

Massimo

«Maggiore Rinaldi, le ripeto che il suo insistere ripetutamente sul caso Del Moro è diventato inaccettabile! Conosce perfettamente le procedure che adottiamo sulle nostre missioni, e si lasci dire che il suo atteggiamento mi sta innervosendo».

Sono nuovamente nell'ufficio del mio Colonnello, lui è uno dei nostri referenti all'estero. Sto cercando in tutti i modi di ottenere qualche risposta soddisfacente, l'ho promesso a Veronica ma anche a me stesso. La continua assenza di notizie su Alex non mi convince e le scuse che mi danno sono sempre più deboli, pretendo delle risposte a costo di risultare inopportuno.

«Colonnello, conosco a menadito le procedure, le chiedo comunque di non offendere la mia intelligenza. La missione che vede coinvolto il Maggiore Del Moro non ha niente a che vedere con le procedure standard, lo sa lei e lo so io. I soldati impiegati all'estero sono tutti monitorati, tutti tranne uno; di Del Moro non si sa niente, questo è strano e insolito e spero che su questo almeno convenga con me».

Il mio atteggiamento risulta indisponente e per nulla appropriato, visto che mi sto rivolgendo a un mio superiore, ma al momento me ne frego, perché per quanto addestrato ad essere un soldato ligio alla forma e al rispetto resto comunque un uomo con dei sentimenti. Non è un segreto il legame che lega me e Alex; lui per me è un fratello e il Colonnello lo sa, e probabilmente è per questo motivo che non mi ha ancora sbattuto fuori dal suo ufficio con tanto di richiamo scritto.

«Ok, sarò il più sincero possibile, Maggiore. Il suo collega è impegnato in un incarico particolare, del quale anche io conosco poco i particolari, questo per tutelare proprio la sicurezza di Del Moro. Ora, quello che so con certezza è che il suo collega è ad oggi ancora operativo e qualora dovessero sorgere problemi significativi lo verremo a sapere, questa è la massima rassicurazione che posso offrirle».

Non si sbilancia e c'era da immaginarlo, ma almeno so che Alex sta bene ed è vivo. Non posso insistere oltre, quindi saluto il mio superiore e lascio il comando.

Veronica è un fascio di nervi con fame di notizie. Cerco di tranquillizzarla il più possibile e la invito a stare tranquilla, so che questo non le basta, ma di più non posso fare. Io, comunque, le starò accanto offrendole sempre il mio sostegno, come promesso ad Alex.

Finisco di scrivere a Veronica e subito dopo le immagini della sua amica affollano la mia mente, quelle che senza permesso e invito ultimamente occupano gran parte dei miei pensieri. Ripenso ai suoi occhi a mandorla del colore del mare e alle sue labbra piene e invitanti, e ci vuole poco a farmela desiderare. Su quella pista da ballo ho sudato per mantenere il controllo mentre giocavo con la voglia di noi; il bacio che le ho negato e che mi sono precluso posso solo lasciarlo all'immaginazione. So che se avessi voluto me lo sarei potuto prendere facilmente, la sua bocca era un richiamo continuo per la mia, una calamita difficile da eludere, ma mi sono ripromesso che è lei che deve fare la prima mossa. L'ultimo passo lo deve fare lei, anche se questa mia decisione mi costerà fatica, perché io quelle labbra le voglio, le desidero, le bramo.

Cristo, quanta voglia ho di farla mia!

Ma perché proprio lei? In fondo è una donna come tutte le altre: tette, culo e tutto il resto.

Mi do mentalmente del coglione, perché paragonarla a tutte le altre è proprio la più grande stronzata che la mia mente abbia mai partorito. Occhi come i suoi non appartengono a nessun'altra, il suo sorriso è il sole delle più dolci primavere, e il suo culo? Tondo, alto, un perfetto mandolino sul quale non vedo l'ora di mettere le mani.

Va bene, ho capito perché la voglio. Do retta a quella vocina interna che mi dà del cretino solo per averla paragonata a tutte le altre; lei è lei, il mio fiorellino.

"Lalla, sei una vera sfida e io adoro le sfide. E cosa principale, adoro vincerle".

Parlo con me stesso e involontariamente un sorriso sorge sulle mie labbra, confermando che quella piccola strega mi sta fottendo il cervello.

16

«Non mi incanti, Lalla. Ora sputa il rospo, ho poco tempo e un aereo da prendere, ma prima voglio i dettagli».

«Oddio Miriam, dammi tregua. Cosa vuoi che ti dica? Niente, ecco cosa».

Santa miseria, che stress.

Abbiamo da poco lasciato Veronica in una valle di tristezza per il suo uomo che ormai sembra scomparso nel nulla, e lei, invece di preoccuparsi della sorella, preferisce tormentare la sottoscritta.

«Niente non direi proprio, c'erano scintille su quella pista da ballo e sono certa che se non vi avessimo interrotto avreste dato vita a uno spettacolo vietato ai minori».

Sembra posseduta da qualche entità sconosciuta: a tratti è eccitata, poi sognante, sembra una pazza, comincia a spaventarmi.

Su una cosa convengo con lei: cosa sarebbe successo se non fossimo stati risucchiati all'esterno della nostra bolla?

Mi avrebbe baciata?

Non lo so, questo non lo scopriremo mai, una cosa però è certa: glielo avrei lasciato fare senza alcun dubbio, completamente in balia di tutte le emozioni che è riuscito a farmi provare semplicemente con la voce e con leggere carezze. Sì, in quel momento avrei fatto qualsiasi cosa mi avesse chiesto.

Massimo mi ha dato conferma di essere un uomo sicuro di sé, senza alcun tentennamento. Tutto in lui grida sicurezza, ma indipendentemente da quello che inaspettatamente è riuscito a far emergere in me, io non posso dimenticare chi sono e come funziono, o per meglio dire, come non funziono.

Non posso cedere al suo fascino, non voglio farlo arrivare a vedere la vera me, quella difettata. Sono un guscio vuoto che non riuscirà mai a dare tutta se stessa, anche se per un attimo tra le sue braccia ho sentito di essere normale. La natura ha scelto per me e io non sono una donna come tutte le altre.

Massimo non è un uomo che si accontenta, non riuscirei mai a ingannarlo e neanche lo voglio. Devo allontanarlo con la consapevolezza che non potrò mai dargli quello che marita e desidera. Quello che poi non sopporterei sarebbe leggere la delusione nello scoprire ciò che sono, quello sì che mi farebbe male...

«Lalla, mi stai ascoltando?»

Vorrei dirle di no ma non lo faccio, e la ringrazio mentalmente per avermi strappato ai miei tristi pensieri.

«A che ora hai l'aereo?»

Cambio argomento, sperando capisca che non ho voglia di immergermi in acque che comunque non navigherò mai.

«Ho capito, non ne vuoi parlare, però una cosa te la voglio dire lo stesso: tu gli piaci parecchio e da amica ti suggerisco di lasciarti andare, dagli una possibilità. Per una volta in vita tua fai entrare qualcosa di bello e finiscila di accontentarti delle briciole perché sei convinta di non meritare niente di più, tu devi essere la prima a volerlo».

Il tono della sua voce arriva sincero e dolce. Mi vuole bene e, come Veronica, non accetta la negatività della quale mi nutro, ma anche a loro ho nascosto cosa mi porto realmente dietro, qualcosa che mi fa male e mi imbarazza e di cui non parlo mai. Non voglio la pietà di nessuno, e anche se so che non mi guarderebbero con occhi diversi, non sono pronta a farmi leggere così intimamente nemmeno da loro.

Dubito fortemente che il mio essere diversa sia stato percepito da chi avrebbe dovuto notarlo. I pochi amanti che ho avuto non sono stati abbastanza attenti e perspicaci, ma con Massimo non riuscirei a nascondermi, sento che capirebbe tutto in poco tempo e la mia umiliazione arriverebbe ai livelli massimi. Sì, devo tenerlo il più lontano possibile.

Forse dovrei prendere in considerazione il ritorno di Riccardo, sarebbe tutto più semplice: nessuna complicazione, nessuna aspettativa, nessuna sorpresa e zero sensi di colpa.

Ora però devo salutare Miriam lasciandola serena e senza coinvolgerla nei miei tormenti interiori, le bastano già le preoccupazioni per la sorella.

«È tutto sotto controllo, tesoro, stai tranquilla. So quello che faccio e di cosa ho bisogno, per il resto sarà il tempo a darci le risposte giuste».

Ci salutiamo con affetto, con la promessa di tenerci sempre aggiornate su ogni cosa e con la consapevolezza di esserci sempre l'una per l'altra.

17

Il suono del campanello arriva come una stilettata al mio cervello. A causa di una forte emicrania sono rincasata prima; sono da poco passate le quindici e tutto quello di cui ora ho bisogno è che faccia effetto l'analgesico che ho appena preso. Sto ancora mandando giù il mio bicchiere di acqua e il citofono ritorna prepotente nei miei timpani.

Maledizione, ma chi è che rompe? Tutti sanno che non sono mai a casa a quest'ora. Sono certa che l'insistenza arrivi da qualche forma di pubblicità. Stizzita e leggermente infastidita, mi decido a rispondere.

«Chi è?»

«C'è un pacco per lei, signorina Ferrari».

La voce dall'altro capo della cornetta risulta tra il divertito e lo strafottente; in altre occasioni non avrei mancato di far notare la poca professionalità, ma oggi non è proprio giornata.

«Lasci pure in portineria, grazie».

Non ho voglia di vedere nessuno, e poi non dovrebbe esserci il portiere?

«Mi dispiace, ho direttive precise: consegnare a mano. Anche il portiere ha provato a farmi cedere, ma io sono ligio al dovere».

Sembra si stia divertendo con questo teatrino; non voglio dargli ulteriormente corda, quindi lo invito a salire, anche se con poca voglia. Attendo vicino alla porta il suono del campanello, convinta ad aprirla solo quando il corriere farà la sua apparizione. Non ho ordinato nulla e mi chiedo con curiosità chi mi ha mandato cosa. Quando però apro la porta, la curiosità viene immediatamente sostituita dall'incredulità.

Ci vogliono una manciata di secondi per capacitarmi di quello che ho davanti; anzi no, da chi ho davanti.

«Massimo?»

Il sorriso sexy e strappa-mutande che ormai so appartenergli si affaccia sulle sue labbra impertinenti.

«C'è posta per te», afferma divertito dalla mia espressione sbigottita, porgendomi effettivamente un pacco.

Prendo la scatola dalle sue mani e contemporaneamente lui invade il mio appartamento senza ricevere un invito. Lo guardo e non posso non notare quanto sia imponente la sua figura. Indossa un semplice jeans chiaro e una t-shirt nera che lo abbraccia come una seconda pelle, un abbinamento casual che su chiunque apparirebbe scialbo e anonimo, ma che invece su di lui risulta estremamente sexy. Prima che la mia mente inizi a viaggiare su terreni su cui è meglio non camminare, mi riapproprio delle mie facoltà mentali pronta a formulare una frase decente, ma lui mi anticipa.

«Carino qui, ti rappresenta».

Dopo la rottura con Riccardo ho voluto rivoluzionare questo appartamento, rendendolo solo mio e cancellando ogni traccia del suo passaggio; quindi, ora quello che mi circonda è tutto frutto della mia personalità: colori caldi, mobilio chiaro senza pretese e qualche nota di colore dovuta a qualche cuscino e alcuni quadri rappresentanti perlopiù paesaggi, ma ora non ho alcuna intenzione di affrontare con lui l'argomento sull'arredamento.

«Ti sei fatto sbattere fuori dall'Esercito e ora fai il corriere per Amazon?», chiedo sarcastica, sorvolando i complimenti per il mio appartamento.

«Nessuna delle due cose, fiorellino. Passavo semplicemente da queste parti, quando ho visto il corriere e mi sono offerto gentilmente di aiutarlo con la tua consegna».

Lo guardo manifestando tutto il mio scetticismo sulla sua affermazione, non credo a una sola parola.

«Ok, non è andata proprio così, comunque non è importante. Possiamo dire che accidentalmente passavo da queste parti e sempre accidentalmente ho notato la tua macchina e quindi ho deciso di passare da te per un saluto».

Ora sì che sono confusa, tutto quello che dice continua a non avere una logica. Massimo capisce le mie reticenze senza scomporsi, ma rivelandomi essere leggermente nervoso, infatti per un momento la sua sicurezza ha vacillato; il mio mal di testa sta leggermente scemando e questo mi permette di analizzarlo meglio, ci stiamo studiando a vicenda.

Mi sento una preda davanti al cacciatore in attesa della sua prossima mossa. Lento e con movimenti misurati, si avvicina per poi arrestarsi ad un passo da me; i nostri sguardi si toccano mentre tutto il resto resta fermo e distante.

Ci guardiamo, ci studiamo senza dire niente, e quello che mi lascia sorpresa è constatare che la sua presenza nel mio salotto mi risulta essere la cosa più normale del mondo.

«Lento o diretto?», chiede senza distogliere mai il suo sguardo dal mio.

La mente mi catapulta nel ricordo di quella discoteca e alla stessa domanda, alla quale non ho mai risposto perché interrotti bruscamente. Oggi, a differenza di allora, siamo soli: nessuno a interrompere questo momento, nessuno a impedirgli di avere la sua risposta.

Mi guarda e aspetta. Non ha fretta, ma i suoi occhi mi chiedono di essere io a fare la mia mossa.

Lui aspetta.

Io indugio.

Lui mi guarda.

Io mi perdo.

Dopo un tempo che non riesco a definire, decido di riappropriarmi della ragione, che ho sempre messo davanti agli istinti; non posso permettergli di andare oltre, non saprei gestirlo, e anche se fa male, prendo la decisione più giusta per entrambi.

Abbasso lo sguardo perché sono una vigliacca, metto più distanza tra di noi e con un macigno sullo stomaco gli offro la mia risposta.

«Né lento né diretto, la prima volta è stato un errore e io non sbaglio mai due volte».

Faccio l'errore di guardarlo e non mi sfugge la sua mascella contratta, la mia risposta non gli è piaciuta per niente. È un attimo, poi riacquista subito la sua naturale sicurezza e riduce ancora una volta lo spazio tra di noi, prima di tornare a parlare.

«Io dico che la prima volta è stata inaspettata e molto piacevole, ma sei troppo orgogliosa per ammetterlo e troppo codarda per chiederne ancora».

Ma di quale orgoglio parla? Se solo immaginasse quello che mi tormenta e che mi impedisce di prendermi quello che realmente voglio, se solo sapesse quanto poco donna io mi senta. Non ho tempo di piangermi addosso, perché lui mi fronteggia con determinazione; afferra il mio volto con entrambe le mani e punta nuovamente i suoi occhi nei miei, analizzando ogni mia espressione.

«Tu mi vuoi quanto ti voglio io. Me lo dice ogni fibra del tuo corpo, me lo dice il fatto che se ora ti baciassi tu non mi

85

rifiuteresti, ma sei troppo ottusa per ammetterlo e per fare quel cazzo di passo, ma stavolta non ti faciliterò le cose, non farò quel passo per te. Sono qui, se mi vuoi prendimi».

È un battito di ciglia quello che mi tiene lontana dalla sua bocca ed è la paura a non farmi fare quel passo. Lui lo capisce, sa che non avrà quello che chiede.

«Va bene così, fiorellino».

La sua resa si accompagna a un delicato bacio sulla punta del mio naso. Lui crede di aver perso, quando invece l'unica perdente qui sono io.

18

Massimo

Cazzo!
Cazzo e ancora cazzo!
Ma che mi prende?
Non mi riconosco più, quella donna mi farà impazzire. Se le statistiche sono veritiere, ci son ben sette donne per ogni uomo, e se sottraiamo dall'equazione tutti gli uomini che hanno già la loro e non ne vogliono altre, il numero sale clamorosamente: decine, centinaia, migliaia di donne tra cui potrei scegliere e che sono certo non mi darebbero il due di picche come la piccola strega. Sì, è così. Io sono sicuro che, a parte lei, nessuna mi rifiuterebbe, perché non pecco di finta modestia o ipocrisia, io ce li ho gli specchi e quando mi guardo vedo un gran figo, stramaledettamente attraente e desiderabile; lo vedo come mi guarda il gentil sesso e come a volte mi invidia il sesso forte. Non pecco di superbia, sono sicuro di quello che sono: la natura mi ha donato la bellezza, perché dovrei perdere tempo a negarlo? Per apparire umile? Ma chi se ne frega dell'umiltà in questi casi, io so di essere il sogno erotico di ogni donna, di tutte le donne, strega tentatrice.
Sì, maledizione, io sono un gran figo!
E allora perché lei non cede?
Lo so che mi vuole con la stessa intensità con cui la voglio io, eppure non cede.
Perché?
Ha paura, e questo mi è chiaro, ma di cosa?

Non può essere solo insicurezza, c'è altro. Cos'è che non mi dice?

E soprattutto, perché non rinuncio e basta?

So con certezza che non è per il mio ego ferito, io la desidero con ogni fibra del mio essere. Il suo corpo, i suoi occhi, le sue labbra, tutto in lei mi reclama; tutto tranne la sua mente, quella insiste a respingermi e io voglio sapere perché.

Calmati, Massimo, e ragiona. So che il coglione del suo ex è tornato alla carica, ma sono certo che non è un ritorno di fiamma quello che la frena dal concedersi a me; il loro era un piccolo fuoco di paglia, e per quanto ne so non si vede con nessuno, mi sono ovviamente informato.

E allora cosa mi sfugge?

Sono ancora sotto casa sua, chiuso in macchina ad arrovellarmi il cervello. Le ho detto che sono un tipo paziente, e questa è solo una delle tante cazzate che ho sparato finora; che non farò più il primo passo, e questa probabilmente è la più grossa scemenza che la mia mente ha partorito nell'ultima ora. Lei quel passo non lo farà mai e se voglio ottenere qualcosa devo essere io a farlo, perché quello che la blocca è più forte dell'attrazione che prova per me.

Quindi al diavolo tutto quello che ho detto finora, io me la vado a prendere, proprio adesso. Proprio ora!

Perché oltre ad essere sicuro di me stesso, sono anche stramaledettamente testardo.

19

I miei occhi continuano a saettare tra la porta che io stessa ho voluto chiudere e il pacco che dovrei aprire.

L'ho mandato via e ora sono divisa in due tra la consapevolezza di aver fatto la cosa giusta e la delusione di aver rinunciato a qualcosa di unico.

Massimo è la raffigurazione dell'uomo che ogni donna sogna al proprio fianco, solo una stupida lo rifiuterebbe, e non solo perché è indiscutibilmente bello, ma anche perché è intelligente, buono, altruista, socievole e molto altro. Il mio impulso di tenerlo lontano non è dettato dalla stupidità, ma dalla consapevolezza di quello che non sarò mai in grado di dargli.

Rassegnata e triste, abbandono lo sguardo dalla porta per dirigermi verso il bancone della mia cucina a vista. Noto che sul pacco non è presente il nome del mittente, incuriosita lo apro e il contenuto mi lascia basita: un baby doll nero completamente trasparente con improbabili rifiniture leopardate. È volgare e privo di ogni forma di eleganza e sensualità, sicuramente non adatto alla mia persona. Un biglietto posto sul fondo della scatola attira la mia attenzione, scopro così il nome del mittente di questo dono assolutamente non gradito.

"Indossalo per me e pensami. R."

Riccardo?

Dopo la parentesi dei fiori, ora questo. Sono confusa e infastidita dai suoi comportamenti, poi rifletto sul fatto che dovrebbe conoscermi abbastanza da sapere che non indosserei mai un indumento del genere. Mi convinco sempre di più che quello che ci univa equivaleva al niente cosmico, e i suoi gesti mi fanno capire che non mi conosce affatto e che non si è mai impegnato per scoprire la vera Lalla; non eravamo fatti per stare insieme e sinceramente non capisco la sua insistenza nel voler provare a ricucire un rapporto che non sarebbe mai dovuto nascere.

Sono pronta a rispedire tutto al mittente quando il campanello suona di nuovo. Di stare tranquilla oggi non se ne parla, probabilmente sarei stata più rilassata se fossi rimasta al giornale. Ripongo senza alcuna cura il contenuto della scatola al suo interno e mi dirigo alla porta, pronta a mandare al diavolo chiunque si paleserà ai miei occhi; sono stanca e ho solo voglia di abbandonarmi sul divano e chiudere tutto fuori, ma quando apro la porta sono travolta da un uragano con le sembianze di un Dio.

Un attimo e la mia bocca viene prese d'assalto da un paio di labbra che sanno di peccato ed esigenza. Senza lasciarmi margini di movimento, Massimo chiude la porta dietro di sé con un calcio e io mi ritrovo catapultata in un paradiso che ha il gusto del desiderio. Non ho la forza di ribellarmi, per una volta è l'istinto a prevalere sulla ragione. La sua lingua morbida e vellutata insegue la mia, che è ancora leggermente intimidita da tanta urgenza, ma nonostante i miei attimi di incertezza, Massimo non tende a scoraggiarsi. Le sue mani forti e sicure abbracciano la mia testa pilotandola a suo piacimento; strattona i miei capelli, ma non percepisco dolore. È possessivo e padrone della situazione, la sua sicurezza mi porta a un lento abbandono e quando percepisce la mia sottomissione, inizia a rilassarsi allentando la presa su di me. Gioca con la mia bocca alternando piccoli morsi sulle labbra, che poi lenisce con la morbidezza della sua lingua. Le sue mani iniziano a vagare sul mio corpo e una presa ferrea a metà della mia schiena mi porta ad essere un tutt'uno con il suo torace tonico e muscoloso. I miei seni aderiscono contro la sua maglietta e questo nuovo contatto sembra eccitarlo parecchio; avverto la sua erezione, e sapendo di essere io la causa del suo desiderio non ne resto offesa ma compiaciuta, ma quando la sua mano ricerca il mio seno, inevitabilmente mi irrigidisco e torno ad essere lucida, e come un fulmine la consapevolezza di sapere quello che non posso donargli riemerge.

L'istinto ha perso di nuovo e la ragione è tornata prepotente, la magia ha smesso di esistere.

20

Massimo

Sapevo che sarebbe stato fantastico. Le sue labbra sono un invito al peccato così morbide e piene, Lalla è un concentrato di sensualità e non ne ha la minima idea, me lo dice la sua incertezza e il suo continuare ad essere rigida nonostante l'eccitazione che la sta attraversando, ma piano piano la sento cedere e ne approfitto per andare oltre. I suoi seni piccoli e sodi pressati contro il mio torace sono una tortura per il mio autocontrollo e un richiamo per le mie mani, ma commetto un errore quando cedo provando a toccarli, perché questo la fa diventare di pietra; una doccia d'acqua fredda è l'equivalente del suo distacco emotivo, e io torno a fare i conti con le sue paure. Non capisco il motivo di un irrigidimento così repentino e improvviso, fino a un minuto fa viaggiavamo sulla stessa lunghezza d'onda e ora, pur trovandosi ancora tra le mie braccia, la sento lontanissima.

Cosa c'è che non mi vuoi dire, fiorellino?

Sembra leggere nella mia mente i dubbi che la percorrono, e dopo aver ripreso le distanze dal mio corpo, risponde alle mie mute domande.

«Io... io non posso... mi dispiace».

Eccola, la mia chiave d'accesso: "io non posso", non "io non voglio".

«Tra il non posso e il non voglio c'è l'infinito, fiorellino. Dimmi cosa ti allontana dal prenderti quello che il tuo corpo indubbiamente vuole, perché il tuo corpo non mi sta respingendo affatto».

Lo so, sono certo che mi nasconde qualcosa, e qualunque cosa sia io la voglio sapere, perché in essa dimora il motivo per cui non si lascia andare e per il quale non riesco ad averla.

Per cercare di carpire le informazioni che voglio, la mia mente si inoltra in meandri che mi rifiuto di prendere in considerazione, ma che ormai hanno acceso dubbi che spero con tutto me stesso non trovino fondamenta.

Afferro il suo dolce viso tra le mani e cerco un contatto tra i nostri sguardi, anche se lei cerca di evitarmi.

«Guardami, Lalla».

Assumo il tono di voce più morbido e gentile possibile, ma sono irremovibile perché ormai sento il bisogno di risposte.

Accarezzo con i pollici le sue gote morbide e prive di imperfezioni. Il mio tocco è dolce pur rimanendo deciso, voglio che si fidi di me, l'ultima cosa che vorrei è spaventarla.

«Lalla?»

La chiamo ancora e finalmente mi guarda. I suoi occhi del color del mare si velano di lacrime e mi fa male leggere tanta tristezza.

«Dimmelo, dimmi cosa ti fa star male. Fidati di me, qualsiasi cosa sia non ti giudicherò mai».

Sono sincero e spero lei lo percepisca; desidero la sua fiducia e che si lasci andare, voglio che affronti i suoi demoni interiori e quello che la sta tormentando. Quella che ora ho davanti non è la ragazza che sono solito guardare, ora in lei non c'è traccia della sua lingua tagliente, ma emerge solo un'anima insicura e fragile.

Senza pensare, do voce ai miei pensieri e paure.

«Qualcuno in passato ti ha fatto del male? Sei stata costretta a fare qualcosa che non volevi?»

Ecco, l'ho detto, e ora ho una fottuta paura della risposta. Aspetto, sperando di aver dato voce alla più grande stronzata uscita dalla mia mente.

«Cosa? Ma che dici?»

Mi rilasso subito, anche se la mia domanda l'ha fatta indispettire parecchio. Tuttavia, non mi pento di avergliela posta, avevo l'assoluto bisogno di scacciare il dubbio atroce che mi aveva annebbiato i pensieri.

«Io non capisco come hai potuto farmi una domanda del genere...»

Inizia a camminare avanti e indietro gesticolando come una forsennata, e io non ci sto capendo più un cazzo.

«E allora cosa mi nascondi? Spiegamelo, perché mi si sta friggendo il cervello nel vano tentativo di capirci qualcosa».

Il tono della mia voce si è inevitabilmente alzato e inizio a torturarmi i capelli, chiaro segno che sono parecchio nervoso.

«Che cosa dovrei spiegarti? Sei così presuntuoso che giustifichi un rifiuto associandolo a un abuso pregresso. Ma chi ti credi di essere? Non ti è passato per la mente che magari non ti voglio e basta? Ti è così difficile da credere che non tutte ti cadono ai piedi?»

Urla anche lei, e più la osservo più non capisco il perché della sua aggressività; sembra voglia solo ferirmi, e per quanto non lo voglia ammettere, ci sta riuscendo alla grande.

Scoppio in una fragorosa risata che non ha nulla di divertente, perché, per quanto faccia male, sta dicendo un mucchio di scemenze.

«Ok, forse la mia fantasia ha lavorato troppo e sono felice di aver preso un grosso abbaglio, ma non offendere la nostra intelligenza dicendo che non mi vuoi. Non è la presunzione a parlare, perché per quanto tu ti ostini a negarlo è palese quanto mi desideri, quindi risparmia le tue cazzate per qualcun altro».

Sputo fuori parole al veleno, crede davvero di avere di fronte un emerito idiota?

«Mi spieghi chi ti dà il diritto di piombare a casa mia e di pretendere spiegazioni che non sono tenuta a darti? Cosa diavolo vuoi da me?»

Il suo viso arrossato dalla rabbia e dalla frustrazione mi fa desiderare ancora di più delle risposte e sono sempre più incazzato per quello che mi sputa addosso la sua bocca.

Va bene, forse ha ragione lei e io non ho alcun diritto di sapere alcunché, ma allora perché sento quell'inspiegabile esigenza di meritare una spiegazione?

Perché invece di prendere la porta e andarmene accettando la sconfitta, ho solo voglia di stringerla ancora?

La vedo accasciarsi sul divano e farsi ancora più piccola quando si ripiega sulle ginocchia appoggiandoci il viso per sfuggire al mio sguardo. Sono imbalsamato sul posto, non mi muovo di un millimetro, lasciando tutta la mia attenzione sul tenero fagotto davanti a me; appare così fragile e triste, al pari di una bambina che è stata appena mortificata, e mi sento tremendamente in colpa. Mi accingo a parlarle, quando ascolto un sussurro che mi gela dentro.

«Io sono rotta dentro».

Non so se è consapevole di aver dato voce ai suoi pensieri, era solo un leggero mormorio, ma io l'ho sentito e non posso ignorarlo.

"Io sono rotta dentro", cosa intende?

Guidato da volontà propria, il mio corpo si avvicina al suo. Mi siedo accanto a lei e senza preoccuparmi di un eventuale rifiuto la abbraccio, facendole appoggiare la testa sulle mie gambe. È rigida mentre si arrotola su se stessa in posizione fetale; si lascia accarezzare i capelli, il suo profumo invade le mie narici, sa di pulito e talco.

Sa di buono.

Sa di lei.

«Cosa ti fa pensare di essere rotta?»

Faccio questa domanda solo quando la sento rilassarsi, convito che quasi sicuramente non otterrò risposta; invece, con mio stupore la sento aprirsi.

«Io non lo penso, lo so! Io non sono come le altre donne, posso affermare di avere un difetto di fabbrica».

Il modo in cui parla di se stessa mi fa innervosire, la sua calma nell'affermare di essere sbagliata mi dà fastidio. Un difetto di fabbrica? Crede di essere una macchina? Un oggetto?

Sto per rimproverarla per il modo in cui si denigra volontariamente, quando la sento continuare con i suoi discorsi assurdi.

«Io non vado bene per uno come te. Tu non sei un tipo che si accontenta e io non sono in grado di darti quello che meriti».

Continuo a non seguirla, di cosa sta parlando? Cosa pensa di non potermi dare, quando l'unica cosa che voglio è lei, eventuali difetti compresi?

«Lalla, non riesco a capire di cosa parli, ma posso garantirti che in te non c'è niente di sbagliato. Come fai a non vedere quanto mi attrai? Cristo, continui a rifiutarmi, eppure io continuo a inseguirti, questo non ti dice niente?»

Le mie parole tornano a farla arrabbiare e ora sono veramente frustrato. Abbandona il mio tocco alzandosi, per poi puntarmi addosso due pezzi di cielo d'estate.

«Tu non capisci! Tu non puoi capire!»

Mi urla in faccia come impazzita cercando di allontanarsi il più possibile, ma stavolta non glielo permetto. La afferro con decisione posizionandola a cavalcioni sulle mie gambe e afferro i suoi polsi, obbligandola a darmi tutta la sua attenzione.

«Allora fammi capire!»

Questo cruciverba di parole inizia a stancarmi e sembra capirlo anche lei.

«Vuoi davvero saperlo? Vuoi la mia totale umiliazione? Va bene, ti accontento, così poi puoi sparire per sempre...»

La sua lingua è velenosa, ma non è quella a colpirmi, bensì la sua convinzione nel pensare che dopo la sua confessione io sparirò dalla sua vita; non ha però fatto i conti con l'insana voglia che ho di scoprirla e farla mia.

«Va bene fiorellino, mettimi alla prova».

Sono sicuro che niente potrà farmi cambiare idea su quello che sento, e spero che lei percepisca la mia sicurezza, così da lasciarsi andare in tutta serenità. Un sospiro che ha il gusto della sconfitta anticipa quello che lei pensa sia la mia disdetta.

«Ci sono donne che non riescono a lasciarsi andare completamente, che nonostante l'attrazione non percepiscono mai il bisogno di andare oltre e che non sperimentano il piacere massimo...»

La sua voce arriva sempre più flebile, il suo imbarazzo le fa posare lo sguardo in basso e questo si mescola all'insicurezza; sono profondamente colpito dal suo tormento interiore.

Inizio a comprendere le sue parole e giuro che a tutto ero preparato, tranne che a questo. Sesso, stiamo parlando di sesso. Ok, questo è un argomento su cui mi sento particolarmente preparato.

«Lalla...»

«No, Massimo, adesso mi ascolti. Io sono una di quelle donne; per me il sesso è solo un dovere nei confronti di un partner, non provo niente o quasi e finora mi è sempre andata bene in quanto riesco a fingere un certo appagamento... ma tu non sei uno che si accontenta di una simulazione e io non potrei darti niente di diverso. Tu meriti una donna vera, quindi, come vedi, noi non siamo compatibili, io...»

Non la lascio continuare, perché sono convinto che stia dicendo una marea di cazzate, anche se lei ci crede fermamente. Quello che ha detto mi convince solo di più nel volerla avere e nel volerle dimostrare quanto si sbaglia; certo, l'anorgasmia esiste, ma non è il suo caso, me lo dice il modo in cui reagisce il suo corpo quando le sono vicino. Mi avvento sulle sue labbra e faccio l'amore con la sua bocca. La abbraccio completamente e assalto il suo invitante fortino, sentendomi già il padrone del suo sapore; non le lascio il tempo di pensare a quei problemi che sono certo sono solo nella sua testa.

La donna è una "macchina" meravigliosamente complicata. All'uomo basta poco per arrivare al traguardo, ma la donna deve coinvolgere mente, corpo e anima, deve lasciarsi travolgere completamente dalle sensazioni e, cosa più importante, deve fidarsi dell'uomo che la sta guidando al piacere. Io voglio essere l'uomo che la farà camminare tra le strade dell'eros.

Continuo a baciarla e accarezzarla, trasmettendole tutto il desiderio che provo per lei. Sono eccitato e non posso nasconderlo, ma in questo momento esistono solo le sue esigenze; voglio portarla dove non l'ha mai condotta nessuno, perché lei non è rotta come crede, non ha niente da invidiare alle altre donne, il suo problema è tutto nella sua testa e in quella di quei coglioni che non hanno saputo darle quello che merita...

21

Sono a corto di parole, ma anche volendo non potrei pronunciarle, visto l'assalto che le mie labbra stanno subendo, un assalto bellissimo.

Credevo che dopo la mia confessione sarebbe scappato a gambe levate, invece non mi ha lasciato nemmeno il tempo di continuare con i miei discorsi che subito si è impossessato della mia bocca e dei miei respiri. È come se non avesse ascoltato le mie parole, ma al tempo stesso sembra aver deciso di sorvolare sulla mia più intima confessione. Sembra non importargli nulla del mio problema, come non esistesse, ma io so che c'è ed è reale.

Negli anni ho provato a rivolgermi a una specialista in sessuologia, senza comunque ottenere risultati validi. Lei affermava che il mio problema fosse puramente mentale e che a livello fisico non avevo nulla di cui preoccuparmi; tutto dipendeva da me e dalla non accettazione del mio corpo, dalla mia insicurezza e dal mio continuo combattere contro un aspetto fisico mai completamente accettato. In base alla sua esperienza professionale, la radice del mio blocco era dovuta esclusivamente al rifiuto del mio aspetto; secondo lei, io mi sono sempre inflitta una sorta di punizione volontaria, e il suo consiglio sullo sperimentare l'autoerotismo non l'ho mai preso in considerazione, forse per paura di confermare il mio essere incapace di provare piacere. Mi sono semplicemente arresa, concentrando le mie forze su altro: il lavoro, l'amicizia e la famiglia.

Con la morte dei miei genitori, le mie aspettative sul sesso sono diventate l'ultimo dei miei pensieri e quando ho conosciuto Riccardo era solo un po' d'affetto quello di cui avevo bisogno. I nostri rapporti intimi rasentavano la monotonia. Io attribuivo tutto al fatto di non essere abbastanza coinvolta dal desiderare altro se non un corpo caldo dal quale prendere coccole e carezze, dal non sentire altri impulsi se non la voglia d'affetto; lui, dal canto suo, non si è mai lamentato e si è sempre accontentato del poco che riuscivo a concedergli.

Ora, però, il mio corpo percepisce sensazioni mai sperimentate prima. Massimo mi sta solo baciando, eppure la mia pelle avverte scariche elettriche nuove e assolutamente piacevoli. Sono confusa e spaventata perché non ho idea di come comportarmi; da una parte vorrei interrompere tutto per non dover affrontare la mortificazione che arriverà quando la verità di quello che sono si paleserà, dall'altra non ho la voglia di allontanarlo da me e desidero scoprire dove riuscirà a condurmi.

Le sue labbra abbandonano le mie, ma non la mia pelle; baci umidi e delicati tracciano il mio corpo, prima sulle scapole e poi sempre più in basso.

«Chiudi gli occhi e goditi il viaggio, fiorellino».

Questo è tutto quello che mi dice prima di togliermi la maglietta e avventurarsi sui miei seni nudi. Il notare l'assenza di biancheria intima lo porta a un sorrisetto compiaciuto, che poi sfocia in un ringhio d'approvazione.

Una volta distesa, chiudo gli occhi e mi estraneo da tutto, tranne che dal suo tocco. Massimo si dedica ai miei seni con molta attenzione. Con mani sapienti e bocca esperta non tralascia nessun punto esposto, e quando lo sento togliermi anche gli shorts mi rendo conto che si ritrova sopra di me e che non mi sono neanche accorta di come sia arrivata a quella posizione. È tutto sfocato, eppure percepibile. Sento solo le sue dita e le sue labbra che ora solleticano il mio pube, che viene sapientemente aggirato; sembra voglia lasciarmi in una sorta di limbo fatto di desiderio e disperazione. È tutto assurdo, io completamente nuda e lui perfettamente vestito; questa consapevolezza mi fa irrigidire e a lui non sfugge, così torna alle mie labbra baciandomi ancora e ancora e io non capisco più niente.

«Sei bellissima, sei una fottuta visione».

È un ringhio animalesco quello che sfugge alla sua gola ed è la visione del mio corpo a farlo emettere. Come è possibile che riesca a suscitargli un tale effetto? Avverto quanto sia eccitato e sento quanto mi desidera, lui però è concentrato solo su di me e sugli stimoli sensoriali che mi sta regalando; non mi chiede di toccarlo o di dargli il minimo piacere, di assecondare il bisogno che sento in tutta la sua erezione. Le sue attenzioni sono solo su di me e una lacrima indisturbata supera le ciglia per scorrere sulla mia guancia. Lui la rincorre, la ferma e la fa sua.

«Lasciati andare, non pensare, devi solo sentire; e continua a tenere gli occhi chiusi».

Con le stesse labbra che hanno parlato, torna a tracciare il suo percorso sul mio corpo, e io lo sento. Sento tutte le emozioni e i brividi che mi provoca, tocca e bacia parti di me che non sapevo essere tanto recettive e sensibili e un fuoco sconosciuto inizia ad accendersi all'altezza dell'addome, che sento contrarsi involontariamente. Non riesco a decifrare le reazioni del mio corpo, le sento estranee e ne ho timore, ma allo stesso tempo ho bisogno di cavalcarle per farle mie.

Massimo non sembra avere alcuna fretta, lascia che assorba ogni cosa, assapora il mio corpo e si ciba del mio profumo. Lo sento respirare e mi abbandono sempre di più in questo viaggio di perdizione. Continuo a tenere gli occhi chiusi come mi ha chiesto, anche se è tanta la voglia di guardarlo, ma resisto godendomi il paradiso che mi ha promesso.

22

Massimo

La sento ancora leggermente tesa, ma il suo cedimento è alle porte. Non capisco da dove derivi la sua insicurezza, come fa a non notare quanto è bella e sensuale? Il suo corpo è un vero invito alla lussuria: piena nei punti giusti, liscia come la seta, morbida come il velluto e dolce come il miele. È un mix perfetto di peccato e dolcezza, sexy e affascinante, ma anche angelica e pura.

Cristo, sto impazzendo costretto nei miei jeans. La mia erezione trova sempre meno spazio e inizia a essere dolorosa, ma non devo cedere alla voglia dei miei impulsi; questo è solo per lei, questo è per abbattere le sue paure e false convinzioni.

Non ha nessun tipo di problema, me lo conferma la reazione del suo corpo a ogni mia attenzione: nessuna frigidità, solo tanta insicurezza, insicurezze che con ogni bacio e ogni carezza io sto buttando giù. Non sarà facile e veloce, ma che io sia maledetto se non me ne vado da qui con un suo orgasmo, il suo primo orgasmo. Sì, sarò io a darglielo, niente e nessuno mi toglierà questa felicità. Mi prenderò la sua verginità al piacere e questo mi fa sentire un semidio.

Continua a tenere gli occhi chiusi come le ho chiesto e quella lacrima di cui mi sono dissetato è solo un ricordo; ora mi sente e si sta fidando di me, e io non ho alcuna intenzione di deluderla.

Generalmente per me il sesso è più animalesco, mi piace la passione travolgente, ma oggi devo far appello a tutta la calma e la dolcezza che possiedo. Questa, per lei, è come fosse la prima volta, e desidero che la ricordi come una delle esperienze più eccitanti della sua vita. La prossima volta la farò mia come piace a me e come sono certo apprezzerà anche lei.

Ma non oggi.

Oggi deve solo sbloccarsi e poi sarà solo una strada in discesa.

Continuo a stuzzicarla restando sempre leggermente lontano dal fulcro del suo piacere, voglio portarla a desiderare quel di più che si è sempre negata e che quelli prima di me non hanno saputo concederle.

Bacio, accarezzo e lecco ogni centimetro di pelle, mi disseto dei suoi umori come fossero il drink più buono del mondo e dopo un tempo che sembra infinito arriva il gemito che cerco. Il seno si alza e si abbassa in maniera più ritmica, il rosso che le imporpora il viso mi avverte che sta cedendo, e questo mi dà la spinta per continuare, sapendo di star seguendo la direzione giusta. Graffio leggermente e poi lenisco con una carezza donata dalla mia lingua; continuo così aspettando il momento in cui sarà finalmente pronta a concedersi tutto il piacere che il suo corpo brama.

Un altro gemito, un altro respiro mozzato e sono pronto per il gran finale. Mi tuffo come un assetato sul fulcro del suo essere femminile e famelico lo faccio mio.

Lento e poi deciso.

Rispettoso e poi invadente.

Ora la sento completamente soggiogata dalla mia bocca e dalla mia lingua ingorda. La sua resa è vicina, i suoi umori diventano il nettare più buono che abbia mai assaggiato e quando il mio nome lascia le sue labbra la diga si rompe. Avverto distintamente la prima scarica elettrica che la percuote e poi le altre che la portano a esplorare il piacere di un vero orgasmo. Non riesce a stare ferma, è solo la presa ferrea delle mie mani sui suoi fianchi che la trattiene; voglio che si goda ogni attimo di questo momento di totale assuefazione, il primo di tutti quelli che mi concederà di donarle, perché ormai è mia e non si torna più indietro.

Lascio che assorba tutte le sensazioni che le sono piovute addosso e io mi nutro di tutto il suo piacere, facendolo anche mio. Lentamente risalgo, dirigendomi sulle sue labbra ancora socchiuse e in cerca d'ossigeno. Aspetto che riapra gli occhi per rivedere il colore dell'azzurro più bello del mondo e quando torno a specchiarmi nel suo sguardo la bacio ancora, perché non resisto alla sua bocca e anche perché voglio che senta anche lei quanto è buono il gusto del suo orgasmo.

Oltre a me avverte il suo sapore più intimo, ma non sembra preoccuparsene; è tutto così profondo e naturale, e maledizione, io sono sempre più eccitato. Cerco di non pensare al mio amico che scalcia nei pantaloni e mi godo il bacio senza pretendere altro. Mi stacco dal suo calore quel tanto per poterla guardare e la luminosità del suo sguardo resterà sempre impressa nei miei ricordi più belli.

«Tu sei perfetta e non hai assolutamente niente che non va», affermo abbracciandola forte.

La ringrazio per il regalo che mi ha fatto e per la fiducia che mi ha concesso, e aldilà del fatto che la mia erezione mi sta facendo impazzire, mi sento bene e inspiegabilmente appagato.

Mi sento fottutamente bene!

23

«Non so tu, ma io ho una fame da lupi».

Sono passati pochi giorni da quando Massimo ha fatto irruzione a casa mia e con una facilità disarmante ha distrutto le mie convinzioni riguardo al mio ritenermi spezzata. Subito dopo avermi dimostrato di non essere "rotta", mi ha sorriso come solo lui riesce a fare e mi ha chiesto un vero appuntamento. E ora eccoci qui, in un ristorante bellissimo a vivere la nostra prima uscita ufficiale.

Non so spiegare come mi sono sentita nel constatare che tutto quello in cui credevo su me stessa fosse solo frutto delle mie elucubrazioni mentali, che quello per cui soffrivo così tanto era dovuto a un banale blocco creato ad arte dalla mia testa e che lui con estrema naturalezza è riuscito a trovare la chiave di apertura.

Arrivare alla soglia dei ventisette anni senza aver mai abbracciato il piacere del sesso, convinta di qualcosa di inesistente; non mi spiego come nessuno, inclusa me stessa, sia riuscito dove lui ha magistralmente avuto successo. Sta di fatto che quest'uomo bellissimo e affascinante, ora seduto di fronte a me, è riuscito a sbloccarmi utilizzando pazienza e dolcezza, senza pretendere niente in cambio.

Avete capito bene, dopo avermi fatto provare il più stratosferico degli orgasmi io avrei voluto ricambiare il favore in qualche modo, ma lui ha declinato dicendomi che il giorno in cui saremmo stati finalmente insieme sarebbe stato speciale e non doveva sapere di dovere da parte mia. Secondo il suo ragionamento, io in quel momento non ero perfettamente padrona delle mie facoltà mentali e mi sarei concessa solo perché ancora sotto l'effetto delle endorfine in circolo e perché mi sentivo in qualche modo in debito...

«Signorina Lalla Ferrari, ha intenzione di portare a questo tavolo anche la sua mente oltre al suo bel culetto?»

Massimo richiama la mia attenzione coi modi che solo a lui permetto di avere nei miei confronti.

«Mi scusi, Maggiore, ero solo persa nei miei pensieri. Ora io e il mio culetto, insieme a tutto il resto, siamo qui».

Mi sorride indicandomi il menù che ho davanti e mi invita a scegliere cosa mangiare.

Siamo in un ristorante che si affaccia sul mare, lontani dal caos di Roma. La terrazza che ci ospita è arredata con gusto ed eleganza: il bianco e il blu sono i toni dominanti e le enormi lanterne posizionate ovunque conferiscono all'ambiente un'atmosfera romantica e tranquilla.

Lui, il mare, l'arredamento, è tutto perfetto. Se non fossi così inspiegabilmente agitata potrei affermare che questa si presenta come una delle più belle serate che abbia mai vissuto, ma il senso di inferiorità che sento nei suoi confronti non è scemato del tutto. Avverto l'attrazione che nutre nei miei confronti e non riesco a capacitarmene; continuo a domandarmi perché, tra tutte le donne che potrebbe avere, lui voglia me e perché abbia scelto di puntare su quella più normale e incasinata.

Ora capisco quando Veronica mi palesava il suo disagio nei confronti di Alex. Ovviamente lei è bellissima e l'interesse di Alex non mi ha mai stupito, però questi militari imponenti e autoritari mettono una certa soggezione, sebbene questo non c'entri nulla con i miei interrogativi.

Perché io?

Non mi sono mai relazionata favorevolmente con il mio aspetto. Sono continuamente in lotta con la bilancia e il cibo e, a dispetto dei complimenti che ricevo, non mi sono mai vista una gran bellezza; mi reputo la classica ragazza della porta accanto.

Sono consapevole che questa per noi non sia propriamente una prima uscita e che abbiamo già superato lo scoglio dell'intimità; ha visto molti lati della mia personalità e conosce ogni centimetro del mio corpo, cosa che non posso dire di lui in quanto non ho ancora avuto la possibilità di ammirarlo in tutto il suo splendore, eppure è solo ora che in me sta albergando la vergogna, quella che sarebbe dovuta arrivare giorni fa sul mio divano...

«Fiorellino, hai scelto cosa ordinare? Questo paziente ragazzo aspetta te».

Mi riprendo nuovamente, stasera starà pensando che sono veramente svampita, e dall'espressione del cameriere lo starà pensando anche lui. Cerco di riacquistare un certo controllo e mi decido ad essere presente, scacciando dalla mia testa i svariati viaggi mentali che la ingarbugliano.

«Scusatemi, comunque ho deciso per un antipasto freddo e tonno alla griglia con verdure, grazie».

Porgo il menù al cameriere, regalandogli un sorriso di scuse per l'attesa.

«Non vuoi anche un primo piatto? Qui fanno una pasta all'astice che è la fine del mondo».

«No, grazie, preferisco evitare i carboidrati, ma ti credo sulla parola».

Massimo liquida il cameriere dopo aver aggiunto all'ordinazione una bottiglia di Pinot grigio e poi torna a concentrarsi su di me.

«Perché non mangi carboidrati? Non mi risulta tu abbia allergie o altro».

«Non è questione di allergie, ma solo di rispetto per la mia bilancia».

Accenno un sorriso tirato alla mia battuta per stemperare l'imbarazzo, ho difficoltà a credere che Massimo prima d'ora sia mai uscito con qualcuna in lotta continua con il suo peso.

«Se vuoi un mio parere, non hai bisogno di privarti di niente perché sei bellissima, e comunque se fossi la tua bilancia sarei più che felice di averti sopra di me ogni mattina».

Mi strizza l'occhio con fare ammiccante, senza sforzarsi di nascondere lo sfondo sessuale che ne è uscito.

Credo di essere diventata color porpora. Percependo il mio imbarazzo, non infierisce ulteriormente, ottenendo la mia gratitudine.

«Ho avuto il piacere di leggere il tuo articolo. Voglio farti i miei complimenti più sinceri, hai una penna tagliente ma al contempo sensibile».

Il volontario cambio di rotta sulla nostra discussione mi rilassa e riacquisto tutta la mia sicurezza. I suoi complimenti sinceri mi inorgogliscono, amo il mio lavoro e l'articolo sulle spose bambine lo considero una punta di diamante.

«Ti ringrazio, mi fa molto piacere ti sia piaciuto. Per me non è stato facile scriverlo, ma sono soddisfatta di aver dato voce a chi è stata negata la possibilità di parola».

«Sono sempre stato convinto che nel tuo lavoro i giornalisti veri siano pochi, e hanno tutto il mio rispetto. Riportare fatti o eventi non è cosa facile, ma un buon giornalista sa come arrivare al suo pubblico senza vendersi... e tu sei senza ombra di dubbio una professionista».

Le sue considerazioni mi arrivano direttamente al cuore, condivido il suo pensiero sul fatto che un vero giornalista debba limitarsi a riportare i fatti senza manipolazioni atte solo a fare vendita per un tornaconto personale.

«Parlami della tua esperienza, sei stata via svariate settimane, mi piacerebbe ascoltare anche quello che non hai riportato nel tuo articolo».

È sinceramente interessato, lo capisco dall'attenzione con cui mi guarda e dalla sua postura rilassata in attesa delle mie confidenze così mi sciolgo, diventando un fiume in piena.

Gli racconto del mio arrivo e dell'iniziale smarrimento dovuto a una realtà tanto lontana dalla nostra. Con dovizia di dettagli gli racconto dell'evoluzione del mio rapporto con Hina Ayub, confidandogli di non aver mai interrotto i nostri contatti. Mi soffermo anche sull'incontro avuto con Aisha, e inevitabilmente torno a emozionarmi ripensando al calvario che ha vissuto: i soprusi e le violenze, poi la sua forza nel resistere a un destino disegnato da altri, al modo in cui è rifiorita e di come oggi sia diventata il volto della speranza per chi, come lei, è costretta ad affrontare l'inferno.

Parlo per quelle che sembrano ore e Massimo non abbassa mai il suo livello d'attenzione; al contrario, mi riempie di domande che approfondiscono ogni argomento. Mi ritrovo a valutarlo ancora: il suo essere camaleontico è calamitante, Massimo è tante cose: sexy, intelligente, sensibile, spregiudicato e molto altro ancora, e poi ha la rara capacità di saper ascoltare.

Terminato di mangiare, decidiamo di fare una passeggiata sul lungomare all'altezza del pontile simbolo del litorale di Ostia, da dove si può ammirare il mare in tutto il suo splendore. È una calda giornata di giugno e gli ultimi raggi di sole che baciano l'acqua offrono uno spettacolo incantevole; tutto sembra brillare e forse è solo la compagnia, ma ho l'impressione di non aver mai assistito a niente di più bello.

Intenta nella contemplazione del paesaggio, non mi accorgo dello spostamento di Massimo alle mie spalle. Le sue mani si poggiano alle estremità del mio busto per poi trovare appoggio sul parapetto; mi ingabbia in un abbraccio intimo e protettivo, lo sento piegarsi per poi poggiare il mento sulla mia spalla.

È bellissimo, non trovi?», gli chiedo con lo sguardo rivolto verso l'orizzonte.

«Sì, è bellissimo».

Girandomi, noto però che il suo sguardo non è rivolto al panorama, bensì totalmente concentrato sul mio viso. Approfitta della rotazione e si appropria delle mie labbra, e subito il suo sapore inebria i miei sensi; sono assuefatta dai suoi baci e dai sospiri d'apprezzamento che abbandonano la sua gola. Quest'uomo sa baciare divinamente, fa l'amore con la mia lingua e riesce a trasformare anche un semplice contatto in un momento di vera seduzione.

24

Massimo

Passerei ore ad assaggiarla; l'ho già fatto, ma non mi è assolutamente bastato. Lalla è una donna intelligente e sensibile, la ammiro molto per la determinazione che la caratterizza, soprattutto per quanto riguarda la sfera lavorativa, ma da quando ho scoperto il gusto della sua sfera intima è quello che voglio e desidero continuamente.

Su quel pontile, mentre era intenta a osservare il panorama, io mi perdevo solo su di lei, lei che mi ammalia e cattura come una sirena, lei in un'assurda lotta costante con il suo corpo, lei che insiste nel criticarsi, lei che invece io trovo perfetta, lei che combatte contro le sue forme con la stessa intensità con cui io invece le desidero.

L'ho baciata fino a toglierle il fiato, su quel pontile. L'ho baciata sperando percepisse tutta la voglia che ho di lei, l'ho baciata fino ad avvertire la sensazione di non avere più aria nei polmoni e anche a quel punto sono andato avanti, perché era solo la voglia di prosciugarla quella che mi guidava.

Ora, sotto casa sua, la guardo e le sue labbra ancora gonfie per il mio assalto sono motivo d'orgoglio. Ne voglio ancora, non ne sono sazio neanche lontanamente.

Non aspetto un suo invito per salire nel suo appartamento, lo faccio e basta; ho ancora in mente le immagini del suo corpo sul divano che si contorce sotto il mio tocco. Le ho donato il suo primo orgasmo nel più totale altruismo, ma oggi scoprirà che il sesso si fa in due, che è piacere reciproco e non c'è niente di cui aver timore.

Torno alla sua bocca e mi inebrio ancora del suo sapore, la tocco senza nascondere le mie intenzioni. Immagini di lei piegata sotto le mie spinte o inginocchiata pronta a soddisfare ogni mio sporco desiderio si fanno sempre più vivide e io muoio dalla voglia di mettere in pratica ogni mio sordido capriccio. Il suo vestito, anche se leggero, è una barriera troppo ingombrante, così arpiono i suoi fianchi morbidi e sotto le mie dita la stoffa che la ricopre si arriccia fino a scoprirla completamente nella parte inferiore.

«Se non vuoi, fermami adesso, fiorellino».

Soffio le parole restando incollato alle sue labbra, sperando con tutto me stesso che si lasci andare, ma la sento irrigidirsi sotto il peso delle sue paure.

«Io... io ho solo paura che... che...»

Tartaglia pensieri e lettere, ma io devo avere la certezza che non avverta nessuna pressione o violenza dai miei gesti.

«Pensi che l'altra volta sia stato solo un caso? Che il tuo corpo non reagirà allo stesso modo? Oppure semplicemente non te la senti?»

Abbassa lo sguardo imbarazzata e intimidita. È una donna molto spigliata e solare la maggior parte del tempo, ma quando si tocca l'argomento sesso è imprigionata in molti tabù.

«Non so se ne sono ancora capace», bisbiglia agitandosi e guardando ovunque tranne il sottoscritto.

«È come andare in bicicletta, tesoro, una volta imparato non lo scordi più, e il tuo corpo ha già immagazzinato come fare suo il piacere».

Le strizzo l'occhio sorridendole, cercando di alleggerire il momento con una piccola battuta.

La cosa sembra funzionare, perché il suo viso si distende e l'accenno di un sorriso le disegna le labbra. Ci baciamo ancora e ancora, e quando avverto tutte le sue paure abbandonarla, ho il timore che abbia preso una decisione che si differenzia dalla mia. Quando però afferra la mia mano intrecciando le nostre dita, mi rallegro: un sorriso timido accompagna il gesto, mentre ci dirigiamo verso una porta chiusa che deduco essere la sua camera da letto, e quando la apre ne ho la conferma.

I toni chiari e le linee pulite rispecchiano la sua personalità, è tutto in ordine e ben distribuito. La stanza non è grandissima, ma risulta molto accogliente e il letto in ferro battuto posizionato sotto la finestra è il protagonista della scena. Il resto dell'arredamento è minimale e pratico: la piccola poltrona bianca ai piedi di una lampada alta cattura il mio sguardo, immagino il mio fiorellino seduto proprio lì, intento a leggere uno dei suoi romanzi preferiti la sera, prima di addormentarsi. Qui tutto parla di lei, il suo profumo delicato e fresco impregna piacevolmente l'aria e la finestra aperta permette al vento di muovere le tende bianche, senza tuttavia portare via con sé l'odore della padrona di questa stanza.

La veloce panoramica che mi sono concesso si interrompe quando riporto il mio sguardo ai suoi occhi, che appaiono ancora più azzurri in questo frangente; ferma ai piedi del letto, sembra aspettare la mia prossima mossa. Percepisco le sue difficoltà, così mi avvicino posizionandomi alle sue spalle, solo perché se continuassi a guardarla potrei non resistere ai miei istinti animaleschi; non posso ancora permettermi di prenderla come vorrei, non è ancora pronta a relazionarsi con la parte di me a cui piace il sesso aggressivo e irruento, oggi si viaggia ancora sui temi della vaniglia e della dolcezza.

«Abbraccia anche la tua paura, Lalla, perché senza la paura di lasciarti andare non sentirai il senso di libertà che ti investirà dopo».

Soffio queste parole sul suo collo esile mentre le mie mani individuano la lampo del suo abito che delinea la schiena. Lentamente la trascino verso il basso, fino a che non sfioro il suo osso sacro. La sua schiena ora esposta è un invito a proseguire, lei mi lascia tutto il controllo e in poco tempo un mucchietto di stoffa adorna i suoi piedi. Davanti a me c'è ora un corpo sinuoso e splendido, rivestito solo di un semplice completo intimo bianco e candido come la ragazza che lo indossa. La sua pelle liscia dal tono crema è un richiamo a cui non resisto; mi è impossibile non desiderarla, per questo mi prendo tutto il tempo per toccarla e ammirarla, le dico quanto la trovo bella, e quando i miei occhi si calamitano sul suo sedere alto e sodo ho un sussulto. Lo sapevo che lo avrei trovato meraviglioso, non so quante volte l'ho immaginato, l'ultima volta non ho avuto il piacere di osservarlo, ma oggi sì ed uno spettacolo per i miei sensi; lo adoro, ma questo per ora evito di rivelarglielo. Le faccio fare una leggera piroetta e mi obbligo a guardarla solo in volto, evitando così di farla imbarazzare per la mia radiografia tutt'altro che innocente. Con dolcezza dirigo le labbra verso l'incavo del suo collo, dove deposito baci e carezze.

«Spogliami».

Suona come un ordine, arriva come un invito.

E lei lo fa, prendendosi tutto il tempo di cui ha bisogno, tempo che io mi godo sotto l'influenza delle sue mani che tremano per l'anticipazione. Ogni suo tocco è un brivido e una scarica di libidine che arriva dritta alla mia erezione. Quando a ricoprirci entrambi è solo l'intimo, vedo il suo sguardo vagare sulla mia figura e mi lusinga notare che quello che vede le piace parecchio, le piace tanto quanto piace a me la vista di lei.

Non parliamo, le parole non servono. La prendo in braccio e la sento abbracciarmi il busto con le gambe, le sue mani infilate tra i miei capelli; mi muovo in direzione del letto con la donna più bella del mondo avvinghiata al corpo, mi sdraio mantenendola stretta a me, mi sbarazzo del reggiseno e mi ritrovo per la seconda volta tra le mani un meraviglioso paio di tette con le quali non vedo l'ora di tornare a giocare e di riavere sotto il controllo della mia lingua, perché va bene l'andarci piano e il romanticismo, ma resto comunque un uomo con i propri gusti e istinti e ho un debole particolare per le tette e il sedere, di questa donna in particolare. L'ho voluta e desiderata per così tanto tempo che ora ritrovarla sotto di me sembra un sogno, e sono investito da un desiderio e una brama mai provate prima. La denudo completamente e ripercorro con la memoria e i gesti tutto quello che le ho fatto sul suo divano; mi assicuro però di non farle raggiungere la meta, perché stavolta il piacere lo raggiungerà quando sarò completamente dentro di lei.

Come la volta precedente, la sento accendersi gradualmente. La sua pelle si imporpora e i suoi occhi azzurri si nascondono sotto il dilatarsi dell'iride per effetto dell'eccitazione. La sua naturale voglia di rincorrere il piacere si palesa in concomitanza con la mia; è vicina, lo sento, e io sono un disperato in mezzo al deserto in cerca d'acqua e solo una volta entrato nel suo profondo sentirò la sete spegnersi.

25

L'immagine di Massimo sopra di me è qualcosa che non riesco a descrivere per quanto è afrodisiaca; ho sempre pensato fosse bellissimo, ma nudo è da infarto! Ha una muscolatura definita ma non esagerata, il fisico dei più dotati nuotatori ammirati in tv: addominali scolpiti che evidenziano una perfetta "v" disegnata nella zona pelvica, i bicipiti gonfiati dallo sforzo compiuto per sostenersi che sono un magnete per le mie mani e le sue labbra che stanno facendo vere e proprie magie sul mio corpo. È un amante attento e generoso ma al contempo avido e dominante. Concede tutto se stesso, pretendendo di essere ricambiato. Sento che per il momento si sta trattenendo per permettermi di assorbire ogni sensazione, ma tutto di lui mi annuncia che questo è solo un momento di transizione, presto vorrà da me la stessa sfrontatezza e disinvoltura.

Non so dove ci condurrà tutto questo, però una cosa è certa: non dimenticherò mai questo giorno, Massimo è la reincarnazione del sogno proibito di ogni donna e oggi io ho la fortuna di stringere e possedere quel sogno.

Sto impazzendo sotto il suo tocco. Le vibrazioni e le scariche elettriche che mi sono negata finora mi stanno scombussolando, il mio corpo ora brama quello che solo lui è riuscito a dargli, lo vuole, lo pretende nel nome del ricordo di quello che è riuscito a fargli provare, sta rincorrendo quel traguardo fatto solo di puro e semplice appagamento.

Massimo insegue e gioca con la voglia che ho di lui, mi sfida a chiedere di più; con i suoi gesti e le sue carezze riesce a possedere non solo il mio corpo ma anche la mia mente, ed è il susseguirsi di baci e carezze che mi portano a gemere come mai fino ad ora. Nessuna finzione, io sento tutto e soprattutto desidero tutto.

La prima scarica al basso ventre arriva, preannunciando quello che ne seguirà. Inarco la schiena offrendomi a lui con maggiore intensità, ma quando sento già il gusto dell'arrivo al traguardo lui ferma ogni cosa, lasciandomi sulla linea dell'insoddisfazione; questo scatena in me un ringhio di protesta e frustrazione che sembra divertirlo parecchio, dal canto mio ora c'è tanta voglia di schiaffeggiarlo per quello che mi ha volutamente negato.

«Non guardarmi così, fiorellino, avrai quello che vuoi, ma stavolta tu godrai solo quando sarò immerso dentro di te».

La sicurezza con cui parla mi porta a credere che anche stavolta riuscirà a sorprendermi. Mi affido completamente a lui e alla sua esperienza, lasciandogli il totale controllo sul mio corpo e abbandonando ogni reticenza quando lo sento invadere la parte più intima di me. Il mondo assume una sfumatura monocromatica, esiste solo un colore: il nostro.

«Massimo».

Invoco il suo nome non comprendendone pienamente la ragione, sento solo che ne ho bisogno per realizzare che sia tutto reale.

«Sì, Lalla, ti sento...»

Dà voce ai miei pensieri, chiarendo che siamo perfettamente connessi. Le sue spinte da lente e controllate si fanno via via più decise e prepotenti, non smette di appropriarsi della mia bocca che si disseta di tutti i nostri respiri e quando la sua mano cerca e trova il mio centro pulsante credo di avere un mancamento; troppi stimoli contemporaneamente e le mie terminazioni nervose sono in un eccitante sovraccarico.

«Ora vieni per me, vieni con me, fammi sentire cosa sa farci provare il tuo corpo».

Disinnesca così tutte le mie inibizioni. Le sue parole racchiuse in una voce roca e sensuale miste ai suoi movimenti perfettamente collaudati mi spingono a obbedire, e guidata da volontà propria la mia libido esplode in un bombardamento di fuochi d'artificio, e il suo nome lascia le mie labbra insieme al piacere più inebriante.

«Sei spettacolo puro, fiorellino. Una meravigliosa visione, cazzo!»

Ruggisce i suoi pensieri guardandomi come fossi la cosa più bella del mondo. Accompagna il mio orgasmo fino alla fine e quando esce da me per riversare il suo piacere sul mio addome, ho l'immagine dello spettacolo più sexy ed erotico che i miei occhi hanno mai visto. Quando riacquisto la giusta lucidità, avverto subito un senso di perdita. Lo vedo alzarsi senza dire una parola per dirigersi in bagno, mi sento persa al pensiero di essere una delle sue tante avventure e questo mi attanaglia lo stomaco. Quando lo vedo tornare, un nodo alla gola mi impedisce di parlare; solo ora noto che ha un panno bagnato nelle mani, con il quale pulisce con attenzione la mia pancia, sulla quale, una volta finito, deposita baci dolci che sanno di rispetto. Lancia distrattamente il panno a terra prima di accomodarsi al mio fianco, mi stringe a sé nella classica posizione a cucchiaio e io rilascio quel respiro che ho trattenuto finora per la paura del suo abbandono.

«È ora della nanna, fiorellino».

Bacia la mia spalla respirandomi vicino, fino a che non ci abbandoniamo a un sonno ristoratore percependo che alla fine di me inizia lui, lui che sta diventando il mio respiro, lui che sembra fonderci in un unico corpo.

26

Massimo

Sono passate tre settimane da quando la mia storia con Lalla ha preso la strada di un una vera relazione. Tre settimane in cui ci siamo scoperti reciprocamente, e non solo sul piano sessuale.

Lalla mi ha sempre attratto, ma da quando la sto conoscendo meglio mi piace sempre di più. Ancora non ho le basi per sapere dove ci porterà questa storia che abbiamo deciso di vivere appieno, so solo che la voglia di andare avanti è tanta.

Le donne per me sono sempre state importanti, le ho sempre ritenute creature meravigliose a cui portare il massimo rispetto indipendentemente dallo spessore del rapporto che instauro con loro, anche la condivisione di una singola notte mi ha portato a dare tutto quello che potevo donare.

L'universo femminile, nella mia immaginazione, è fatto di strade districate da mille insidie e imperfezioni, per questo le reputo eccitanti e degne di essere percorse. Ogni insidia è una sfida, ed è risaputo che le sfide sono irresistibili. Lalla rappresenta la strada più complicata che io abbia mai percorso, ma anche la più eccitante e avventurosa. Lei è il viaggio che probabilmente non ho mai fatto, un'avventura stimolante che mi riempie di adrenalina perché imbevuta dell'ignoto.

Raccontandosi, mi ha trascinato nel suo mondo. Si è aperta sul rapporto che aveva con i suoi genitori, su quanto fossero legati e si amassero, i suoi occhi si sono fatti lucidi di emozione raccontando del suo legame con il padre, per il quale lei era la sua "principessa"; inevitabilmente sono giunte le lacrime quando il ricordo della loro scomparsa si è fatto nitido e mi ha confidato di come si sia sentita improvvisamente sola e vuota nonostante la presenza del fratello, che comunque ha una vita fuori dall'Italia assieme alla sua compagna. Nonostante la lontananza, il loro rapporto comunque non si è interrotto e le continue videochiamate le fanno sentire meno il peso della distanza.

Veronica e Miriam sono le sorelle che non ha mai avuto e i loro genitori le figure alle quali ora il mio fiorellino fa riferimento. Ho avuto modo di conoscere Giuseppe e Anna e non mi risulta difficile credere al fatto che abbiano praticamente adottato Lalla, sono persone meravigliose e sensibili con valori molto radicati e il concetto di famiglia è uno di questi; nella loro casa il mio fiorellino si sente protetta e amata, ricevendo costantemente il calore dell'abbraccio di una madre e il senso di protezione che solo un buon padre sa donare. Ho scoperto anche la sua continua lotta con il suo aspetto e le guerre con la bilancia per poi arrivare al suo disturbo legato alla bulimia, sconfitta con il raggiungimento della maggiore età.

Nel grande calderone delle confidenze non ho potuto evitare il tasto dolente riguardante il suo rapporto con Riccardo. Il coglione è entrato nella sua vita nel momento in cui lei appariva più vulnerabile, dopo la morte dei suoi genitori; da quello che è emerso, il loro non è stato un grande amore, e neanche piccolo, a parer mio. Lei lo ha fatto entrare per sopperire al senso di vuoto che l'aveva travolta e lui, a mio avviso, non credo abbia mai avuto la volontà di conoscerla veramente. Non ha mai saputo spronarla e valorizzarla, e il fatto che non si sia mai accorto del problema che affliggeva quella che era la sua donna la dice lunga su quanto poco possa contare nel grande schema delle cose.

So che ultimamente si è riavvicinato. Vuole ricucire il loro rapporto, o almeno ci sta provando, ma se pensa di riuscirci è un povero illuso, la sua occasione l'ha avuta e se non è riuscito a tenersela sono solo problemi suoi. Chissà cosa penserebbe se sapesse che la spedizione del suo regalo ha avuto me come corriere e che grazie a quella consegna l'oggetto dei suoi desideri è diventato mio. Il sorriso che mi si è disegnato sul viso si spegne quando ripenso al contenuto di quel pacco: mi ha irritato e non poco, volgare e fuori luogo, sicuramente non adatto alla destinataria. Il suo sgradito regalo avalla ancora di più la mia tesi sul fatto che pur avendola avuta vicino per un anno non la conosce minimamente. Dopo quell'episodio, so che ha spedito altri pacchi, più o meno sullo stesso stile; Lalla li ha sempre rimandati al mittente e se questo è il suo folle piano per riprendersela posso dormire sonni tranquilli, non ha speranze e l'unica cosa che sta seminando è la mia incazzatura. In più di un'occasione ho avuto una gran voglia di andare a cercarlo per scambiarci due paroline e, perché no, anche qualche pugno ben assestato, ed è sempre stata Lalla a dissuadermi, insistendo che non ne vale la pena e che prima o poi si stancherà dei continui rifiuti e che smetterà di essere un'ombra indesiderata sul nostro rapporto. Io comunque resto della mia idea e credo che il coglione meriti una mia visita di "cortesia", ma il mio fiorellino ha i suoi metodi di persuasione e per il momento il suo ex può dormire sogni tranqulll; io, invece, mi godo giorni di pura passione.

Ebbene sì, la tenera gattina si sta lentamente trasformando in una sensuale pantera e io non posso che essere favorevolmente colpito e orgoglioso del suo mutamento. Si scioglie ogni giorno di più tra le lenzuola e ha cominciato ad apprezzare e sperimentare altre superfici, sono molto fiero di me stesso per aver fatto emergere la creatura sensuale e territoriale che era sopita dentro di lei.

Il rumore dell'acqua mi sveglia completamente e mi rimanda l'immagine di lei nuda e desiderosa di attenzioni. Nonostante sia stato dentro di lei per gran parte della notte, la mia voglia di possederla non si è affatto esaurita, per questo non perdo tempo e la raggiungo. Resto appoggiato per un momento allo stipite della porta, è bellissima dietro quel vetro che la nasconde a malapena. Non resisto alla tentazione e la raggiungo, imponendomi alle sue spalle: il collo è la prima cosa su cui si poggiano i miei denti e il suo urlo divertito raggiunge i miei timpani.

«Ma che modi, soldato! Questo è il mio momento privato e non mi sembra tu sia stato invitato».

«Allora facciamo che diventi il nostro momento privato, e per quanto riguarda l'invito, non ne ho bisogno».

Le strappo un sorriso e un gemito nello stesso momento. Non è presunzione la mia quando affermo di non aver bisogno di un invito, perché lei mi vuole sempre con la stessa intensità con cui la voglio io.

«E poi se non mi fossi autoinvitato non avrei potuto avere questo...»

La volto e mi impossesso delle sue labbra, e subito il suo sapore misto al suo profumo violenta deliziosamente le mie narici e la mia gola.

«E tu non avresti goduto di questo...»

Spingo la mia sfacciata erezione contro il suo addome, chiarendo subito le mie intenzioni.

«Ti hanno mai detto che sei un impertinente, soldato? E poi il tuo alzabandiera non ha nessun effetto».

Sussurra a fior di labbra la sua finta indignazione e da come mi guarda non crede neanche un po' alle sue parole.

«Dovrebbe farti effetto invece, perché per un soldato l'alzabandiera è un momento solenne a cui va dato tutto il valore che merita».

«Sei blasfemo e insolente, meriteresti un bel richiamo per la tua sfacciataggine».

Anche se continuiamo a sfidarci a suon di battute, l'asticella dell'eccitazione è al massimo. Le do un bacio veloce, la volto con la schiena contro il mio torace e comincio a eliminare i residui di schiuma dal suo corpo; sentirla liscia e bagnata è pura estasi, le mani guidate dal desiderio viaggiano dai suoi seni fino ad arrivare sulla sua intimità, che trovo calda e pronta per me. È passato il tempo in cui si irrigidiva al mio passaggio, ora sono solo brividi di piacere quelli che avverte ogni volta che la tocco.

«Mani sul muro, fiorellino, e porta verso di me il tuo incantevole culetto».

Nonostante la voglia di ribellarsi al mio essere dominante, obbedisce e rinuncia a opporsi. Mi godo per un momento la vista del suo corpo impreziosito dall'acqua che continua a scorrere su di noi e poi mi avvicino alla mia meta; aiutandomi col ginocchio la invito a divaricare maggiormente le gambe, facilitando così l'accesso al suo invitante ingresso.

«Ora, civile, porta il dovuto rispetto alla mia bandiera e concedigli tutti gli onori del caso».

La mia voce ruvida si sposa con quello che sto provando e quando entro nel profondo della sua carne calda e morbida lascio che i nostri più intimi desideri diventino respiri. La faccio mia palesando impazienza e irruenza, per oggi niente vaniglia ma puro e appagante sesso. Mi piace prenderla anche così, con forza e decisione, e anche lei ha scoperto che questo lato di me la eccita parecchio, e io non posso che esserne felice. Con le mie mani ancorate a i suoi fianchi intensifico le mie spinte, portandoci sempre più vicini all'orgasmo che cerchiamo e vogliamo entrambi, e quando la sento stringermi come una morsa calda non resisto più e rilascio il mio gaudio nella parte più profonda e bollente del suo corpo. È fantastica, assolutamente fantastica!

«Onore alla bandiera, mio bel soldato».

Ritrovando il fiato necessario, mi gratifica a suo modo mantenendo il tono giocoso di prima, e un bacio appassionato chiude questo momento di pura perfezione.

27

È tutto troppo veloce.

È tutto troppo surreale.

Le immagini di noi sono tatuate con inchiostro indelebile all'interno di ogni mio pensiero.

Massimo ha la capacità di starmi dentro anche quando siamo lontani e non mi spiego come sia possibile che in poco tempo io avverta la sensazione di essere completa solo insieme a lui. Le sue braccia sono il mio porto sicuro e la sua bocca il mio paradiso personale.

Sono al giornale, il mio caporedattore sta parlando e io, oltre a percepire il movimento delle sue labbra, non capisco altro; non riesco a concentrarmi a causa delle tracce del suo sapore ancora su di me.

Ok, è assodato, sono completamente andata per il mio bellissimo soldato!

«Lalla, mi stai ascoltando? Ma dove hai la testa?»

Oh, mio caro direttore, se solo sapessi…

«Scusa, Alessio, mi sono distratta un momento, ma ora hai tutta la mia attenzione».

Un respiro profondo e una sonora pacca mentale alla me con gli ormoni in subbuglio e finalmente ritrovo la dovuta professionalità e concentrazione.

«Va bene. Ora che sembri essere tornata dal mondo dei sogni, puoi aggiornarmi sul tuo nuovo articolo? Con le spose bambine hai fatto centro, quindi sono certo che raccontare anche i dietro le quinte di questo fenomeno non farà altro che mantenere alta l'attenzione».

«Lo penso anche io, il nuovo articolo è solo da ultimare. Pochi accorgimenti e potrà essere pubblicato».

Nelle due ore successive mettiamo a punto tutti i dettagli necessari per una buona riuscita. Visto il delicato argomento che andrò a trattare, è necessario camminare sui cristalli e lottare con la me stessa coinvolta emotivamente per rimanere il più distaccata possibile.

Purtroppo, le mie ricerche hanno evidenziato altri punti neri. Sembra che sempre più uomini e anche qualche donna organizzino "viaggi del piacere" che hanno come unico scopo quello di poter avere rapporti sessuali con minorenni poco più che bambini; la vendita e lo sfruttamento della loro innocenza per mera soddisfazione personale è un vero abominio, oltre ad essere amorale. Qui parliamo di vera e propria pedofilia, in quanto sono coinvolti anche bambini che il più delle volte non arrivano ai dieci anni d'età.

Simone vuole che faccia un viaggio interiore nella mente di questi adulti per cercare di capire quale meccanismo li porti a desiderare un corpo acerbo, così da far emergere la loro parte insana e malata; è un'impresa ardua, in quanto non riesco ad essere empatica con tali soggetti, ma cercherò comunque di accantonare i miei pensieri e sarò il più obiettiva possibile. Ho comunque chiarito che nel mio articolo non si troverà nessuna forma di giustificazione a comportamenti tanto aberranti, nessuna malattia o trauma possono rendere accettabile la sottomissione dei diritti umani.

Abbandonato l'ufficio di Alessio, mi siedo alla mia scrivania e ci resto fino a che i miei occhi non si ribellano al sovraccarico dovuto all'esposizione davanti al computer. Decido che per oggi può bastare, quindi raggiungo la mia macchina e durante il tragitto per tornare a casa approfitto dell'ausilio del vivavoce per dedicarmi a una lunga chiacchierata con Veronica.

Non appena varco la porta il mio telefono mi avvisa dell'arrivo di nuovi messaggi. Dentro di me si annida la speranza che non sia di nuovo Riccardo; anche se ho detto a Massimo di non dare troppa importanza al suo ritorno e che sono sicura che presto si stancherà, devo ammettere almeno a me stessa che la morbosità del mio ex inizia a stancarmi e indispettirmi.

Scopro invece con sollievo che si tratta di Massimo.

"I vestiti migliori sono fatti di pelle ed emozioni, solo chi riesce a vedere al di là del tuo involucro è degno dei tuoi sguardi... io ti vedo, e tu?"

Santo cielo, ora svengo!

I suoi messaggi sono sempre meravigliosi e profondi. Quest'uomo, oltre ad aver raggiunto parti di me inesplorate, riesce giorno dopo giorno ad aprirsi varchi sempre più imponenti all'interno della mia mente e del mio cuore. È camaleontico: profondo, brillante, intelligente, ma anche sarcastico, irriverente e irresistibilmente malizioso, un mix letale se accostato al suo aspetto da perfetto dio dell'olimpo.

Mi sto legando inevitabilmente a lui e ho il terrore che quando l'idillio finirà io ne uscirò distrutta.

Perché ho imparato che tutto ha un inizio e una fine e niente è per sempre...

"Sì, ti vedo anche io".

Invio la mia risposta sincera e subito dopo il campanello suona. Senza pensare, apro la porta e il batticuore ha una forte impennata.

«E ti piace quello che vedi?»

«Decisamente».

«Anche a me. Tantissimo!»

Come un tornado, assalta la mia bocca interrompendo ogni possibilità di dialogo, e questo è solo il preludio di quello che a breve ci travolgerà.

Ora posso dire che la mia giornata è decisamente degna di essere vissuta…

L'uomo più bello e sexy del pianeta lascia il mio letto la mattina presto, il Comando Generale lo ha chiamato riferendogli di avere novità su Alex. Per il momento abbiamo concordato di non avvisare Veronica, vuole prima sincerarsi che le informazioni siano rilevanti.

In queste settimane la mia amica lo ha cercato ogni giorno, spesso ero presente e la sua frustrazione ha sempre avuto un triste impatto sulla sensibilità di Massimo; non sa più come rassicurarla, visto che anche lui è molto preoccupato per questo prolungato silenzio.

Spero con tutto il cuore che le novità riguardino il ritorno del nostro amico ed è con questa speranza che mi dirigo sotto la doccia. Lavo via ogni traccia del passaggio del mio soldato, ma nessun sapone può portar via quello che ogni volta mi lascia dentro e niente può ridarmi indietro quella piccola parte di me che ogni volta gli dono e che ormai è solo sua.

Nella tarda mattinata ricevo finalmente notizie da parte di Massimo, e quello che leggo mi pietrifica.

"Alex è morto".

Lapidario e senza alcun giro di parole, niente per indorare la pillola.

Secco e crudele come l'infame destino…

28

Massimo

Continuo a vomitare nel cesso tutto il dolore e la rabbia che sento; "il Maggior Del Moro è deceduto", questa la grande novità da rivelarmi.

Quando il Generale mi ha dato la notizia sono diventato di pietra. Ho sentito decine di volte la stessa frase riferita ad altri colleghi, mi ha sempre fatto male, ma sono comunque riuscito ad accettarlo ogni volta; Alex però non è il Maggior Del Moro per me, Alex è un fratello, un amico leale, una presenza costante e fondamentale nella mia vita.

"Il Maggior Del Moro è deceduto".

Una semplice frase e una parte di me si è disintegrata.

Cazzo! CAZZO! CAZZO!

Me la prendo con qualsiasi cosa ostacoli il mio passaggio; il mio appartamento al pari di un campo di battaglia, ho voglia di distruggere ogni cosa.

È tutto così assurdo e ingiusto!

L'ennesimo pugno contro il muro accompagnato dall'ennesimo conato di vomito, nel mio stomaco non c'è più niente, rabbia e bile sono quello che butto fuori.

Mentre lavo i denti cercando di portar via anche il sapore della disperazione, penso a come trovare il coraggio di parlare con Veronica. Lei che ha saputo arrivare dritta al cuore del mio amico, quel cuore chiuso da mille corazze, lei che lo ama sopra ogni cosa, lei che è stata il suo ultimo pensiero prima di salutarci; "prenditi cura di lei in mia assenza", gli ho promesso che lo avrei fatto con la convinzione che si trattasse solo di un breve periodo.

E ora?

Che devo fare, amico mio?

Chi la proteggerà dal dolore che il destino infame ha deciso di infliggerle?

Sono così stanco e debole, avrei solo voglia di chiudere gli occhi e dimenticare tutto, sperando che una volta riaperti risulti tutto un brutto sogno.

Mani piccole e delicate sfiorano la mia pelle sudata e tesa, e quando due biglie azzurre velate di lacrime compaiono nella mia visuale penso di avere le allucinazioni.

«Lalla?»

Non so se l'ho solo pensato oppure ho pronunciato ad alta voce il suo nome, quello che so è che lei è qui e mi sta trascinando in un abbraccio che ha il potere di regalarmi una relativa pace.

«Sono qui, sono qui solo per te».

Sussurra con rispetto e dolore cullandomi come una mamma col suo bambino, solo ora mi rendo conto di quanto avessi bisogno di sentirla accanto. È qui con me, è corsa in mio aiuto e non riesco a non stringerla forte, la tengo sempre più stretta a me per paura che possa sparire anche lei da un momento all'altro.

«Come sei entrata?»

«Hai lasciato la porta aperta».

Giusto, quando sono entrato sono corso in bagno per il bisogno di vomitare; preso dal mio delirio interiore, devo aver dimenticato di chiuderla, oppure inconsciamente ho desiderato che lei potesse avere la possibilità di raggiungermi senza ostacoli. Si lascia stringere senza la minima resistenza e mi dona quello di cui ho bisogno, rannicchiata insieme a me sulle dure e scomode mattonelle del pavimento del bagno.

Il tempo che trascorriamo nella stessa posizione non lo riesco a quantificare, ma ad un certo punto decido che è ora di lasciare il bagno, anche se lasciarla andare mi costa parecchio. Intreccio le dita alle sue perché ho bisogno di sentirla e la conduco verso il soggiorno.

«Scusa il disastro».

Guardandomi attorno mi rendo conto del casino che ho combinato: pezzi di vetro e cocci ovunque, sedie capovolte e chi più ne ha più ne metta, mi sorprendo che i miei condomini non hanno chiamato le forze dell'ordine per il baccano che ho causato.

«Niente scuse, ne avevi bisogno, e poi sono solo oggetti che si possono ricomprare».

Il suo sorriso dolce e sincero è balsamo per il mio stato emotivo. In tutto questo schifo sento di essere comunque fortunato nell'averla accanto, la sua sola presenza mi dà forza. La trascino sul divano e me la metto a cavalcioni, ho bisogno di sentirla.

«Resta con me».

La mia richiesta ha il sapore di una preghiera.

«Tutto il tempo che vorrai».

La sua risposta invece sa di autentica promessa.

«Domani Lalla, glielo diremo domani».

Non ho bisogno di specificare a cosa e chi mi riferisco, Veronica avrà il dono di un altro giorno fatto di speranze e illusioni, un giorno in meno in cui soffrire.

«Domani».

È tutto quello che aggiunge il mio meraviglioso fiorellino prima di appoggiare il viso sulla mia spalla, trasmettendomi la sua vicinanza e il suo sostegno incondizionato.

29

"Fammi perdere solo per un po', dammi la possibilità di dimenticare", questo è quello che mi ha chiesto, questo è esattamente ciò che gli ho concesso.

Il sesso come fonte di evasione.

Un momentaneo abbandono come anestetico.

Ora, stretti e abbracciati in questo letto, la realtà torna prepotente e la bolla dell'illusione è scoppiata: Alex non tornerà più e questo fa male, maledettamente male. Massimo ha perso il suo amico-fratello e Veronica il grande amore della sua vita, mi sento così impotente al cospetto di un simile dolore.

So cosa significa perdere le persone che ami, io stessa ho dovuto fare i conti con la morte di entrambi i miei genitori nello stesso momento; il dolore ti consuma, ti annienta, ti strappa il cuore senza alcun riguardo. Non esistono parole o gesti in grado di alleviare le pene di una disgrazia tanto grande ed è per questo motivo che non uso nessuna frase di circostanza, nessun "andrà tutto bene", perché non andrà bene proprio un bel niente e il dolore non passerà, semplicemente ci si abitua a conviverci, niente di più.

«Io e Alex ci siamo conosciuti all'accademia militare...»

Il silenzio è rotto dai ricordi che prendono vita dalla voce di Massimo. Il tono della sua voce sembra tranquillo, è come se fosse completamente immerso nel viale dei ricordi.

«Era un tipo strano e perennemente incazzato col mondo, odiava tutti e le chiacchiere non erano contemplate nel suo modo di fare; appena ne aveva l'occasione si allontanava da tutto e tutti per chiudersi nel suo universo personale. Lo additavano tutti come un tipo strano e arrogante da cui stare alla larga, io invece ho avvertito da subito una gran voglia di conoscerlo meglio, per questo un giorno lo avvicinai dandogli una pacca sulla spalla, grosso errore...»

Una risata amara e piena di affetto risuona nella sua gola.

«Lo sai come è andata a finire? In una bella e memorabile scazzottata e una punizione esemplare per entrambi. Senza rendercene conto, quell'episodio ha definito l'inizio della nostra amicizia.

«Alex odiava essere toccato, solo in seguito ne ho appreso il motivo: la sua infanzia e adolescenza erano state caratterizzate dalla violenza e dalla cattiveria, non era in grado di rapportarsi alle persone perché nessuno gli aveva insegnato cosa volesse dire avere dei legami. Alex non era cattivo o arrogante, sentiva semplicemente la necessità di doversi difendere. Era convinto di poter contare solo su se stesso e per questo si era costruito dei grossi muri di protezione intorno; ci è voluto molto tempo e tanta pazienza, ma alla fine mi ha permesso di entrare nella sua bolla personale e io ho avuto la fortuna di avere un amico vero e leale. Il destino con lui è stato veramente infame: niente affetto, niente coccole, niente amore. Io gli sono rimasto sempre accanto, anche se non è stato sempre facile, ma quello di cui aveva veramente bisogno glielo ha donato solo la sua amata dottoressa: Veronica è arrivata dove nessuno aveva mai avuto accesso, dritta al cuore».

Il racconto frena bruscamente a causa del respiro spezzato e del grosso nodo in gola che gli impedisce di andare avanti. Lo guardo e i suoi occhi imprigionano lacrime alle quali si ostina a non dare sfogo, ma loro sono lì e spingono forte per la voglia di scorrere via.

«Non si meritava questo finale! Nessuno merita di morire così e ancor meno lui, proprio ora che finalmente gli era stato concesso di essere felice, proprio ora che aveva smesso di esistere e aveva iniziato a vivere. Non è giusto, cazzo! Perché adesso?»

Lo abbraccio forte sperando di assimilare un po' del suo dolore, l'unica cosa che posso dargli è il calore della mia presenza.

«Non esistono risposte, Massimo. L'unica cosa che posso dirti è che lentamente ti abituerai a convivere con il vuoto lasciato dalla sua assenza, troverai la forza anche se ora non lo credi possibile e quando sarai assuefatto dal dolore che stai provando adesso, sarai in grado di tollerarlo, ma non perché soffrirai di meno o non sentirai più la sua mancanza, semplicemente la tua forza sarà pari al dolore».

La giornata precedente è passata come la notte che ne è seguita. Tra silenzi, ricordi e brevi attimi di abbandono, è arrivata la mattina, e con essa la consapevolezza di dover affrontare un altro grande ostacolo. Massimo ha scritto a Veronica un breve messaggio in cui la informava del nostro arrivo, anticipandole solo che aveva le risposte che aspettavamo. Già la immagino a casa dei suoi genitori carica di aspettative e impaziente di ricevere le tanto sperate notizie sul suo amore, inconsapevole dell'inferno che sta per abbattersi sul suo cuore. Mi tranquillizza sapere che con lei ci saranno i suoi cari, loro rappresenteranno le rocce sulle quali potrà aggrapparsi e il valido sostegno di cui avrà bisogno; ovviamente io non ho intenzione di lasciarla sola, sarò forte anche per lei e per l'uomo che ora guida accanto a me nel più totale silenzio.

Massimo non ha versato una sola lacrima, eppure tutto in lui non smette di piangere e disperarsi; sta dimostrando una forza invidiabile, ma è un uomo e prima o poi dovrà affrontare l'inevitabile crollo e io sarò con lui quando avverrà.

Quando stiamo per varcare il cancello di villa Bianchi le nostre mani si cercano stringendosi, e silenziosamente ci promettiamo di affrontarlo insieme. Una Veronica piena di speranza ci corre incontro, ma appena nota il viso di Massimo le è subito chiaro che le notizie che stiamo per darle non sono delle migliori; non comprende comunque quanto sia grave la situazione, Giovanni invece sembra intuire l'entità della situazione, infatti senza troppe cerimonie ci invita a seguirlo in casa.

Mi sento come la guardia del Miglio Verde che scorta il condannato a morte, stringo la mano della mia amica preannunciando il mio totale sostegno. Seduta accanto a me, leggo la sua apprensione e la sua voglia di sapere. *"Amica mia, se potessi farei qualsiasi cosa per risparmiarti quello che da qui a poco sarà il più grande e spietato dei tuoi dolori"*.

Massimo, seduto di fronte a noi, è un ammasso di nervi e quando inizia a parlare non riesce a essere diretto. Con le sue parole spera di portare Veronica a capire; le parla del suo amico utilizzando appositamente il tempo passato, le ricorda quanto lei sia stata importante e di come Alex ha affrontato la sua ultima missione, sottolineando il lavoro svolto, di come grazie a lui sia stata smantellata un'intera organizzazione criminale, di quanto tutti siano orgogliosi dell'operato del Maggior Del Moro, ma alla mia amica non interessa niente, lei vuole solo sapere dove si trova ora il suo uomo, è questo quello che continua a chiedere.

"Dimmi dov'è, Massimo", "dimmi quando tornerà da me".

È dilaniante ascoltare le sue suppliche.

«Veronica, tu sei riuscita a entrare nel suo cuore dandogli quell'amore di cui ha sempre avuto bisogno, sei stata il suo unico pensiero nel nostro ultimo incontro, non potevi fargli più bene di quello che hai fatto e lui ti amava veramente tanto, nessun rimpianto...»

Veronica finalmente inizia a capire, ma comunque continua ad aggrapparsi alla speranza. I suoi genitori, che hanno perfettamente compreso la gravità delle parole di Massimo, sono di pietra. Tutti siamo consapevoli che Alex non tornerà più, che per rendere un mondo migliore ha sacrificato la sua vita; tutti sembriamo averlo accettato, tutti tranne lei.

Lei che continua a urlare.

Lei che continua a sperare.

Lei che continua a chiedere quando tornerà il suo Alex.

E solo quando Massimo spezza ogni sua speranza rivelandole apertamente che il suo Maggiore non tornerà più, un urlo disperato e disumano rompe il rumore del vuoto. E con lo scontro duro con la realtà la mia amica va in pezzi, per poi spegnersi.

30

Sono passati svariati giorni dall'annuncio della scomparsa di Alex, giorni in cui ho deciso di spingere il testo "off" sulla mia quotidianità. Al lavoro ho terminato il mio ultimo articolo per poi staccare momentaneamente la spina, ho solo interesse a dedicarmi a Veronica e Massimo. La prima non ha retto al dolore ed è caduta in uno stato di catatonia, il secondo apparentemente dimostra una grande forza, ma io so che internamente è distrutto; finalmente ha lasciato alle lacrime il permesso di uscire, lo hanno sorpreso all'improvviso la sera in cui abbiamo parlato con Veronica. Sfogarsi gli ha fatto bene e cedere al bisogno di piangere il suo amico è stata una liberazione, ma, come era prevedibile, subito dopo ha rindossato la maschera che cela le sue debolezze. Due giorni lontano da tutto è quello che si è concesso, dopodiché è tornato a prendere in mano la sua vita.

Di Alex sembra non essere rimasto niente, nessun corpo a cui rendere omaggio, sembra che con l'attentato che ha decretato la sua fine sia sparita anche ogni traccia di lui. I funerali comunque avverranno in forma solenne e con tutti gli onori del caso, ma non ora; al Comando hanno dichiarato che prima si devono risolvere alcune pratiche, Massimo non ha saputo aggiungere altro.

Io sono appena tornata da Sabaudia, dove si trova ricoverata/dove è ospitata la mia amica. Vado a Villa Bianchi ogni giorno con la speranza che parlandole e facendole sentire la mia presenza lei si decida a tornare tra noi. Vederla inerme su quel letto è una tortura per il mio cuore: ha le fattezze di una bambola di porcellana pronta a rompersi in qualsiasi momento, completamente sommersa nel vuoto e nel silenzio che si è auto inflitta, una vera e propria fuga dalla realtà. Siamo tutti impotenti di fronte al suo stato e l'unica che può ribaltare la situazione è solo lei, ma per ora sembra non ne voglia proprio sapere di tornare al presente. Nel mondo che si è creata, a detta della psicologa, lei è con Alex e per ora è lì che vuole stare, nell'illusione di averlo ancora al suo fianco.

Mentre rifletto sul carico di sofferenza piombato sulle due persone a me più care, mi faccio una doccia, cercando di far scivolare via un po' di tensione. Stasera Massimo verrà a cena da me e ho pochissime ore prima che suoni al mio campanello.

Dopo essermi asciugata e resa presentabile con un mini-abito leggero e colorato, mi metto immediatamente all'opera: ho deciso di preparare dei pomodori al riso con contorno di verdure grigliate. Accendo l'aria condizionata per contrastare il calore emanato dal forno, del resto siamo ad agosto e il caldo e l'umidità sembrano farla da padrone. Probabilmente avrei dovuto optare per una semplice e fresca caprese, ma ormai è tardi per i ripensamenti. Metto tutto nel forno, decidendo alla fine di aggiungere anche delle patate al rosmarino; Massimo ne va matto e spero che in questo modo riesca a risvegliare il suo appetito, che pare essersi assopito.

Quando il mio bellissimo ospite fa il suo ingresso è tutto pronto, così ci mettiamo subito a tavola. La cena è perlopiù alimentata dal silenzio, fatta eccezione per gli apprezzamenti del mio bel soldato sulle mie abilità di cuoca. Per il dolce siamo perfettamente in linea con la stagione, infatti ci attende un fresco e ottimo gelato, che però decidiamo di consumare più tardi, essendo momentaneamente sazi. Ora, sul divano davanti a una serie televisiva, ci godiamo la reciproca vicinanza. Passano pochi minuti e Massimo pretende che mi sieda sulle sue gambe, affermando di aver bisogno di un maggior contatto; mi ripete continuamente che sono diventata il suo scacciapensieri personale e che solo quando mi tocca lo raggiunge un senso di pace, io dal canto mio adoro le sue mani e il calore che mi investe quando sono tra le sue braccia, quindi accontentarlo è più che un piacere. Un'altra manciata di minuti e mi è subito chiaro che delle avventure di *"Lucifer"* a lui non importa assolutamente niente e che quello che vuole non ha niente a che vedere con il guardare la tv, e volete tutta la verità? Quando sono insieme a lui può sparire ogni cosa tranne la costante voglia che abbiamo di noi.

31

Massimo

Nei miei trent'anni penso di essermi innamorato solo una volta, e come potete intuire non è andata bene. Mi ha fatto male perdere qualcosa in cui avevo fortemente creduto ed essere stato tradito da quella che credevo fosse una ragazza speciale non è stato piacevole, ma quell'esperienza non ha indurito il mio cuore e non mi sono mai precluso la possibilità di innamorarmi di nuovo; fino a oggi, però, nessuna è riuscita a entrarmi dentro tanto da riportare a galla la voglia di programmare un futuro che comprenda una donna al mio fianco.

Ora però è arrivato il mio fiorellino, e con lei anche il desiderio di provare a vedere se il grande amore di cui si parla tanto esiste davvero. Lei, con la sua forza e le sue fragilità, mi sta entrando sottopelle; fisicamente mi ha attratto da subito, e anche se il nostro primo incontro la vedeva legata al coglione, non ho potuto fare a meno di desiderarla. A farmi sentire meno infame era il fatto che tra lei e il suo ex non avvertivo la scintilla della passione, il modo in cui comunicavano non faceva trasparire nessuna emozione, nessuna magia e lei non aveva il classico sguardo di donna innamorata. Osservandoli quella volta mi sono chiesto il perché del loro stare insieme, visto che era palese che quel rapporto non aveva speranza di un futuro; infatti da lì a poco c'è stata l'inevitabile rottura e forse per la prima volta i suoi occhi si sono velati d'emozione, ma non era il dolore per la perdita di un grande amore quello che traspariva, c'era solo delusione, amarezza e il rimpianto del tempo perso accanto a un uomo che non l'ha mai capita e apprezzata.

Con la rottura del suo rapporto la voglia di averla è aumentata in maniera esponenziale, volevo scoprire che luce avrebbero assunto i suoi occhi sotto il peso di emozioni forti e di un piacere autentico. Oggi ho scoperto quella luce, che appare ogni volta che mi guarda, quando fa l'amore con me e quando mi stringe a sé trasmettendomi il suo sostegno e la sua presenza; quella luce sono certo la veda anche lei nei miei occhi, io mi sto innamorando e avverto quanto forte batte il mio cuore quando penso a lei, mi rendo conto di ritenere importante il suo benessere anche a discapito del mio. Ogni suo sorriso è luce, ogni suo gemito è aria, ogni suo tocco è un respiro di pace ed è solo grazie alla sua presenza se non sono crollato alla notizia della scomparsa di Alex.

Sì, mi sto innamorando, o forse lo sono già, e con questa consapevolezza lotterò per tenerla sempre con me; desidero che sia solo e soltanto mia e, cosa altrettanto importante, desidero che lei mi senta solo suo.

Niente e nessuno colmerà mai il vuoto che ha lasciato il mio amico, a lui dedico in maniera perenne una parte di cuore e memoria, ma la vita va avanti e io desidero riempire quel che resta di me di sentimenti forti e veri, di sentimenti che solo Lalla mi fa provare. È a questi pensieri che sono aggrappato quando una voce, e soprattutto una presenza, mandano in tilt la mia sanità mentale.

«Non dirmi che quella faccia da funerale è per il sottoscritto. Potrei pensare che ti sia mancato».

Cazzo, sto impazzendo, ora ho anche le allucinazioni! Forse sto peggio di quanto pensassi, non esiste altra spiegazione per quello che i miei occhi stanno percependo, perché quello davanti a me non può essere Alex. Strizzo gli occhi e li riapro, preparandomi a fare i conti con la mia mente che sembra mi stia tirando un brutto scherzo, ma quando li riapro lui è ancora qui, vivo e vegeto; per istinto, mi alzo andandogli incontro per tastarlo e accettarmi di non essere completamente impazzito e quando avverto al tatto il peso del suo corpo realizzo che non sto sognando.

«Brutto figlio di puttana!»

Questo è quello che abbandona le mie labbra prima di stringerlo a me.

«Che cazzo è successo? Perché sei stato dichiarato morto?»

La mezz'ora successiva la passiamo dando spazio alle spiegazioni. A quanto pare la notizia della sua morte è stata data per motivi di sicurezza, in quanto le persone che aveva incastrato e che ora sono state tutte catturate dovevano crederlo morto; solo in questo modo l'operazione di smantellamento è potuta proseguire e giungere a buon fine. Per rendere tutto il più vero possibile, anche il resto del mondo doveva credere alla sua dipartita.

Una volta ottenute tutte le risposte che volevo, è il suo turno di fare domande e come era da immaginarsi, il suo primo pensiero è rivolto alla sua dottoressa.

Non è stato semplice metterlo al corrente dello stato in cui versa attualmente Veronica, i sensi di colpa si sono impossessati di ogni fibra del suo essere e quando è scappato via dal mio ufficio per correre dalla sua donna era accompagnato dalla disperata speranza di sistemare ogni cosa.

Ora un sorriso colmo di gioia disegna le mie labbra e posso dire che questa è una delle giornate più belle che abbia mai vissuto. Alex è vivo! Il mio amico è tornato e questo è molto di più di quanto avessi mai desiderato sperare. Ora, per rendere questa giornata assolutamente memorabile e perfetta, manca solo una cosa: lei, il mio fiorellino, la mia donna!

Arrivo all'appartamento di Lalla senza preoccuparmi di avvisarla, so che non è al lavoro e che da Veronica passa sempre di mattina; a quest'ora sarà davanti ai fornelli intenta a preparare qualche suo manicaretto. Sono stato piacevolmente colpito nello scoprire che è un'ottima cuoca e adoro il fatto che mi vizi anche con il cibo, d'altronde si sa che un uomo va preso anche per la gola.

Ora, comunque, è in tutt'altro modo che voglio essere preso e in cui voglio prendere lei. Sono a mille, il ritorno di Alex mi ha scombussolato ma anche rinvigorito, ridandomi una forza che credevo di non ritrovare più.

Il sesso con Lalla non è stato accantonato in queste tragiche settimane, ma il dolore che mi accompagnava sempre non mi permetteva di godere appieno della nostra intimità. Da adesso, però, si cambia musica, è il momento di concederle tutto me stesso: niente pensieri dolorosi, niente lacrime celate, niente se non l'assurda e maniacale voglia che ho di lei.

Suono il campanello e quando la donna che ultimamente popola tutti i miei pensieri apre la porta non le concedo il tempo di dire o fare niente. Mi avvento sulla sua bocca come un assetato nel deserto, bevo e mi disseto del suo sapore, mangio e ingoio ogni suo respiro; lei prende tutto e mi accoglie in un paradiso dolce e caldo, il mio paradiso personale nel quale mi immergo e risiedo viaggiando a stretto contatto con la libidine e l'appagamento di tutti i miei desideri. Saccheggio ogni cosa duellando e facendo l'amore con la sua lingua, mordo per poi lenire le sue labbra morbide e gonfie per il mio passaggio impietoso.

147

«Ti voglio, Lalla, e ti voglio adesso!»

Il mio sguardo imperativo sposa il suo interrogativo, mi studia cercando di capire la mia urgenza, sforzandosi di capire il perché del mio atteggiamento impetuoso e urgente. Non avendomi mai conosciuto sotto questo aspetto tanto passionale e dominante, si starà domandando da quale spirito demoniaco sia stato posseduto, senza immaginare che quel demone ha il suo volto e che solo lei ha il potere di far vorticare milioni di emozioni all'interno del mio essere.

«La vita è bellissima! Tu sei bellissima! E non appena sarò entrato dentro di te, tutto sarà assolutamente perfetto».

Continuo a tener prigioniera la sua bocca iniziando a denudare entrambi. Anche se il mio assalto la sta ancora disorientando, non oppone la minima resistenza e mi lascia il comando totale; non è sottomissione la sua, ma semplice e totale fiducia, fiducia che ho lottato per conquistare e meritare.

Quando raggiungiamo il letto siamo già leggermente imperlati di sudore e rivestiti dall'eccitazione, quello che da qui a pochi attimi si consumerà avrà solo il sapore della passione e del piacere; io la voglio e lei mi vuole, e per quanto mi riguarda il resto del mondo può anche andare a farsi fottere altrove. Siamo solo io e lei, e intorno il vuoto che lentamente si inebria e riempie dei nostri respiri e gemiti.

32

Passione, urgenza, desiderio e molto altro aggrediscono piacevolmente tutti i miei sensi, ogni tocco e ogni bacio accendono interruttori invisibili del mio corpo.

Massimo è un vulcano inarrestabile in piena eruzione, lottare contro questa sua irruenza è impossibile, e onestamente non ho intenzione di frenare un bel niente; mi lascio investire dal fuoco che scivola via da ogni suo gesto, più che felice di bruciare per lui e con lui.

Non so cosa sia cambiato, ma qualcosa è successo, qualcosa che lo ha rigenerato e rinforzato. I suoi occhi sono lucidi e radiosi, sono tornati ad avere quella luce che la scomparsa di Alex aveva spento; sembra essere riemerso dall'inferno per riappropriarsi di una coltre paradisiaca.

Il suo passaggio sulla pelle mi brucia di un piacere intenso e catartico, tutto quello che una volta in me era ghiaccio ora è magma. Lui mi ha travolto, avvolgendomi tra le fiamme della lussuria, lui magistralmente ha aggiustato la parte di me che credevo essere irreparabilmente rotta e non funzionante, lui il serpente che mi ha trascinato nell'eden e fatta saziare del frutto proibito, quel frutto da cui ora sono dipendente, ma solo se è lui a offrirmelo.

Quando il mio letto ci accoglie, è solo pelle quella che ci riveste. Guidati dagli istinti, i nostri corpi si cercano con carezze e sguardi che si fanno sempre più audaci, e mi ritrovo per suo volere a cavalcioni sul suo inguine gonfio della voglia di me.

«Muoviti sopra di me come se stessi ballando, muoviti come nel nostro primo ballo e fallo lentamente...»

La voce roca e graffiante si sposa perfettamente con l'erezione che svetta orgogliosa sotto di me, mandandomi letteralmente in combustione. Brucio per lui, brucio di un calore che mi avvolge pienamente.

«Lentamente, Voglio vedere i tuoi capelli ballare, voglio essere il tuo ritmo e che tu insegni alla mia bocca i tuoi luoghi preferiti. Lasciami oltrepassare le tue zone proibite fino a sentirti urlare il mio nome...»

Riporta alla memoria le parole della canzone che mi ha sussurrato all'orecchio al "Latinus" e io, come sotto un incantesimo, eseguo i suoi ordini iniziando a ondeggiare come se stessi realmente ballando; il ritmo me lo detta il suo sguardo attento e famelico che non mi abbandona neanche per un istante. Tocca i miei fianchi assecondando e aiutando ogni movimento del mio bacino; è tutto perfetto e tremendamente sensuale, e quando la sua erezione spinge prepotentemente contro il mio ingresso umido di eccitazione, lo lascio entrare, ritrovando un incastro perfetto.

«Così! Amami come se mi odiassi, ti voglio egoista, voglio che ti concentri solo sul tuo piacere e così facendo darai vita all'esplosione del mio».

La sua voce, le sue richieste, il suo sguardo e le sue mani, tutto mi imprigiona e incatena in un vortice di abbandono e lussuria. Le sue labbra mi cercano tracciando una mappa afrodisiaca sulla mia pelle accaldata e sensibile. Sono catapultata fuori dal mio stesso corpo ed è come se mi osservassi dall'esterno diventando spettatrice attiva, e quella che vedo muoversi sinuosa e ubriaca d'eccitazione non è la Lalla di ghiaccio di poche settimane fa. Quella donna fredda e insicura è solo un ricordo sostituito da una figura che ora è dotata di fiducia e istinti primordiali. Massimo ha fatto emergere quella che sono oggi, ha acceso tutti gli interruttori nascosti nel mio corpo e nella mia mente. La mia femminilità è finalmente venuta a galla, sono cambiata totalmente sotto la sfera intima e non mi sono mai sentita più vera di così.

Continuo a muovermi e "ballare" usando il suo corpo statuario come il migliore dei palcoscenici, e intanto monta sempre di più la mia eccitazione, che di conseguenza alimenta la sua. Una scarica elettrica mi colpisce quando le sue dita iniziano a stimolare il centro pulsante della mia intimità e sono catapultata in un oceano di brividi e pulsazioni incontrollabili, così mi ritrovo a inseguire il mio piacere, proprio come mi ha chiesto. Sono egoista e avida, frenetica e disperata. Mi godo ogni istante come fosse l'ultimo barlume di felicità di un condannato e poi esplodo in un orgasmo che resterà tatuato nella mia mente per il resto della mia esistenza, e quando mi concedo di guardarlo leggo nei suoi occhi pura soddisfazione.

«Guardarti godere è dannatamente eccitante, fiorellino, sei un vero spettacolo».

Pronuncia la sua verità capovolgendo le nostre posizioni e ora è lui a riprendere il controllo, sovrastandomi completamente. La pazienza che mi ha rivolto è giunta al termine, ora è il suo turno nel girone della perdizione. Invade la mia intimità con spinte sempre più aggressive e possessive, e questo, insieme all'immagine del suo volto in balia del desiderio, fa inaspettatamente accendere nuovamente anche me.

Ha creato un mostro, perché sembra che di lui non riesca a saziarmi mai. Affamata e appagata dai sensi, mi perdo in attimi che non hanno tempo, per ritrovarmi sul bordo del precipizio in una perfetta sincronia tra i nostri corpi.

«Insieme, piccola, vieni con me».

È così che in questa stanza esplodono milioni di fuochi d'artificio fatti dei nostri respiri, di luci e lampi colorati dall'estasi più pura, e i nostri nomi gridati all'unisono compongono il quadro più appagante e bello che la natura possa offrire. Bruciamo felici di ardere nell'inferno della lussuria, per poi ritrovarci a tremare nel paradiso dell'appagamento fisico e mentale.

33

Massimo

«Ti sposi? Tu? Il bisbetico Alex Del Moro?»

«La smetti di ripetere in continuazione le stesse cose e di fare il deficiente?»

Alex ruggisce come un leone in cattività alle mie per nulla velate prese per il culo, ma a mia discolpa giuro che proprio non riesco resistere alla sua faccia seria e leggermente imbarazzata, è un vero spasso.

Sono passate diverse settimane dal suo ritorno dal mondo dei morti, settimane in cui ha dedicato tutto il suo tempo alla sua bella dottoressa. Come nelle favole più gettonate, il bacio del principe azzurro ha ridestato il sonno della bella addormentata e Veronica ha abbandonato il suo stato vegetativo per inseguire il richiamo del grande amore.

Dopo il nostro incontro nel mio ufficio, questa è la prima sera che passiamo insieme. Come ai vecchi tempi, siamo seduti in un rinomato pub della Capitale in compagnia di due bionde alcoliche per ritrovare vecchie chiacchiere tra amici. È bellissimo riaverlo nella mia vita e dopo quanto è successo apprezzo ancora di più ogni attimo passato in sua compagnia; ho realizzato che non si deve mai dare niente per scontato e che bisogna godersi appieno ogni cosa, perché la vita è bella ma anche bastarda nella sua imprevedibilità, non deve esserci spazio per i rimpianti.

«Congratulazioni sincere, amico mio, ti meriti tutta la felicità del mondo».

Smetto di prenderlo per i fondelli, riacquistando la serietà che questa notizia merita. Sono felicissimo per lui e Veronica, lei è la sua più grande rivincita sul dolore subito nel passato e quello che li unisce lo ripaga di ogni inferno con cui ha dovuto lottare. L'amore ha anestetizzato le ingiustizie e gli abusi che la vita gli ha inflitto.

«Visto che hai finalmente smesso di fare il coglione, ne approfitto per chiederti una cosa».

Ora intravedo un po' di agitazione e impaccio, Alex non ha ancora pieno controllo sulla gestione dei sentimenti e delle emozioni, su questo deve lavorare ancora parecchio.

«Chiedimi tutto quello che vuoi, amico».

Cerco di smorzare il suo imbarazzo dimostrandomi comprensivo e paziente.

«Tu conosci il mio passato…»

Già, purtroppo lo conosco fin troppo bene e ora capisco la sua titubanza nel parlare, per lui non è facile riaprire vecchie ferite.

«Non ho alcun rapporto con la mia famiglia e non mi è mai interessato coltivare alcun tipo di legame a parte te…»

Si ferma solo un momento per incamerare un po' d'aria e poi sgancia la bomba.

«Tu sei la mia sola famiglia e ti voglio come mio testimone e come unico mio invitato al matrimonio».

Avete notato anche voi che nella mia gabbia toracica il cuore sembra voler esplodere? Chiedetemi se in questo istante io non senta di essere l'uomo più fortunato del pianeta. Sì, cazzo, lo sono eccome, perché l'amicizia, quella vera, ha lo stesso potere dell'amore ed essere riusciti a conquistare il cuore dell'uomo che ho davanti per me è motivo d'orgoglio e un grande onore.

«Cavoli, amico, tu sì che sai come assestare un colpo a effetto! Per me è un onore esserti amico, e starti accanto nel giorno del tuo matrimonio sarà un vero piacere».

Non resisto e lo abbraccio. Come previsto, lui resta impalato come uno stoccafisso, poi, preso da un raptus d'affetto, contraccambia la mia stretta; ovviamente il tutto dura pochi miseri secondi, in fin dei conti è sempre di Alex che stiamo parlando.

«Ora basta, sembriamo due femminucce in piena crisi ormonale», tuona imbarazzato, facendomi risedere al mio posto.

Ci attacchiamo al collo delle nostre bottiglie di birra per riprenderci dal momento di abbandono e poi torniamo ad assumere l'atteggiamento da maschi alfa che tanto ci piace adottare.

«Ora dimmi che stai combinando con Lalla».

A momenti mi strozzo con la mia stessa saliva, perché non mi aspettavo proprio una domanda così diretta e personale dal mio amico orso; cavoli, cosa sta facendo Veronica a quest'omone per farlo cambiare così tanto? In passato non gli sarebbe passato neanche per l'anticamera del cervello di chiedermi qualcosa di così personale, ma decido comunque di rispondergli restando sul vago.

«Ogni tanto ci frequentiamo».

Evasivo e anche maledettamente bugiardo, perché io e il mio sexy fiorellino siamo molto lontani dal semplice frequentarci, ma non voglio ancora affiggere manifesti sul nostro reale rapporto.

«Fammi capire. Fino a non molto tempo fa lei ti tollerava a malapena e ora uscite insieme?»

«Se vogliamo dirla tutta, lei faceva finta di non tollerarmi».

Sorrido soddisfatto di questa convinzione, perché per quanto si sforzi di negarlo, io alla mia piccola pantera piaccio e sono sempre piaciuto.

«La finisci di gongolarti come un pavone? Sei schifosamente presuntuoso».

«Non è presunzione la mia, ma un dato di fatto», asserisco con convinzione.

«Lo so che sembra assurdo che sia proprio io a dirlo, ma vacci piano con lei, non giocarci e non farla soffrire».

Il suo non è un consiglio, più un'imposizione, ed è mortalmente serio. Vuole molto bene a Lalla e il fatto che lei sia anche la più cara amica della sua Veronica è un motivo in più per mettermi in riga. Comunque, non c'è bisogno di nessun intervento esterno per farmi essere serio, non ho alcuna intenzione di fare lo stronzo con il mio fiorellino ed è molto probabile che questa volta sia io quello a uscirne con le ossa rotte, perché quella piccola morettina sta facendo breccia in ogni parte di me con una facilità disarmante.

«Niente stronzate con lei, stai tranquillo».

È tutto quello che gli concedo per rasserenarlo, e notando le mie intenzioni trainiamo la conversazione su binari decisamente più leggeri e futili.

La serata trascorre tra birra, pizza e chiacchiere fino al momento in cui ci separiamo, lui diretto tra le braccia e le gambe della sua futura sposa, io in un appartamento che ultimamente mi risulta sempre più freddo e vuoto e che prende colore solo quando ad abitarlo insieme a me c'è la mia brunetta tutta pepe.

34

"Sei ancora sveglia?"

È mezzanotte passata ma di dormire non se ne parla, ho troppo lavoro arretrato. Dopo l'inaspettato ritorno di Alex e la ripresa di Veronica mi sono dovuta necessariamente rimboccare le maniche, ecco perché mi ritrovo più che sveglia a rispondere al messaggio appena arrivato del mio soldato.

"Sì, sto lavorando. La tua scusa invece qual è?"

"Sono appena rientrato".

Involontariamente il mio stomaco si contrae, mille domande affollano la mia mente: è uscito da solo? Con chi era e cosa ha fatto? Poi penso a quante ragazze gli avranno messo gli occhi addosso e mi ritrovo ad essere gelosa. Comunque non posso pretendere nessuna spiegazione visto che ancora la natura del nostro stare insieme non è definita, così mi limito a rispondergli in modo impersonale e distaccato.

"Capisco, allora buonanotte".

Non aggiungo altro per non apparire appiccicosa o invadente.

"Non credo che tu capisca veramente, fiorellino. Frena gli ingranaggi, perché sono sicuro che la tua fantasia sta deragliando. Sono uscito con Alex".

Dopo le rassicurazioni che non era comunque tenuto a darmi, sulle mie labbra si dipinge un sorriso e mi accorgo di rilasciare l'aria che avevo spontaneamente trattenuta nei polmoni.

"Non sei tenuto a darmi spiegazioni".

Lo scrivo, ma ovviamente sono più che felice che lo abbia fatto.

"Io ho il brutto presentimento che tu abbia ancora una pessima considerazione per il sottoscritto, anche se credo di aver chiarito che non sono il Don Giovanni che immaginavi".

"Effettivamente mi sto ricredendo, devo ammettere che non sei poi così male".

Adoro i nostri battibecchi, mi fanno stare bene e soprattutto mi strappano sempre il buon umore.

"Non così male? Il mio orgoglio ora piange per questo affronto. Comunque, visto che siamo in vena di confidenze, voglio sottolineare e chiarire anche un altro punto fondamentale del mio non essere così male: non apprezzo la condivisione!"

Il mio cuore prende a tamburellare con ritmi impazziti, cosa mi sta dicendo?

Vuole un rapporto stabile e monogamo con me?

Siamo ufficialmente una coppia?

Posso chiedergli apertamente queste cose?

Certo che non puoi, Lalla! Vuoi che ti veda come una ragazzina delle elementari?

La mia saggia coscienza mi parla e io decido di darle ascolto, non voglio sembrare un'adolescente alle prese con il primo fidanzatino; ci manca solo che gli chieda se si vuole mettere con me e poi invogliarlo a mettere una crocetta sul sì o sul no.

Assodato che non mi renderò ridicola, devo pensare a cosa rispondere, ma non faccio in tempo a formulare nessuna via d'uscita perché è lui a togliermi ogni dubbio.

"Ti voglio tutta esclusivamente per me, fiorellino, e mi auguro che il "volere" sia reciproco".

"È reciproco!"

Digito la risposta in automatico. Non ho bisogno di pensarci, perché io voglio solo lui, anche se non è facile da comprendere come in poco tempo sia diventato tanto importante. Resto comunque con i piedi ben piantati a terra, le delusioni sono sempre dietro l'angolo, pronte a farti cadere quando sei più vulnerabile. Massimo è un uomo meraviglioso sotto tanti punti di vista, io invece sono un vero disastro e ho paura che prima o poi si stanchi e inizi a vedere tutti i miei difetti.

"Mi fa molto piacere saperlo".

Una pausa di pochi secondi, poi il mio cellulare suona nuovamente.

"Lalla?"

"Ci sono".

"Vorrei fossi qui con me, adesso".

Li sentite anche voi i mille fulmini che si abbattono nel mio ventre?

"Piacerebbe anche a me".

Sono sincera, vorrei tanto averlo accanto e potermi avvolgere nella tranquillità che trasmettono le sue braccia, nel conforto delle sue labbra e nel piacere delle sue mani, ma, ahimè, dovrò accontentarmi dell'immaginazione.

"Sì? E cosa faresti se ora fossi accanto a me nel mio letto?"

"Vista l'ora, probabilmente dormirei?"

"Non credo che ti lascerei il tempo di dormire. Vuoi sapere cosa farei io se tu fossi qui?"

Sì.

No.

Lo voglio sapere?

Santa Cleopatra, è ovvio che lo voglia sapere, ma l'imbarazzo che ora si è impossessato di me mi impedisce una risposta veloce e sincera. Sono rossa come un pomodoro maturo per un semplice messaggio e ringrazio tutti i santi del paradiso che lui non possa vedermi; sono proprio una stupida quindicenne, in questo frangente.

"Sto aspettando, lo vuoi sapere?"

Ok! Respira, Lalla, e poi affronta da donna adulta questo bizzarro scambio di messaggi al gusto del peperoncino piccante.

"Sì, lo voglio sapere. Cosa faresti?"

"Tempo scaduto, fiorellino. La prossima volta ti voglio più reattiva".

Cosa? Sta scherzando?

È proprio un deficiente patentato!

"Vacci piano con gli insulti, perché anche se non li pronunci ad alta voce li sento lo stesso. Non ti dirò cosa ti farei se fossi qui, ma domani ho tutta l'intenzione di fartelo vedere e sentire... Ora fila a letto, occhi belli, hai bisogno di riposare, perché appena ti metterò le mani addosso non ne avrai più la possibilità".

Oh Gesù, Giuseppe e Maria, quest'uomo sarà la mia rovina.

"È una minaccia?"

"No, è una promessa! Buonanotte, splendore".

"Buonanotte, maniaco".

Finisce così il nostro scambio di messaggi. Il sorriso ebete stampato sulla mia faccia non accenna a scemare ed è con quello e una sensazione di felicità che raggiungo Morfeo.

35

Massimo

Ho promesso che le avrei dimostrato con i fatti cosa avessi voluto farle e ho ampiamente mantenuto la mia parola, il giorno dopo e quello dopo ancora, e tutti quelli a seguire. È passato un mese da allora e di lei continuo a nutrirmi senza essere mai sazio. Lei è la mia bellissima e inesauribile dipendenza, ma una dipendenza che dà un'assuefazione che ha il gusto della vita, il gusto sano della felicità. Lalla mi è entrata dentro giorno dopo giorno e ora la sento anche quando non è fisicamente accanto a me. I suoi sorrisi, i suoi occhi che sembrano sparire chiudendosi quando ride, i suoi orgasmi sono diventati la mia droga, adoro ogni cosa fatta insieme alla mia dolce pantera.

Stanca e appagata, ora la guardo assopita sul mio addome. Un ventaglio di capelli neri e lisci decora parte del mio braccio che le avvolge la schiena nuda, il seno schiacciato ad arte su parte del mio busto e il suo respiro caldo solleticano la mia pelle, trasmettendomi tutto il benessere che mi regala la sua presenza.

È bella la mia ragazza!

È perfetta in tutte le sue imperfezioni, pur non possedendo l'aspetto di una top model. Ha l'incantevole caratteristica del fascino della semplice ragazza della porta accanto, ma non per questo insignificante o scialba, tutt'altro: lei è semplicità che sprigiona pura bellezza e ha una sensualità acqua e sapone che ti cattura e ammalia come la più navigata delle sirene combattute da Ulisse.

Inutile negarlo ancora, almeno con me stesso devo essere sincero: mi sono innamorato come un ragazzino.

Ne sono perfettamente consapevole? Ora sì!

Ne sono felice? Non lo so ancora.

Il perché? Ho semplicemente paura.

Paura di perderla.

Paura di non essere corrisposto appieno.

Paura di ritrovarmi a vivere per un'illusione solo mia.

Paura di non saper gestire questo sentimento.

E, cosa inspiegabile, paura di non riuscire a confessarglielo.

Continuo a perdermi guardandola dormire, come farebbe un fottuto adolescente alla sua prima cotta. Continuo a respirare i suoi respiri, facendo nostra la stessa aria; qui sul mio addome la trovo perfetta e solo su di me vedo il suo posto. Lotto tra la voglia spasmodica di svegliarla per farla ancora mia e il piacere di continuare a sentirla premuta e abbandonata sopra il mio corpo. Le sue folte ciglia fanno da sipario a due gioielli azzurri che nessun pittore riuscirebbe a emulare; amo tutte le sfumature che adottano i suoi occhi cambiando a seconda dei diversi stati d'animo, dalle più chiare quando è felice alle più scure quando è sotto il dominio delle mie mani, della mia bocca e della mia dura intimità.

Come fosse richiamata dai miei pensieri, la vedo rivelarmi il suo sguardo, che mi regala l'adorazione che impregna i suoi occhi ogni volta che si posano su di me. Si muove strusciandosi contro la mia pelle e inevitabilmente il mio corpo reagisce bramoso. Anche se non c'è malizia nei suoi movimenti, io avverto solo il desiderio di possederla ancora e ancora; sono eccitato e non resisto un secondo di più, quindi punto su quelle labbra invitanti e succose. La mangerei, se solo fosse possibile, e forse lo sto facendo, perché il suo sapore e i suoi mugolii d'apprezzamento mi stanno sfamando e io non sono neanche lontanamente sazio.

Voglio decisamente di più, la voglio tutta, ogni centimetro della sua pelle e ogni ansito della sua voce e del suo cuore, per poi raggiungere anche l'anima.

Tutta!

Ribalto le nostre posizioni, ora la sua schiena aderisce sul materasso e i suoi capezzoli turgidi mi solleticano il petto. È completamente sveglia e consapevole di tutto ciò che voglio e mi lascia fare, totalmente in sintonia col mio avido appetito. Faccio mie le sue labbra e poi il collo, arrivando ai suoi seni che spiccano irti per l'inconfutabile eccitazione che ora attraversa entrambi. Sono ovunque con le mie mani, la mia lingua e la mia bocca, non esiste parte del suo corpo che non assaggi; la venero come merita, a discapito della mia erezione che inizia a far male dal bisogno di sollievo, ma il mio amichetto lì in fondo dovrà aspettare il suo turno, perché ora le mie attenzioni sono rivolte tutte a favore della mia bellissima e smaniosa ragazza. Quando il mio viaggio si arresta tra le sue gambe è l'apoteosi del gusto: il suo miele caldo diventa il mio piatto preferito e mentre io mi cibo dei suoi umori, lei esplode di puro godimento.

«Massimo».

Il mio nome sussurrato a fatica diventa la musica più celestiale per il mio udito. È pura e testosteronica soddisfazione sapere che sono io a ridurla così; sapere che sono stato l'unico a farle scoprire la potenza del sesso è per me motivo d'orgoglio e di vanto, scatena in me un senso di potenza e appartenenza mai provato prima. Mi sento un Dio fortunato, invincibile, e mi piace, mi piace un casino, ma soprattutto mi eccita oltre misura. Aspetto e accompagno la fine del suo piacere cibandomi della sua bellezza post orgasmo, e quando torna padrona del suo respiro la penetro, ritrovandomi nel mio paradiso, abbracciato dalla sua stretta e calda cavità. Avverto il bisogno che mi veda e che mi senta completamente e che si senta spontaneamente mia. Torno alle sue labbra affinché l'unione diventi perfetta e sono nell'eden: lei che mi accoglie senza restrizioni, che mi asseconda e che mi stringe avvolgendo le sue gambe intorno alla mia schiena, trasformandoci in una cosa sola.

«Mia! Tutta mia!»

Abbaio avido sulle sue labbra gonfie, ho bisogno che capisca quest'appartenenza che mi dilania dall'interno.

«Mio!», urla di rimando come se avvertisse il mio stesso bisogno, e la nostra connessione mi dà forza.

«Solo tuo!», affermo convito.

Glielo giuro in ogni gesto, perché desidero che lei sia consapevole che ormai sono unicamente e completamente suo.

Avverto il peso di quelle due parole sulla lingua, sono lì che mi invocano per farle uscire, ma ancora non ci riesco. Desidero comunque che le legga nei miei gesti e nei miei occhi pieni d'amore per lei, perché nemmeno lei le pronuncia ad alta voce, anche se io le sento lo stesso. Forse sono solo un povero illuso, ma riesco a percepire l'amore che prova per me; probabilmente non siamo ancora sufficientemente pronti a gridarlo, ma ci amiamo, io lo so, non posso sbagliarmi su questo.

Tremo dentro ogni nostro bacio, muoio e rinasco ogni volta che godo nel suo corpo, respiro la gioia dell'amore ogni volta che la guardo e ho solo voglia di continuare così in un loop infinito, un circolo vizioso in cui io mi perdo in lei e lei si perde in me, per poi ritrovarci essendo solo noi.

Io solo suo, lei solo mia.

36

Più passa il tempo e più l'opinione che mi ero costruita su Massimo diventa una chimera. Quasi non riesco a ricordare perché non mi piacesse e perché ho voluto etichettarlo tanto negativamente. Ora l'immagine che mi rimanda è assolutamente positiva, ho scoperto il suo essere naturalmente attento e dolce e altrettanto prepotente e passionale; è un mix collaudato di generosità e possesso, bellissimo restando umile. Mi sento sempre più sua e, cosa ancor più inaspettata, ho la percezione costante che lui sia mio.

Durante il tempo che dedichiamo al sesso ci ripetiamo spesso che ci apparteniamo l'un l'altra e talvolta ho paura che il tutto avvenga perché presi dall'euforia degli ormoni.

Fuori dal letto parliamo molto, ci raccontiamo, spesso ci ritroviamo avvolti da un manto di risa rigeneranti. Ci divertiamo a prenderci in giro per alcuni lati del nostro carattere, io definita come la signorina Rottermeier e lui l'eterno Peter Pan, ma non accenniamo mai ai nostri sentimenti. È come se vivessimo in due universi paralleli dove in uno ci doniamo completamente e nell'altro abbiamo paura del rifiuto, ma in entrambi i casi noi continuiamo a coesistere; a volte, però, mi domando se questi due universi riusciranno mai ad allinearsi e a diventare un pianeta unico e perfetto in cui abitare.

Davanti a questo specchio che mi osserva mentre mi preparo per la serata, ora io scorgo una nuova me stessa, una donna che forse per la prima volta si accetta e non si critica, e questo cambiamento lo devo attribuire solo all'uomo che compare alle mie spalle.

«Sei bellissima, fiorellino».

Si complimenta per il mio aspetto accompagnando alle parole un bacio sulla mia spalla nuda. Ho optato per un abito nero con piccoli motivi floreali sulle sfumature della sabbia del deserto che arriva morbido al ginocchio e con un generoso scollo a barca, per le calzature ho invece scelto un paio di stivali Camperos; un look semplice ma anche ricercato nello stile. Abbiamo salutato il mese di settembre, ma è ancora relativamente caldo; scelgo comunque di arricchire il mio abbigliamento con un giubbino di pelle nera da indossare all'occorrenza.

Intanto sento il suo alito fresco al profumo di menta solleticarmi il collo e un brivido d'eccitazione fa capolino sulla mia pelle. Il suo sorriso impertinente e compiaciuto mi fa capire che ha capito l'effetto che ha su di me.

«Adoro farti quest'effetto», afferma leggendomi dentro e mordendomi appena.

«Sai che voglio un mondo di bene ai nostri amici, ma ora vorrei solo continuare ad averti tutta per me».

Detto questo si erge in tutta la sua altezza e fa per allontanarsi, non prima di avermi assestato una leggera sculacciata sulla natica destra. Solo ora che lo vedo allontanarsi mi concedo di osservarlo nel suo abbigliamento informale ma sexy da impazzire: jeans scoloriti e stretti abbracciano i suoi fianchi e le cosce tornite da muscoli allenati, una semplice camicia bianca lascia aperti i primi bottoni esponendo una piccola parte di petto, coperto in parte da un gilet scuro, e le maniche arrotolate fino ai gomiti lasciano spazio a una buona porzione di braccia forti. Non indossa niente che chieda di essere invidiato, eppure il solo fatto che sia lui a indossare indumenti tanto semplice basta a renderlo assolutamente affascinante. I suoi capelli biondi corti ai lati e lasciati più lunghi al centro della nuca sembrano essere spettinati, ma io so che l'effetto è voluto e studiato ad arte.

Posso solo dire che è bellissimo e perfetto, se poi al quadro del suo essere aggiungo il fatto che i suoi occhi grigi sembrano trafiggermi dalla voglia di farmi sua, posso solo arrendermi e lasciarmi incantare.

«Ti piace quello che vedi?»

Non gli è sfuggito il modo in cui lo sto divorando con lo sguardo e non nasconde la soddisfazione di avermi scoperta a sbavare. Sì ragazze, proprio sbavare, perché quello che ora mi sta di fronte è il più bel pezzo d'uomo che io abbia mai visto.

«Assolutamente sì».

Rispondo a costo di apparire sfacciata e senza vergogna sapendo che sarebbe perfettamente inutile negare, lui è bellissimo!

Io lo so.

Lui lo sa.

Nessuna ipocrisia o falsa modestia.

Mi guarda compiaciuto e con un sorriso al cardiopalma dipinto sul viso si avvicina alla porta, prendendo le chiavi di casa e della macchina, il telefono e il portafogli dal mobile dell'ingresso. Io intanto continuo a riempirmi lo sguardo di lui senza riuscire a staccargli gli occhi di dosso.

«Lalla, se non la finisci di guardarmi così giuro che mando questa uscita tra amici a puttane e ti salto addosso!»

Chiedetemi se sono felice quando mi parla così.

Sì! Lo adoro, mi rende euforica sapere che stare con me lo preferisca a qualsiasi cosa, mi fa sentire unica e preziosa.

E volete sapere un'altra ovvietà? Se non fosse che sono Alex e Veronica ad aspettarci e che hanno detto di doverci comunicare una cosa importante, ora tutto quello che farei sarebbe soddisfare tutte le nostre voglie più carnali.

La città eterna ci ospita in un ristorante in periferia, dove il verde si amalgama e fa da contrasto al caos della grande metropoli. Alla fine abbiamo fatto tardi perché Massimo ha ceduto agli istinti ricoprendomi di lunghi baci carichi di promesse, e se non fosse stato per la telefonata di Alex per sollecitarci a raggiungerli, probabilmente saremmo ancora l'una nelle braccia dell'altro; ci siamo quindi imposti di freddare i nostri bollenti spiriti e ora siamo tutti e quattro insieme.

La terrazza in cui ci hanno fatto accomodare ci permette di godere anche di una magnifica panoramica su una città che, pur essendo in continua evoluzione, continua a saper proteggere il suo mistero e la sua storia. Passeggiando di notte non si può non rimanere affascinati dai monumenti illuminati ad arte che fanno sentire sempre un senso di suggestione e riverenza. Trafficata, caotica, spesso disordinata, ma comunque impossibile non amarla; Roma è una città che non teme paragoni, perché consapevole che niente potrebbe offuscare secoli di naturale bellezza e imponenza.

Comunque, a parte l'indiscussa bellezza della città che amo, sono molto felice di rivedere la mia migliore amica e la sua ritrovata serenità. Ora i suoi occhi non appaiono vuoti e spenti, ma brillano di vita e questo mi riempie il cuore di gioia. Vederla sfiorire, dilaniata dalla sofferenza, è stato deleterio, ora però è tutto passato e metto definitivamente da parte i brutti ricordi.

Quando arriva il momento di ordinare il dolce, veniamo finalmente aggiornati sul motivo di questa uscita organizzata con una certa urgenza. Un'esplosione di gioia e magiche aspettative avvolge il nostro tavolo: Alex e Veronica aspettano un bambino e il futuro papà ha tutta l'intenzione di sposare la sua dolce metà prima della nascita del figlio. Secondo i piani iniziali avrebbero dovuto sposarsi la prossima primavera, ma dopo il dolce imprevisto sarà il periodo di Natale quello che li vedrà uniti ufficialmente per il resto della loro vita.

37

Massimo

L'ho osservata per tutta la sera.

L'ho osservata come faccio da quando la conosco.

L'ho osservata captando il suo modo unico di far proprie le emozioni degli altri; non è mai invidiosa o egoista, lei è realmente felice per la gioia che provano le persone a cui tiene.

Io la osservo, la guardo, ma soprattutto la vedo. Lei è pulita e limpida come le acque vergini che nascono dalla cima di una montagna incontaminata; la cattiveria non l'ha mai abitata, lei ama davvero il suo prossimo e spero che un giorno riuscirà ad amare se stessa con eguale intensità.

La notizia dell'inaspettata gravidanza di Veronica ha portato una ventata d'aria fresca sulle nostre vite. Anche se non era nei programmi dell'immediato futuro, è stata accolta con tutta la gioia che merita. Per un momento ho irragionevolmente invidiato il mio amico, desiderando essere dalla sua parte per essere posseduto dalla luce che ora irradia il suo sguardo, uno sguardo che è paragonabile solo alla speranza e all'orgoglio.

Per un istante davanti ai miei occhi è passata l'immagine di Lalla con il ventre gonfio del mio bambino.

Per un momento mi sono spaventato dei miei stessi pensieri e desideri, ma li ho anche amati e abbracciati; mi chiedo se anche in lei è affiorata l'idea di voler costruire con me qualcosa di più grande.

Non mi azzardo a chiederlo, ritrovandomi per la prima volta a essere un vigliacco colto dalla paura per un suo eventuale rifiuto.

La bella serata si conclude dopo chiacchiere e risate, e quando ci separiamo dai nostri amici non ho alcuna voglia di allontanarmi anche dal mio fiorellino. Automaticamente mi dirigo con l'auto in direzione del suo appartamento e giunti a destinazione non aspetto nessun invito per salire con lei. La voglia di farla mia è spasmodica, ma in me tutto si raffredda non appena la porta si apre. Nel soggiorno Lalla è pietrificata e rigida in maniera innaturale, e il perché è palese a entrambi.

Centinaia di gambi recisi e spinosi formano un tappeto a tinte horror sul pavimento e petali rossi che un tempo appartenevano a quegli steli ora sono imprigionati all'interno di un'anfora di vetro trasparente sul tavolo; accanto ad essa, un biglietto:

"Mi hai lasciato solo le spine e il mio cuore sta sanguinando, ora lascio a te il compito di guarirlo. Ora divisi come questi fiori, ma presto ancora insieme. Come da principio, come è giusto che sia!"

Sotto il biglietto, una rosa perfettamente integra. Non c'è nessuna firma, ma sappiamo entrambi chi è l'autore di questo teatrino macabro.

«Io lo ammazzo, cazzo!»

Straccio e faccio coriandoli della sua rocambolesca dichiarazione d'amore, e mi rendo conto che preso dalla mia furia omicida non ho pensato alla reazione di Lalla, lei che è il fulcro di tali attenzioni. Non ho quasi la forza di guardarla, forse per timore di scorgere in lei qualche forma di ripensamento sul suo trascorso passato. Finora non mi sono mai posto il problema di questo coglione, forse però per lei

172

non è un problema, forse anche lei ogni tanto lo pensa ancora e ora un grosso punto interrogativo illumina i miei pensieri.

E se io fossi solo un diversivo? Mi fa male solo ipotizzarlo, ma devo capire e quindi trovo la forza di guardarla attentamente, e quello che le mie valutazioni percepiscono sono la risposta ai miei timori e congetture.

Lalla è una statua di cera, respira a fatica e a stento trattiene le lacrime, il suo non è il viso di una donna lusingata da un tale corteggiamento. Due falcate e sono da lei, stringendola forte e trasmettendole tutta la rassicurazione di cui ha bisogno. Avverto il tremore che la percorre, ma sento anche la tranquillità che la mia vicinanza le dona.

Ora lo so con certezza, lei non lo vuole nella sua vita, lei vuole me e solo me.

«Io non l'ho mai incoraggiato, te lo giuro. Mi credi?»

Appare come una bambina spaventata pronta a subire un rimprovero o una punizione che sa di non meritare, ma se cerca delle conferme da me, allora le avrà.

«Non ho mai dubitato di te, fiorellino».

Accarezzo delicatamente i suoi capelli e deposito un casto bacio sulla nuca prima di affrontare l'argomento.

«Ora però dobbiamo capire come ha fatto a entrare indisturbato e poi fare in modo che non si avvicini più a te».

«Ha ancora le chiavi, credo… io… io non gliele ho mai richieste indietro, non ho pensato… non credevo che… oddio, sono proprio una stupida, ho cambiato tutto l'arredamento ma non ho ritenuto importante cambiare la serratura… come ho fatto a non pensarci…»

Si mangia pensieri e parole accusandosi e rimproverandosi, ed ecco che riemerge la sua naturale ingenuità. Lei crede fermamente nella bontà delle persone, ma questo la mette in costante pericolo, rendendola un facile bersaglio sul quale scagliarsi. Io, però, non permetterò a nessuno di farle del male, per anni se ne è già fatto abbastanza da sola: privarsi del piacere convincendosi di essere "una cosa rotta e difettata", la bulimia che l'ha portata a combattere contro un nemico chiamato "peso ideale", ora però basta!

Prendo delicatamente il suo volto tra le mani costringendola a guardarmi.

«Ok, hai commesso un piccolo errore di valutazione al quale rimedieremo subito. Domani mattina facciamo cambiare la serratura e poi andiamo alla polizia e lo denunciamo per stalking, perché tutto questo è partorito da una mente malata, lo capisci anche tu?»

Stavolta non può convincermi in alcun modo a non reagire e stare fermo, facendosi così travolgere dalle follie di un pazzo. Quell'uomo ha superato il segno e sono convinto che non abbia nessuna intenzione di smettere di perseguitarla: tutti i messaggi che le invia pur non ottenendo mai risposta, i svariati regali sgraditi che le fa recapitare e che puntualmente gli vengono restituiti avrebbero dovuto essere un deterrente, qualsiasi altro uomo si sarebbe rassegnato alla sconfitta, per quanto innamorato possa credere di essere.

Quest'ultima violazione allarma e conferma ancora di più i miei sospetti: questa specie di verme non la smetterà mai fino a che non sarà fermato concretamente.

«Però se lo denuncio lo rovino, e non credo che sia pronta a fargli tanto male. Credo che sia solo deluso per la mia indifferenza, forse se gli parlassi apertamente capirebbe, e allora...»

«No! Non esiste che tu ti avvicini a lui, hai capito? È fuori controllo, è pazzo, Lalla. Chiunque sano di mente avrebbe capito dopo tutti i tuoi rifiuti, invece lui è convinto che presto tornerete insieme».

Urlo la mia frustrazione nella direzione sbagliata, verso di lei che non merita in alcun modo la mia rabbia. Non è mia intenzione spaventarla, ma deve comprendere che uomini come il suo ex sono pericolosi e vanno fermati prima che sia troppo tardi.

Vedo lacrime mischiate al rammarico e alla delusione affacciarsi sui suoi meravigliosi occhi e questo mi basta per farmi salire la voglia di usare la faccia di quello stronzo come sacco da box. Metto da parte la mia ira e mi concentro solo su di lei, che ora ha bisogno di braccia consolatrici.

«È tutto ok amore, stai tranquilla, ci sono io con te e non permetterò a nessuno di farti del male».

La stringo forte contro il mio petto, sentendo anche io il bisogno di rassicurazioni. Ho bisogno di sentirla e magicamente il nostro abbraccio ci regala il conforto che cerchiamo.

38

Il giorno fa capolino lasciando alle spalle una delle notti più buie ma, per assurdo, luminose. Ho passato ore a duellare con pensieri contrastanti, il bianco e il nero hanno combattuto sul mio umore e il mio stato emotivo, luci e ombre in lotta sulla mia anima. Non riesco ancora a capacitarmi del comportamento maniacale di Riccardo, che si è trasformato in un ipotetico stalker; mi sento così stupida per non aver colto i segnali di questa sua malata ossessione nei miei confronti e di aver scambiato per un maldestro corteggiamento la sua follia. In tutta questa confusione è stato ancora una volta Massimo a sorprendermi: le sue parole, i suoi gesti, i suoi sguardi rassicuranti sono stati il mio personale paracadute, si è preso cura di me in ogni modo, preparandomi persino un bagno caldo e profumato. Quando mi ha lasciato un momento di intimità per rivestirmi, ho avvertito immediatamente la sua mancanza, ma uscendo dal bagno ho subito notato che aveva utilizzato il tempo di separazione per ripulire tutto quello che Riccardo aveva fatto. Del mio ex non c'era più nessuna traccia e in sostituzione ho trovato il bellissimo sorriso del mio meraviglioso soldato accompagnato dalle parole di Biagio Antonacci sulle note di "Vivimi". È stato incredibile come sia riuscito a ribaltare un momento brutto con uno pieno di magia, sostituendo una serata negativa con qualcosa da ricordare con emozione e gioia. Dopo avermi presa tra le braccia ha improvvisato un lento, durante il quale sussurrava sulle mie labbra stralci della canzone che aveva scelto per farci compagnia:

"Vivimi senza paure e ascolta quello che ho qui dentro".
La mia mano tenuta premuta sul suo petto all'altezza del cuore, un cuore che batteva forte e prepotente allo stesso ritmo del mio; abbiamo fatto l'amore donandoci completamente l'una all'altro, spogliandoci di ogni cosa e forse per la prima volta eravamo completamente nudi e privi di difese, e quelle due paroline ci hanno accompagnato per tutto il tempo senza però fare rumore, rimanendo silenti ma percepibili.

Lo amo!

Ora lo so, io lo amo davvero come non ho mai amato nessun altro, e anche se ancora non riesco a gridarlo a gran voce, quello che sento è palese.

Alla fine, anche grazie a un confronto con Veronica, mi sono convita a denunciare Riccardo. Ho tollerato abbastanza, accettando passivamente i suoi continui messaggi o i suoi sgraditi regali, ma ieri ha oltrepassato il limite invadendo la mia privacy e prendendosi libertà di cui non ha diritto.

Come supponevo, la Polizia mi ha chiaramente fatto capire che non può fare molto perché "non ci sono i presupposti", per ora nulla fa pensare che sia pericoloso; comunque hanno diramato un'ordinanza restrittiva, grazie alla quale sarà sollecitato a rimanere lontano da me e dalla mia abitazione.

Come promesso, Massimo appena sveglio ha fatto cambiare la serratura, sostituendola con una a prova di scasso. Stamane al mio risveglio ho trovato anche Alex e Veronica, che dopo l'accaduto hanno voluto essere presenti per darmi il loro conforto, soprattutto la mia amica che doveva accertarsi con i suoi occhi che stessi realmente bene. Inutile dire che averla al mio fianco è sempre come respirare aria fresca.

Non mi è sfuggito il fatto che Alex e Massimo abbiano parlato spesso sottovoce stando attenti a noi farsi ascoltare, e i loro sguardi complici e duri mi hanno fatta mettere in allerta; mi auguro che non abbiano deciso di commettere qualche stupidaggine, mettendosi nei guai andando a cercare Riccardo. La mia non è apprensione per l'incolumità del mio ex, semplicemente non voglio che abbiano grane con l'Esercito a causa mia; so bene che la disciplina e l'ordine sono punti fondamentali nel loro lavoro e una denuncia per aggressione non credo rientri nelle cose tollerate dalle Forze Armate.

Sono passate appena ventiquattro ore dalla mia denuncia, quando un messaggio anonimo sul telefonino mi trasporta in un altro inferno, un messaggio dal contenuto che nessuno avrebbe mai avuto il diritto di vedere...

39

Massimo

"Hai rapito la mia amica?"

Sono le diciannove quando Veronica mi inoltra questo messaggio. Non ho sentito Lalla per tutto il giorno, se escludiamo la breve parentesi in cui con un breve messaggio mi comunicava che avrebbe spento il telefono per potersi concentrare sul nuovo articolo che sta scrivendo.

"Anche se non mi sarebbe dispiaciuto rapirla per averla tutta per me, no, non l'ho fatto. So che sta scrivendo un articolo e che voleva essere lasciata tranquilla".

"Non è mia intenzione creare allarmismi, ma Lalla non spegne MAI il telefono e invece è tutto il giorno che non riesco a mettermi in contatto con lei. Ho creduto che il motivo fosse da attribuire a una vostra fuga romantica, ma ora tu mi confermi che non è così..."

Non aggiunge altro, ma non mi sfugge la sua preoccupazione, che ora è pari alla mia. Provo inutilmente a comporre il suo numero, ma come annunciato da Veronica, risulta non attivo; noto anche che ha smesso di usare il cellulare subito dopo il messaggio che mi ha inviato in mattinata.

Le mie dita digitano una veloce e frenetica risposta:

"Vado al suo appartamento, tu prova al giornale. Ci aggiorniamo".

Il successivo messaggio di Veronica mi gela il sangue:

"Al giornale non l'hanno vista o sentita tutto il giorno e noi siamo già al suo appartamento, ma non risponde nessuno".

"Arrivo!"

Spingo al massimo sull'acceleratore della mia Mercedes coupé ignorando ogni segnaletica stradale, e intanto continuo a chiamare Lalla ininterrottamente, ma è sempre una voce metallica a sostituire quella del mio fiorellino. Una strana e fastidiosa sensazione si sta ramificando dentro di me stringendo dolorosamente intorno al mio petto. Continuo a ripetermi che è tutto uno spiacevole malinteso e che il motivo del suo silenzio è da attribuire a una dimenticanza, probabilmente si è solo addormentata scordandosi di riaccendere il telefono; oppure è talmente presa dal suo articolo che ha semplicemente chiuso il mondo fuori, quindi mi convinco che una volta aperta la porta del suo appartamento la troverò con le cuffie alle orecchie, concentrata sul suo computer. So che ama ascoltare la musica quando scrive, anche se non so come questo la faccia concentrare.

Sta bene, è a casa e questo è solo un falso allarme.

Continuo a ripetermelo come un mantra, ma quando finalmente arrivo a destinazione e apro la porta è il vuoto quello che ci accoglie. Accendo la luce, rivelando ancora meglio l'assenza della mia donna. Veronica si dirige in camera da letto nella vana speranza di trovarla ì.

«Alex! Massimo!»

Richiama la nostra attenzione invitandoci a raggiungerla, e nello stesso momento un brivido trafigge la mia schiena, portando con sé un'infinita negatività: sul letto, il portatile e il telefono di Lalla fanno da padroni.

«Alex, io so per certo che Lalla non esce mai, e dico mai, senza avere con sé il telefono o il computer, dal quale non si separa mai quando lavora, e Massimo ha detto che lei stava lavorando su un nuovo articolo...»

Veronica è visibilmente scossa e il suo uomo la consola prontamente, stringendola in un abbraccio che sa d'amore.

«Dottoressa, devi stare tranquilla, non ti devi agitare. Ora la troviamo e cerchiamo una spiegazione plausibile».

Le deposita piccoli baci sulla chioma ribelle per poi obbligarla a sedersi; io, dal canto mio, sono rimasto vicino alla porta della camera da letto, completamente inerme.

«Amico, questo non è il momento per perdere concentrazione e lucidità!», mi rimprovera Alex, facendomi reagire.

«Massimo, guardami! Torna in te e pensa come fossi in missione, azzera tutto e appropriati della freddezza di cui abbiamo bisogno».

Come una macchina ben collaudata, entro in modalità militare e inizio a scandagliare ogni minimo dettaglio di questo appartamento, cercando indizi degni di nota.

Pensa, Massimo, pensa!

«La porta d'entrata non aveva mandate quando l'ho aperta».

Lo dico ad alta voce, trovando conferma quando noto le sue chiavi nello svuotatasche dell'ingresso. Istintivamente le prendo in mano senza sapere il perché, poi guardo il mio amico rivelando il bisogno di lui e della sua lucidità.

«Ricapitoliamo: computer, telefono e chiavi sono tutti qui, e chi esce senza preoccuparsi di avere con sé almeno una di queste cose?»

Anche Alex dà voce alle sue riflessioni.

«Chi sta fuggendo da qualcosa o ha fretta di uscire».

Arriviamo contemporaneamente alla stessa conclusione.

181

«Oppure chi è sollecitato a uscire contro la propria volontà».

La flebile e timida voce di Veronica ci arriva alle spalle; con il telefono di Lalla in mano, è pallida come il più candido dei lenzuoli.

«È stato lui, l'ha portata via lui...»

Mi concentro su quello che dice e poi capisco il significato delle sue parole. Continua a stringere ossessivamente il telefono e l'istinto mi dice che è lì che troverò le risposte di cui ho bisogno.

Non appena i miei occhi ne hanno conferma, mi si gela il sangue nelle vene e rabbia mista a disperazione sono le uniche cose di cui ora si nutre il mio essere.

40

Credo ancora, o almeno lo spero con tutta me stessa, che in quest'uomo ci sia ancora un briciolo della persona che un tempo ha avuto il mio affetto e rispetto. Subito dopo l'arrivo di un suo messaggio anonimo, il campanello del mio appartamento ha suonato e io ero cosciente che al di là della porta ci fosse lui, d'altronde nel messaggio era stato più che chiaro.

Nonostante lo sconforto e la paura per le sue per nulla velate minacce e la consapevolezza della sua momentanea pazzia, l'ho assecondato accettando di seguirlo, convinta di poter discutere civilmente. Lui mi ha promesso che se gli avessi concesso un poco del mio tempo per chiarire la nostra situazione, in cambio non avrebbe divulgato il contenuto del video di cui era in possesso.

Ora, dopo aver passato un paio d'ore in macchina, siamo in un vecchio casolare nella provincia di Frosinone. Ha chiarito di essere il proprietario di questo posto anche se non ci viene mai, ma lo ha ritenuto adatto per l'occasione in quanto fornisce la giusta intimità e la sicurezza di non essere disturbati da nessuno. Ovviamente, dove lui vede intimità io avverto il pericolo, in quanto siamo del tutto isolati e lontani dal primo centro abitato. Tutto fa scattare in me diversi campanelli d'allarme, la mia agitazione ha alzato l'asticella dal momento in cui ha chiuso la porta dietro di sé e mi ha invitato a sedermi su questo divano che ha visto tempi migliori; lui, intanto, passa istanti interminabili a contemplare il suo telefono. È ormai pomeriggio inoltrato e sono già diverse ore che siamo qui, in un innaturale silenzio che mi sta facendo consumare dall'ansia.

«Riccardo, credo che sia arrivato il momento di parlare, in fondo mi hai portato qui per questo, giusto?»

Provo a risultare il più calma possibile, cercando di intavolare una conversazione.

«Quindi ora, amore mio, vuoi parlare? Prima mi denunci, mi eviti come un cane rognoso, rifiuti ogni mio regalo o attenzione, e adesso invece mi vuoi parlare?»

"Amore mio?"

Come può pensare di riferirsi a me con tale epiteto? Quest'uomo ha completamente perso la bussola se pensa che io sia il suo amore, ora però non posso farglielo notare e faccio finta di ignorare le scemenze che dice.

«Mi dispiace se in qualche modo ti ho offeso o ferito, non era mia intenzione, ma se sono le mie scuse quelle che cerchi, allora ti chiedo scusa».

Mi costa moltissimo far uscire queste parole e mantenere una finta calma, ora l'unica cosa di cui mi pento è di non averlo denunciato prima; adesso, però, l'unica cosa che mi resta da fare è restare sull'attenti e cercare di arginare la sua lucida pazzia e soprattutto non farlo innervosire, perché ora come ora ho paura di una sua reazione.

«Lo so che tu non volevi allontanarmi e che la colpa è tutta di quel soldatino che si è messo tra di noi e poi ti ha sporcata trasformandoti in una puttana insensibile».

Quello che esce dalla sua bocca è veleno e freddezza. Parla del mio amore come fosse lui la mela marcia in questa storia, senza rendersi conto che per me Massimo è solo luce e che grazie a lui non mi sento affatto sporca, perché è lui che per la prima volta mi ha fatta brillare.

Riccardo si inginocchia davanti a me e le sue mani indesiderate accarezzano il mio viso. Per istinto mi allontano da questo tocco che non voglio, ma questa mia freddezza fa nascere un velo di rabbia oscura nel suo sguardo.

«Che c'è, non vuoi che ti tocchi? Fai la timida con me? Eppure, in questo video io vedo una donna molto disinibita e per nulla pudica».

Sogghigna con cattiveria sventolandomi il telefono in faccia e riattivando per l'ennesima volta il video con il quale mi sta ricattando.

«Come hai fatto a procurartelo?»

Sorvolo volutamente sui suoi sproloqui.

«Semplicissimo, amore: ho messo un paio di telecamere nel tuo appartamento il giorno in cui ti ho fatto trovare la mia ultima sorpresa».

Ammette con naturalezza la sua pazzia, come fosse normale invadere la privacy di una persona.

Cristo, quest'uomo è malato! Possibile che non mi sia mai accorta della sua mente deviata?

Continua a guardare le immagini di me e Massimo che ci amiamo in quella che credevo fosse l'intimità della mia camera, e se da una parte quello che vede lo fa arrabbiare, dall'altra lo sta visibilmente eccitando, ed è questo che ora mi terrorizza.

Il suo sguardo si alterna tra la mia figura e il video, come a voler confermare che la donna sul telefono sia proprio io.

«Ho sempre ipotizzato che fossi frigida perché fare sesso non ti è mai piaciuto, eppure guardandoti in queste immagini sono costretto a ricredermi. Con me facevi la suora, invece adesso scopro che sei solo una puttana da quattro soldi».

185

Urla le sue convinzioni e il suo disprezzo nei miei confronti. In un impeto di rabbia scaglia il suo telefono contro il muro e quando si ritrova le mani completamente libere inizia a toccarmi, e io provo solo disgusto; mi nausea il modo in cui si sta prendendo tali libertà, ma ingoio bile e lo lascio fare, lo devo far calmare e ora un mio ennesimo rifiuto lo farebbe alterare ancora di più.

«Sei sempre stata bella, principessa, ma ora lo sembri ancora di più. Anche se il soldatino ti ha sporcata, resti bellissima e non sono mai stato più arrapato da te come adesso».

Odio che mi chiami principessa come faceva mio padre e vorrei urlargli contro che è solo lui quello che mi sta sporcando. Vorrei gridare tutto il mio disprezzo per le sue parole oscene, eppure resto muta, ma quando afferra prepotentemente un mio seno, lo allontano istintivamente in malo modo e mi arriva uno schiaffo inaspettato che riecheggia nell'ambiente che ci circonda. La mia guancia brucia e pulsa per la violenta manata, una lacrima scende indisturbata ad accarezzare e confortare il bruciore e ora la paura per quello che potrebbe farmi cresce in maniera esponenziale.

«Guarda che cosa mi fai fare! Ma stai tranquilla, ti perdono, va bene?»

Cosa?

Lui perdona me?

Torna a toccarmi senza averne alcun diritto e cercando di essere più delicato, ma io sono assalita dalla nausea e spero di svegliarmi il prima possibile per scoprire che si tratta solo di un brutto sogno e che aprendo gli occhi siano altre le mani che stanno scivolando sul mio corpo.

Massimo, amore mio, dove sei?

«Stai pensando a lui, vero? Io sono qui per te e tu pensi a quel pezzo di merda? Cosa cazzo devo fare con te? Ti faccio regali, ti scrivo pensieri d'amore, ti sorprendo con gesti romantici. Tutte le donne sarebbero lusingate da tutto questo e invece tu fai la ritrosa e la stronza insensibile, sei solo una viziata ingrata».

Mente lui urla i suoi rimproveri, un singhiozzo abbandona la mia gola, rimbombando in questa prigione che lui definisce nido d'amore. Devo andare via, e al diavolo il video e la vergogna che mi farà provare la sua diffusione. Ora l'unica cosa che mi interessa è tornare a casa, e per casa intendo le braccia di Massimo. Mi rimprovero per non averlo assecondato quando mi ha suggerito di stare lontana da quest'uomo, dovevo ascoltare il mio intelligente soldato e non avvicinarmi a un mostro. Sono stata una stupida e un'ingenua a credere di poterlo far ragionare, ma ora è tempo di darsi una svegliata. Raccolgo tutto il coraggio che trovo e mi alzo da questo lercio divano.

«Ora basta! Ne ho abbastanza e me ne torno a casa, e tu puoi fare quello che vuoi con quel video, a me non interessa più niente».

Raggiungo la porta, pronta a lasciare questo schifo di posto, e quando sto per aprirla mi è chiaro che finora sono stata in purgatorio, perché l'inferno mi sta accogliendo in questo momento.

41

Massimo

«Io lo ammazzo, cazzo! Giuro che lo ammazzo e poi mi faccio la galera col sorriso!»

Dire che sono furioso è un eufemismo, sto ribollendo di rabbia e disperazione. Giuro che se le fa del male non rispondo delle mie azioni, è un essere finito!

Un intero giorno che non abbiamo sue notizie, un intero giorno in cui può essere successo di tutto.

Cristo, non ragiono più! Sto impazzendo.

Io, Alex e Veronica ci siamo recati alla polizia per denunciare la scomparsa di Lalla; gli agenti, dopo aver visionato il video sul telefono del mio fiorellino, hanno ritenuto che non fosse necessario far passare le canoniche quarantotto ore per iniziare le ricerche.

Il messaggio alla fine del video era più che esaustivo:

"Se non vuoi far vedere al mondo intero quanto sei puttana, ti conviene parlare con me".

Un video in cui facciamo l'amore è stata l'arma di ricatto che ha usato per portarmela via.

Tornati nell'appartamento di Lalla, abbiamo scandagliato ogni angolo, trovando due telecamere che erano state magistralmente nascoste; una era puntata sul divano del soggiorno, l'altra sul letto, ed è quest'ultima che ha rubato le immagini della nostra intimità.

È tutta la notte che sto studiando minuziosamente la vita di quel bastardo: proprietà, attività, hobby, ecc...

Se con il mio lavoro riesco a individuare i covi dei ribelli in guerra, trovare un indizio che mi possa condurre dalla mia donna non dovrebbe essere difficile, eppure sto brancolando nel buio. Ovviamente il primo posto in cui l'abbiamo cercata è stato l'appartamento di Riccardo a Roma, ma come era da immaginare era vuoto e all'interno nessuna traccia di dove possa essere andato con Lalla. Pare che lo stronzo abbia diverse proprietà, alcune anche fuori regione, ma il mio istinto mi suggerisce che non l'ha portata troppo lontano.

«Trovato qualcosa?»

Alex mi porge l'ennesima tazza di caffè, fermandosi alle mie spalle con gli occhi puntati sul monitor del computer dal quale sto facendo le mie ricerche.

«Niente, dannazione! Ma ho la sensazione che mi sfugga qualcosa, sento che ci sto girando intorno senza risultati».

Strizzo gli occhi che ormai bruciano per lo sforzo a cui li sto sottoponendo e la testa è un vortice che mi fa barcollare; avrei bisogno di dormire ma non ci penso proprio, fino a che non riavrò il mio fiorellino tra le braccia non mi darò pace.

«Amico, sei cotto e troppo coinvolto per restare lucido; fa' provare me, in fondo quattro occhi sono meglio di due».

Malvolentieri gli cedo il mio posto perché ha ragione quando afferma che sono emotivamente distrutto, e poi se esiste una persona di cui mi fido ciecamente, questa è Alex.

«Veronica?»

«È crollata, finalmente. Ha pianto per gran parte della notte e quel bastardo la pagherà anche per le lacrime della mia dottoressa».

Sono certo che le sue non sono parole al vento, perché indirettamente Riccardo ha fatto del male anche alla sua donna e solo per questo deve pregare di non trovare sulla sua strada Alex e la sua rinomata furia, ma mettiti in fila, amico mio, perché prima ci sono io, e quando lo avrò tra le mani rimpiangerà il giorno in cui ha iniziato a infettare questa terra.

Passano altre tre ore che avverto come giorni, e dopo aver ripreso il mio posto davanti al computer, finalmente trovo l'ago nel pagliaio.

«Bingo!», esclamo soddisfatto dalle mie ricerche.

«Credeva di essere furbo, ma non ha fatto i conti con le mie doti investigative. Ora a noi due, figlio di puttana!»

«Dobbiamo riconoscergli il merito di essere stato abile, ma non ha messo in considerazione chi siamo e adesso ha i minuti contati, perché sono certo che è proprio lì che si trova con la nostra Lalla».

Alex, dopo aver controllato le mie ricerche, conviene con me sul fatto di aver trovato il nascondiglio giusto scelto da Riccardo: un vecchio casale abbandonato nella Ciociaria ancora intestato a nome della nonna morta più di tre anni fa, nonna che aveva il cognome della madre, che a sua volta ha rinunciato a tale cognome e per questo difficile da ricollegare al coglione, ma è lui l'unico erede. Devo ammettere che è stato scaltro nella scelta del posto in cui portare Lalla: era quasi impossibile attribuire a lui il possesso di questa proprietà, ma se lui si crede furbo, io sono un segugio addestrato e affamato. Ho combattuto decine di guerre, ma questa è quella che più di tutte ho bisogno di vincere assolutamente.

Pezzo di sterco, sto arrivando, e prega il tuo Dio che non siano le mie mani le prime a trovarti, perché io ti ammazzo senza un minimo di ripensamenti.

42

Mi fa male tutto, la furia con cui si è accanito sul mio corpo è stata disumana e a scatenarla è stata la mia voglia di andare via. Accecato dalla rabbia causata dal mio ferreo rifiuto, mi ha scaraventato a terra per poi colpirmi subito con un calcio sul ventre, e cadendo ho battuto la testa, che ora pulsa e mi fa maledettamente male; ho un labbro spaccato a causa degli innumerevoli schiaffi che si sono susseguiti e sono certa di avere il volto pieno di lividi e gonfio. A un certo punto credo di aver perso conoscenza, perché ora mi trovo su un letto e non più sul pavimento ma non ricordo come ci sia arrivata, deve avermi portato lui in questa camera da letto che puzza di chiuso e muffa; intorno a me pochi mobili abbandonati e vecchi e soprattutto silenzio, nessun rumore, tutto mi fa pensare di essere sola in questo momento e allora mi impongo di trovare la forza per alzarmi e provare a scappare.

Quando provo a muovermi, le mie speranze vengono spezzate, perché ha fatto in modo che io non possa andare da nessuna parte: ho le braccia saldamente legate alla sponda del letto. Provo a strattonare, ma il risultato è che non faccio altro che peggiorare la situazione, perché la corda stringe di più a ogni mio tentativo e la pelle intorno ai polsi si lacera.

Lo sconforto e la disperazione mi inducono a gridare aiuto, ma è tutto vano perché qui intorno non c'è anima viva: urlo e piango tutte le mie lacrime fino a quando il rumore di una porta che si apre e si richiude mi paralizza.

È tornato!

Ho paura, ho tanta paura per quello che può farmi, perché ho il terrore che questo sia solo l'inizio del mio viaggio all'inferno

Quando lo vedo entrare nella stanza tutto sorridente e con un mazzo di rose in una mano e cioccolatini nell'altra, sono semplicemente sconvolta dal suo atteggiamento.

«Buongiorno principessa, vedo che finalmente ti sei svegliata».

Sa quanto odi che mi chiami così, gli ho confidato che non voglio essere chiamata con l'appellativo usato dal mio adorato papà, sa che voglio che resti solo una cosa tra me e l'uomo che ho sempre considerato il mio eroe e che desidero che il diritto di essere chiamata principessa resti legato al suo ricordo; per il mio amato papà ero la sua principessa e quando lui mi chiamava così avvertivo solo amore e dolcezza, invece il modo in cui lo pronuncia Riccardo è cattivo e sa di scherno, mi chiama così solo per farmi altro male infangando i miei ricordi belli.

«Guarda cosa mi hai fatto fare, principessa. Ora ti do una sistemata, va bene? Guarda, ti ho portato anche la cioccolata che ami tanto insieme ai fiori, solo il meglio per il mio amore. Anche se mi fai arrabbiare non posso fare a meno di coccolarti e viziarti e per questo potresti sforzarti di mostrarmi un po' di gratitudine, non credi che sia giusto anche tu?»

Certo, come no!

Psicopatico del cazzo!

Mi massacra di botte e poi, da pazzo qual è, mi porta fiori e cioccolatini pretendendo di essere ringraziato, ma la sua mente bacata le mie scuse se le può solo sognare!

Dopo essersi allontanato per qualche minuto, torna da me con una bacinella piena d'acqua e un panno di cotone. Inizia a pulirmi togliendo il sangue raffermo sopra il labbro inferiore per poi passare al resto del viso; solo ora noto altri graffi sul braccio, che lui deterge con minuziosa attenzione, ma il solo sentirlo così vicino mi provoca un conato. Ovviamente non rigetto niente, visto che sono ventiquattro ore che non bevo e non mangio niente; sono certa che anche questo è calcolato per rendermi sempre più debole e indifesa.

Riccardo non è altissimo e mantenere una buona muscolatura non ha mai fatto parte dei suoi piani. Non è un uomo che si può definire all'apparenza pericoloso o minaccioso, ma ora a me sembra così forte, se paragonato allo stato di fragilità in cui mi ha ridotta.

«Ok, ora che mi sono preso cura di te e sei più presentabile lo dai un bacio al tuo fidanzato?»

Si avvicina sicuro e strafottente alla mia bocca e quando avverto la lingua provare a farsi spazio per reclamare la mia, è un morso rabbioso quello che ottiene da me, e questo mio gesto impulsivo decreta la mia fine. Il mostro che fino a poco fa era silente riemerge in tutta la sua furia malata e la rabbia che lo investe è tutta riversata su di me.

«Troia! Guarda che mi hai fatto, sei proprio una grandissima stronza! Non ti piace avere a che fare con un fidanzato amorevole e paziente? Va bene, allora avrai quello che chiedi e meriti»

Uno schiaffo, poi due, poi smetto di contarli, e quando mi illudo che sia stanco di infierire ulteriormente su un corpo che non ha la forza di difendersi, tutto il buio di questo momento mi inghiotte ancora di più.

Con un gesto secco e deciso strappa via i miei leggings per poi arrivare a denudarmi completamente. Sono tanti i calci che provo a portare a segno e lotto con tutte le forze che riesco a racimolare, scalcio e urlo disperata il mio rifiuto e disgusto.

«Riccardo, ti prego, ti scongiuro, non lo fare! Lasciami andare e io ti giuro che dimenticherò ogni cosa, farò finta di non essere mai stata qui e ognuno andrà per la sua strada».

Lo prego, lo imploro di fermarsi, ma non ascolta neanche una parola. La sua mente malata sembra dissociata dalla realtà, ha inserito il pilota automatico e ora ho la consapevolezza che niente di quello che posso dire o fare lo fermerà dall'andare avanti nella sua disumana follia. Mi si gela l'anima quando cala via i suoi pantaloni e mostra orgoglioso la sua erezione. Sono così disgustata che vomito schiuma e disperazione, tossisco rischiando di soffocare ma niente placa la sua pazzia, e quando si sdraia su di me e invade senza riguardi la mia intimità, mi rompo irrimediabilmente; sento solo tanto dolore e il mio corpo che non riesce ad accettare un'intrusione tanto disumana.

«Non guardarmi così, principessa, questo lo hai voluto tu. Ormai sei irrecuperabile, ti ha trasformato in una puttana ed è come tale che meriti di essere trattata da me. Adesso sta' buona e fammi godere come facevi col tuo bel soldatino».

E mentre lui si appropria di qualcosa che non gli appartiene, io cado in mille piccoli pezzi, sento il dolore di questa invasione violenta, ma quello che fa più male è il sapere che dopo oggi io non sarò mai più il fiorellino di nessuno, perché mi sto sporcando in modo permanente. Mentre lui si muove pretendendo di assecondarlo e inseguendo il suo piacere rubandomi pezzi di anima, io sogno di un amore che ormai ho perduto, di un amore unico e vero.

Se sai dove cercarmi abbracciami col pensiero, mio dolce soldato. Il sole è spento, ma se riesci a raggiungermi io ritroverò il calore di cui ho bisogno per continuare a respirare.

È incalcolabile il tempo che passa. A me sembra un'eternità e mentre lui, egoista e spregevole, ricerca l'appagamento, io invoco a gran voce una morte veloce.

Azzero i pensieri e la mente isolandomi da tutto lo schifo che mi sta inghiottendo, e prima di chiudere gli occhi aspettando la mia fine è solo uno il volto che vedo, sono altre le mani che sento, solo una è la voce che mi implora di ascoltarlo. Cerco nella memoria il profumo del mare e intanto gli chiedo perdono per non essere stata forte abbastanza.

Massimo, amore mio, giuro che ci ho provato, ma alla fine ha vinto il male e il nostro amore ora è solo un ricordo insudiciato dal diavolo in persona.

Lui si è preso il tuo fiorellino e lo ha spezzato.

Lui ha annientato la tua pantera nera trasformandola in una gattina indifesa.

Lui mi ha rotto di nuovo e stavolta non credo che tu possa riaggiustarmi.

La tua Lalla sta morendo oggi su questo letto che ha le sembianze di un altare eretto dal demonio, e se mai un giorno ci incontreremo ancora, sarà solo un guscio vuoto e senza vita quello che ti troverai davanti.

La voglia di combattere abbandona il mio corpo che si arrende all'inevitabile, i sogni sbiadiscono e la realtà di un incubo concreto mi inghiotte senza che io possa farci niente.

Mi arrendo!

Finisco di sperare!

Finisco di sognare!

Smetto di brillare perché la luce è ormai spenta e l'interruttore che può riaccenderla è andato distrutto sotto i colpi di un uomo corrotto nell'anima che mi sta rubando, oltre la dignità, anche la voglia di vivere.

43

Massimo

Arriviamo a destinazione in contemporanea con la Polizia.

La macchina del morto che cammina non è qui e per un momento penso all'ennesimo buco nell'acqua, ma il mio istinto mi suggerisce di entrare in questa fogna che qualcuno chiama casa.

Io lo sento, lei è qui!

La sento.

Quando un poliziotto butta giù la porta a spallate non aspetto nessun ordine e mi fiondo dentro. Lo spettacolo che si palesa è raccapricciante, visto il degrado e la puzza di muffa e abbandono.

«LALLA!»

Grido il suo nome nella disperata speranza di riabbracciarla presto. Alex non ha lasciato un istante il mio fianco e anche lui è una bestia senza controllo. Abbiamo promesso a Veronica che avremmo trovato e riportato a casa la sua amica sana e salva; non è stato semplice convincerla a non seguirci, per farlo sono dovuti intervenire anche i suoi genitori che alla fine l'hanno persuasa sottolineando le sue condizioni, la gravidanza è stato l'unico deterrente che l'ha convinta ad aspettarci in compagnia della sua famiglia.

«Grandissimo figlio di puttana!»

Il ringhio scaturito dalla rabbia di un poliziotto mi allarma, facendomi capire che lei è qui e che quello che tra poco i miei occhi saranno costretti a vedere mi distruggerà il cuore. Una porta spalancata mi dice che oltre quella c'è la donna della mia vita e come un fulmine incontrollato mi dirigo nell'unica direzione in cui il mio corpo vuole andare.

«Signore, non credo sia il caso di entrare, io le consiglio di aspettare l'arrivo dell'ambulanza».

Non lo ascolto nemmeno per un secondo, lo allontano in malo modo e sono dentro, dietro di me Alex è la mia ombra.

«Cristo!!»

È tutto quello che abbandona la gola del mio amico quando siamo sopraffatti dallo scempio che abbiamo davanti.

Lalla. La mia Lalla!

Il mio bellissimo e prezioso fiorellino.

Legata a un letto sporco e angusto, priva di sensi e completamente nuda, a ricoprirla solo lividi ed escoriazioni.

Mi basta un attimo per trovare la forza, poi sono su di lei.

«Amore mio, che cosa ti ha fatto?»

Piango forse per la seconda volta nella vita davanti a questa bambola denudata della dignità e della vitalità; capisco che è viva solo perché avverto il suo torace alzarsi e abbassarsi leggermente.

La stanza in poco tempo è troppo affollata.

«NON LA GUARDATE!»

Grido furioso la mia frustrazione.

«NON LA DOVETE GUARDARE!!»

Sembro un pazzo in pieno delirio che cerca di proteggerla almeno dalla vergogna di altri occhi. Con la coda dell'occhio vedo un lenzuolo adagiarsi sul suo corpo indifeso.

«Alex?»

Il mio amico copre le sue nudità capendo perfettamente i miei tormenti. Sciolgo le corde che la vedono prigioniera cercando di non causarle altro dolore, ma sembra non bastare perché un lieve lamento lascia le sue labbra.

«Basta, per favore...»

Il suo tormento misto alle suppliche sono lame taglienti per il mio cuore che piange con lei.

«Sono io amore, ora è tutto finito e ti riporto a casa».

La stringo leggermente a me stando molto attento a misurare la forza e la voglia che ho di tenerla tra le braccia. Lentamente le sue palpebre si schiudono, rivelandomi i suoi bellissimi occhi azzurri che ora non brillano, ma risultano spenti e pieni di paure e sofferenza.

«Non mi toccare! Non mi devi toccare più!»

Raggelo alla richiesta di essere lasciata stare e mi allontano dal suo calore come fossi stato scottato da una fiamma ardente; è confusa e probabilmente non si rende conto di chi le sta intorno, e uso questa teoria per non affogare nella disperazione più totale.

«Ok amore, non ti tocco, però ora guardami: sono io, il tuo Massimo, e ora che sono qui nessuno ti farà più del male. Mi vedi, fiorellino?»

Mi osserva per secondi interminabili e quando realizza che non sono il frutto dell'immaginazione, lacrime le inondano il volto deturpato dalle mani di un mostro. Vederla in questo stato, costretto a non poter far niente, mi squarcia le viscere.

«Sei qui... sei venuto... io... io ti ho chiamato tanto. Ma dovevo chiamarti solo con la mente per non farmi sentire da lui... ma così non mi hai sentita neanche tu...»

Cristo se fanno male le sue parole. Sapere che invocava il mio nome chiedendo aiuto mi fa sentire una merda, lei cercava me e io non c'ero e non l'ho salvata nel momento in cui aveva più bisogno di me. Una volta le ho promesso che per lei ci sarei sempre stato, ma ho fallito miseramente e questo non me lo perdonerò mai.

«Sono qui adesso, tesoro, e ti prometto che non ti lascerò mai più sola...»

«E' tardi ormai, non c'è più niente da salvare, non c'è più niente che tu possa fare».

Il cuore si spezza e piange lacrime che lo stanno portando al collasso, non mi sono mai sentito più inutile come in questo momento. Voglio rassicurarla dicendole che non è troppo tardi, che d'ora in poi tutto andrà bene perché l'ho ritrovata e che insieme riusciremo ad affrontare qualsiasi cosa, ma non posso dirle niente di tutto ciò perché i suoi occhi mi abbandonano di nuovo.

«Lalla?»

La chiamo ma ha smesso di ascoltarmi. Urlo a ripetizione il suo nome inutilmente e quando finalmente arriva l'ambulanza, i paramedici me la devono praticamente strappare di dosso. Il suo corpo martoriato e inerme ora è tutto quello che resta del mio fiorellino e io non ho la forza di lasciarla andare.

«Amico, lascia che si prendano cura di lei».

Alex mi trattiene dalle spalle quando cerco di riprenderla e mi trasmette tutto il suo appoggio.

«Ho detto al personale dell'ambulanza di portarla nella clinica dove lavora Veronica, lì troverà i migliori specialisti e sarà in ottime mani».

Ringrazio ogni santo per avermi rimandato il mio migliore amico e ora prego con tutte le mie forze affinché anche il mio amore torni presto da me.

Prima di far caricare la barella dove è stata sistemata ho bisogno di vederla ancora una volta e di dirle quello che il mio cuore suggerisce. Mi avvicino cautamente al suo orecchio con la speranza che il sonno in cui è caduta non le impedisca di sentirmi.

«Non è tardi, amore. Tu resti sempre la stessa per me e non ti vedrò mai con occhi diversi, perché io ti amo. Ti amo da impazzire e mi maledico per non avertelo confessato prima, e ora ti prometto che quando sarai pronta mi troverai ad aspettarti, amore mio».

Un casto bacio a fior di labbra è quello che le rubo e mi concedo, poi la lascio andare, consapevole che non permetterò alla violenza di un mostro di portarmela via di nuovo.

Quando l'ambulanza con a bordo il mio bene più prezioso diventa un puntino quasi impercettibile, la rabbia e la furia cieca sono le uniche due sensazioni che abitano il mio animo.

«Dov'è? Ditemi dove si trova quel bastardo figlio di puttana!», urlo in direzione dei poliziotti che mi circondano.

«Deve stare tranquillo, lo abbiamo appena preso non molto lontano da qui; probabilmente deve aver sentito le sirene e ha tentato una fuga disperata, ma per sua sfortuna non ha fatto molta strada».

«Dove si trova ora?», ripeto ancora, cercando di riacquistare una parvenza di calma.

«Lo stanno trattenendo in una centrale qui vicino».

«Quale centrale?»

Sono perfettamente consapevole che non sono tenuti a darmi alcuna risposta – e infatti quello che provano a fare è farmi ragionare – ma per quanto mi riguarda in questo momento la ragione si è presa una bella vacanza.

«Capisco quello che ora sta provando e non la giudico, ma ora deve lasciare che la giustizia faccia il suo corso».

Certo, come no.

«E lei sa spiegarmi dov'era la sua fottuta giustizia quando quel maiale si accaniva su di lei? Lei sa che c'era una diffida fatta proprio dalla sua giustizia che doveva preservarla da tutto questo? E mentre la mia fidanzata veniva brutalizzata dov'era la giustizia? Glielo dico io dov'era, da nessuna parte, quindi ora glielo richiedo gentilmente: in quale centrale è stato portato quel bastardo?»

Sfogo tutta la mia indignazione contro quest'uomo che non ha colpe, ma non mi importa di niente e nessuno in questo momento.

«Agente, non le chiediamo di infrangere nessuna regola o legge, mi creda se le dico che sappiamo bene cosa sia il senso del dovere, essendo militari; ci dica solo in quale centrale lo hanno portato e noi ci assumiamo personalmente ogni responsabilità futura».

Alex arriva in mio soccorso sfoderando la calma e la diplomazia che ora a me mancano. La nostra rabbia è comunque palese, ma oltre la divisa in ognuno di noi si cela un essere umano con debolezze e sentimenti ed è per questo che alla fine ci concedono le informazioni che chiediamo.

Arriviamo davanti alla centrale di Polizia di Frosinone nel giro di trenta minuti e quando scendiamo dall'auto è solo una cosa che alimenta i miei pensieri:

A noi due, figlio di puttana!

Davanti alla porta della sala adibita agli interrogatori siamo fermati da due piantoni di guardia, e stavolta a nulla servono i nostri tentativi per farci passare; questo però non mi fa desistere e non ho alcuna intenzione di andarmene da qui, lui è lì dentro ed è la mia faccia la prima cosa che vedrà non appena quella dannata porta si aprirà.

Passano un paio d'ore in cui Alex è costantemente aggiornato da Veronica sulle condizioni del mio fiorellino. Per ora nessuna novità in quanto la stanno ancora visitando, e io non posso fare a meno di pensare che è con lei che dovrei stare adesso; prima però devo darle un minimo di giustizia, perché altrimenti non troverò mai pace. Arrivano anche gli agenti che erano con noi durante l'irruzione che ci ha permesso di salvare Lalla.

«Siete ancora qui?», domanda per nulla sorpreso dalla nostra presenza l'agente a cui abbiamo estorto l'informazione sull'indirizzo di questa Centrale.

«Siamo ancora qui e non abbiamo alcuna fretta», rispondo con voce piatta, mantenendo comunque qualsiasi forma di rispetto e mentendo perché invece ho una grandissima fretta di andarmene e raggiungere il mio amore.

«Abbiamo terminato con tutti i rilevamenti e gli accertamenti sul luogo e grazie a quelli, alle foto della vittima, alle nostre testimonianze e alla cartella clinica che presto avremo, il signor Riccardo Guccia riceverà una condanna esemplare, questo glielo posso garantire».

So che quest'uomo ha solo l'intenzione di rassicurarmi facendomi chiaramente intendere che è completamente schierato dalla parte della mia Lalla, ma ora a me non servono parole; io ho bisogno di vendetta, anche se in minima parte

«Grazie, Agente, ma voglio correggerla su un punto: in quella stanza non c'è nessun signore, ma solo uno scarto della razza umana».

Sorvolo su ogni altra cosa, esprimendo solo il disprezzo per l'artefice di tutto lo schifo e il dolore inflitto ingiustamente su una donna indifesa, una donna buona e altruista che è sempre stata incapace di far del male a chicchessia, una donna che deve solo essere rispettata e amata, la mia donna con la "D" maiuscola.

«Abbiamo già attuato le pratiche di trasferimento e ora lo porteremo a Roma nel carcere di Regina Coeli».

Il fatto che lo portino direttamente dietro le sbarre è già una buona cosa, ma non è sufficiente. Lui non varcherà quel cancello di metallo con la faccia intatta, quando non ha avuto nessun problema a ridurre il viso del mio angelo in un ammasso di lividi ed escoriazioni; no, lui deve provare cosa vuol dire sentirsi indifesi e avere paura...

«Agente, lei ha figli?», domando di punto in bianco nell'attesa che quella dannata porta si apra.

Lo chiedo perché vista l'età che dimostra, i suoi eventuali figli potrebbero avere più o meno l'età di Lalla.

«Sì, ho due figli: un maschio di diciannove anni e una femmina di ventiquattro», mi risponde avallando i miei pensieri e mostrando tutto l'orgoglio di un padre amorevole.

«Se oggi in quel letto ci fosse stata sua figlia?»

Nella mia domanda viaggiano svariati punti interrogativi.

Riuscirebbe a restare distaccato?

Aspetterebbe imparziale che la giustizia faccia il suo corso?

Cercherebbe anche lui il sollievo di un minimo di giustizia personale?

E lui queste domande celate le coglie tutte, e con il suo sguardo mi comunica che impazzirebbe proprio come sto impazzendo io, ma per rispetto al ruolo che ricopre non può rispondere in completa sincerità. Quello che dice subito dopo, però, risponde a ogni quesito.

«Ora io aprirò questa porta per poter prelevare il detenuto, purtroppo il collega che deve affiancarmi in questa operazione è in ritardo di dieci minuti, dieci minuti durante i quali verrò colpito da una leggera amnesia...»

Detto ciò, apre la porta come preannunciato e "distrattamente" la lascia spalancata. Come mi ero ripromesso, è proprio la mia faccia la prima cosa che vede lo stronzo, e a giudicare dall'espressione ha notato anche quella per nulla amichevole di Alex.

«Cosa ci fanno quei due qui? Agente, lei li deve mandare via subito!»

Vigliacco come il verme che è, urla terrorizzato, ma la sua paura per me ora è balsamo che ha l'effetto di rinvigorirmi. Lui non ha mostrato nessuna forma di pietà per la sua vittima e io non ne provo alcuna per la sua faccia e il terrore che la ricopre.

I due agenti che si sono occupati di interrogarlo lasciano la stanza nello stesso momento in cui noi facciamo il nostro ingresso; dietro di me, Alex si premura di chiudere la porta per garantirci la privacy di cui abbiamo bisogno.

«Che significa questa pagliacciata? Agente, lei non può farli avvicinare a me, io la denuncio per abuso di potere! Ha capito?»

Nessuno ascolta i suoi deliri.

«Nove minuti».

Il mio nuovo alleato trascura completamente e volutamente le minacce di Riccardo e ha tutta la mia stima, perché sono consapevole che appoggiandomi sta rischiando molto. Uno sguardo che sa di gratitudine è quello che gli riservo, per poi utilizzare i minuti che mi ha concesso nel miglior modo possibile.

Guardo l'essere che è causa dei nostri dolori e senza perdere altro tempo prezioso mi ritrovo a pochi millimetri dalla sua faccia. Lo afferro per il collo sbattendolo contro il muro dietro di lui.

«Che c'è, grande uomo, hai perso tutta la tua spavalderia, ora che non hai a che fare con una donna indifesa?»

«AGENTE!!»

Urla chiedendo aiuto come il viscido miserabile che è.

«Quale agente? Qui non c'è nessuno, a parte me...»

Di risposta, il Poliziotto che spera possa ancora salvarlo dalla mia furia parla al telefono, facendo in modo che il bastardo senta ogni parola, e quello che sente fa crollare definitivamente tutte le sue speranze di essere salvato.

«Ho bisogno di un'ambulanza, sembra che il detenuto sia impazzito e in un raptus di follia si è procurato volontariamente del male».

Riccardo sbarra gli occhi in preda al panico.

«Quale ambulanza? Io sto benissimo e non mi sono fatto niente. Voi siete pazzi, conosco i miei diritti e vi denuncio tutti!»

Prova a trincerarsi dietro la legge e le minacce, ma sta solo sprecando energie.

«Si fidi di me, signor Guccia. Lei ha bisogno d'aiuto, perché i miei occhi, in questo momento, stanno vedendo solo lei che ripetutamente si scaglia contro il muro con l'unico intento di farsi del male. In questa stanza io non vedo nessun altro, se non lei in evidente stato confusionale, e i miei colleghi si limiteranno ad avvalorare la mia dichiarazione».

Affermato questo, l'agente si volta verso la porta. Dandoci le spalle e guardando l'orologio, annuncia che mi rimangono sette minuti, sette minuti di cui non spreco neanche un secondo. So perfettamente dove colpire per fare male sul serio e mi basta rivivere il momento in cui ho visto Lalla su quel maledetto letto per non avvertire nessun senso di colpa o compassione. Gli ultimi secondi sono destinati ad Alex, come promesso, il quale gli assesta un colpo micidiale allo stomaco.

Quando scade il tempo che ci è stato concesso, la faccia di questo pezzo di merda è pesta, e qualche costola ammaccata sarà il giusto promemoria sul mio passaggio; sto per abbandonare per sempre la visione della sua faccia di cazzo, quando gli rivolgo di nuovo la parola.

«Chiedi al tuo avvocato di farti dare la pena più lunga possibile, perché il giorno che uscirai i giorni in carcere ti appariranno come quelli di una bella vacanza, paragonati a quello che ti aspetterà fuori... e questa la puoi tranquillamente definire una minaccia».

Ringrazio nuovamente l'Agente che mi ha concesso di sfogare la mia rabbia e di dare un minimo di giustizia a Lalla e poi, insieme al mio amico, lascio la Questura.

Ora, amore mio, ci sei solo tu.

Ad attenderci in clinica ci sono Veronica e i suoi genitori.

Alex corre immediatamente tra le braccia della sua donna donandole il conforto di cui ha bisogno, io invece devo sapere dove si trova e come sta la mia, ed è proprio Veronica ad aggiornarmi sulle condizioni di Lalla.

«Il quadro clinico non è dei migliori, Massimo: ha riportato un paio di costole incrinate, diversi ematomi ed è emerso che ha battuto la testa, per cui hanno eseguito una tac che ha rivelato un trauma cranico, e poi...»

Se già l'elenco di tutti i suoi mali mi ha gettato in un pozzo buio, quel "e..." mi raggela.

«E poi cosa, Veronica?»

Ho il terrore di scoprire cos'altro mi dirà, ma devo comunque sapere tutto.

«Massimo, non sono le sue condizioni fisiche quelle che preoccupano maggiormente, perché il suo corpo si riprenderà abbastanza rapidamente. Il quadro psicologico è tutt'altra cosa, quello che ha subito e dovuto sopportare è molto grave. Per una donna, questo tipo di violenza è deleteria per la mente; si può facilmente superare il trauma portato dalle botte o dalle percosse, ma il resto è tutt'altro che accettabile».

Assorbo ogni parola e le difficoltà di Veronica nel raccontare l'inferno di Lalla, ma ora l'ombra di un sospetto che mi ha accompagnato fino a questo momento si fa più fitta; prima di perdere completamente la ragione, io devo essere certo dei miei più dilanianti dubbi.

«Cosa non riuscirà ad affrontare? Veronica, devi essere molto chiara, in modo che io non abbia alcun dubbio».

Copiose lacrime attraversano le gote di Veronica, e in esse leggo tutto il dolore che prova in questo momento. Sono sicuro che se non ci fossero le braccia di Alex a sostenerla, cadrebbe a terra come una bambola di pezza.

Giuseppe, il papà di Veronica, mi mette una mano sulla spalla in un chiaro segno di anticipato sostegno, e la disperazione dipinta sul volto di sua moglie Anna è il segno evidente che da qui a poco io verrò messo al corrente di qualcosa di terribile.

«Massimo, Lalla ha subito l'atto più devastante e ignobile che una donna possa tollerare. Le violenze fisiche o psicologiche sono di per sé gravissime, ma a tutto questo lei deve aggiungere anche altro: lei è stata violentata nel corpo e nell'anima in ogni modo possibile. È uno stupro quello contro cui deve combattere e riprendersi».

Ed è tutto nero, i colori non esistono più.

NO NO NO, è tutto quello che la mia mente partorisce e che la mia voce urla in preda alla disperazione

«Mi dispiace, Massimo... mi dispiace...»

Veronica sfoga in un pianto disperato tutta la sofferenza che la investe, sentendosi impotente davanti al dolore della sua migliore amica e al mio. Io invece vengo risucchiato sempre più a fondo da un enorme baratro che ospita dolore e frustrazione.

Corro verso la porta d'uscita perché sento che mi manca l'aria, e poi devo tornare da quel pezzo di merda e massacrarlo fino a lasciarlo senza un alito di vita.

«Dove cazzo credi di andare?»

Alex mi strattona violentemente, sbattendomi contro il cofano della mia macchina.

«Lasciami stare, io lo ammazzo! Lo voglio veder morire sotto le mie mani», ruggisco in preda alla collera e alla frustrazione.

«Capisco la tua rabbia, ma adesso ti devi concentrare solo sulla tua donna e lasciar fare tutto il resto a chi di dovere, hai già avuto la tua vendetta personale...»

«Io non ho avuto nessuna vendetta! Hai capito cosa le ha fatto? L'ha violentata, quel bastardo ha abusato del mio amore e io ora sono cieco di rabbia».

Non so dove trovo la forza per urlare, visto l'enorme groppo che intasa la mia gola.

«Se ci fosse Veronica dentro questa clinica saresti così indulgente? No, te lo dico io, se fossi al mio posto tu correresti ad ammazzare il pezzo di merda che le ha fatto tanto male, e non provare nemmeno a negare...»

«Hai ragione, mi comporterei esattamente come te adesso e tu mi aiuteresti a capire che non vale la pena rovinarsi la vita per un rifiuto della società, ed è quello che ora io sto facendo con te, amico mio. Per quanto la rabbia ora sia forte, devi pensare a Lalla e al fatto che dietro le sbarre non le saresti di nessun aiuto»

Ha ragione, lo so io e lo sa lui, ma non cambia il fatto che ho una voglia matta di spaccare tutto.

«Massimo, ora ti porto un po' in palestra davanti a un sacco da box e quando ti sarai sfogato per bene torniamo qui e ci concentriamo esclusivamente su Lalla e sulla sua guarigione».

Non so come e quando Alex sia riuscito a caricarmi in macchina e a portarmi nel nostro centro d'allenamento, quello che so è che dopo ore passate a prendere a pugni un sacco immaginando la faccia di quel grandissimo bastardo mi sento decisamente meglio, e riacquistando la giusta lucidità ho capito che ora l'unica cosa importante e su cui voglio spendere tutte le mie forze è il mio adorato fiorellino.

44

"Se potessi, disegnerei sulla lavagna del tuo cuore tutti i miei sogni per farteli conoscere. Se potessi, ti farei padrona della mia mente solo per farti capire l'entità del mio amore per te. Se potessi, farei mio ogni tuo dolore e ogni incubo. Torna da me, fiorellino, perché io sono sicuro che insieme possiamo ancora splendere e lontani brancoliamo nel buio. Insieme, amore mio, possiamo tutto! Fammi entrare di nuovo. Ti amo".

Questo è uno dei tanti messaggi che accompagnano i miei giorni di degenza in questa clinica e che nonostante la loro bellezza e il loro calore mi fanno stare male, perché mi fanno avvertire tutta la sofferenza che sta patendo il mio bellissimo soldato.

«Tesoro, sono passati dieci giorni, dieci giorni che lo lasci solo e sconfitto fuori da questa stanza. Perché non gli dai la possibilità di starti accanto? Io sono certa farebbe bene a entrambi».

Veronica, come ogni giorno dal mio ricovero, è seduta sul letto insieme a me. È stata un'amica esemplare e non mi ha mai lasciato la mano, neanche quando le mie crisi le intimavano di lasciarmi stare; non si è mai arresa e ora eccola qui con il suo dolce sorriso e il suo continuo sostegno.

Le ferite del corpo si stanno via via rimarginando. I lividi sono quasi impercettibili e le costole fanno sempre meno male, ma sono gli strappi dell'anima quelli che non lasciano respirare.

Ho costantemente la sensazione di essere irrimediabilmente sporca, rivivo in un loop continuo la

211

violenza subita, avverto ancora su di me il suo odore ripugnante e sulla mia pelle il passaggio delle sue luride mani. Ho versato tutte le mie lacrime, che sembrano senza fine.

Sto male dentro e non mi riconosco, per questo ho il terrore di farmi vedere da Massimo; ho paura che riesca a percepire la sporcizia da cui ora sono sommersa, non riesco a tollerare di vedere i suoi meravigliosi occhi grigi riempirsi di pietà e disgusto per quello che ora vedrebbero.

Ora io sono un guscio vuoto e sento di non aver più niente da offrirgli, se non una donna spezzata. Lui merita molto di più, lui deve poter avere al suo fianco una donna vera e non un involucro spento e privo di ogni luce.

«Ne abbiamo già parlato milioni di volte, Veronica. Ti ho già chiarito che non voglio che mi veda così, e i messaggi che continua a mandarmi sono rivolti alla vecchia me. La ragazza a cui continua a dire "ti amo" è morta in quella maledetta cascina».

Ripeto il mio mantra ancora una volta, stanca di doverlo rimarcare in continuazione.

«Ora basta! Tu sei sempre tu! Davanti a me io continuo a vedere la mia Lalla, la mia meravigliosa e insostituibile amica, che non è morta ma respira ed è ancora qui, e anche Massimo continua a vedere te, solo te, e non quello che hai dovuto subire. Se non fossi così testarda e gli concedessi la possibilità di starti accanto, lo capiresti anche tu. E non provare a giocarti la carta della pietà, perché non attacca: Massimo ti ama, non per pietà o spirito di sacrificio, ti ama perché continua a vederti veramente per quella che sei sempre stata e continui ad essere, perché quel mostro ti ha tolto nient'altro che momenti, ma la vera Lalla è ancora qui...»

La mia dolce e meravigliosa amica, la mia roccia che combatte anche le mie battaglie con tutta la determinazione che possiede. So che crede a ogni parola che pronuncia, so che per lei io sono sempre la stessa e che nulla è cambiato, ma Massimo è un'altra cosa. Con lui la storia cambia, e per quanto senta la sua mancanza, per quanto desideri la sua vicinanza, devo fare i conti con tanto altro: come reagirei a un suo tocco se il pensiero di un contatto fisico per me ora è inaccettabile? Come si sentirebbe se non gli dessi la possibilità di potermi anche solo sfiorare?

Io sono certa che ogni suo gesto porterebbe il gusto del rispetto e che abbraccerebbe i miei tempi ignorando i suoi desideri, ma è proprio questo il punto: io non voglio fargli vivere un'altra volta le mie insicurezze o paure.

«Ci sono ancora i miei pseudo-colleghi appostati fuori i cancelli della clinica?»

Cambio volutamente argomento perché non ho la forza di continuare.

Il mio è diventato un caso mediatico, l'ennesima vittima di un uomo violento. Tutte le testate giornalistiche e i salotti televisivi si sono abrogati il diritto di parlare di me e mettere la mia vita in pubblica piazza.

Riccardo, prima di essere catturato, mi ha fatto un ulteriore "regalo": come se la merda non fosse già abbastanza, ha pubblicato il video con il quale mi ha ricattata, che ora si trova in tutti i siti on line, classificato sotto la voce di "porno amatoriale". Io che faccio l'amore con il mio soldato è diventato uno sporco e volgare porno...

«Non sono giornalisti quelli, ma sanguisughe in cerca di qualche scoop. Li detesto, sciacalli senza un minimo di morale».

«Si stancheranno presto...»

Sospiro rassegnata, purtroppo senza poter far nulla per impedirlo. Tutte le persone a me vicine sono diventate interessanti per avere informazioni o dichiarazioni indiscrete; sono arrivati persino a mio fratello, per il quale mi ero illusa, visto che si trova in un altro Paese, e invece non è stato risparmiato neanche lui dall'assalto di giornalisti ficcanaso. Inutile dire che nessuno ha mai rilasciato alcun tipo di informazione e tutti si sono trincerati dietro a un "no comment".

Per quanto riguarda la sottoscritta, diciamo che hanno adottato più di uno stratagemma per avvicinarmi. Hanno tentato addirittura di introdursi in clinica con tanto di camice ospedaliero, ma purtroppo per loro l'intervento e la furia di Alex sono stati un ottimo deterrente e nessuno ha più provato a intrufolarsi illegalmente. È diventato la mia personale guardia del corpo e funziona benissimo come inibitore, se non lo conoscessi bene farebbe paura anche a me con la sua mole e il suo sguardo assassino. Sono certa che fuori da questa stanza anche il mio soldato si sia dato da fare affinché nessuno mi disturbi, anche se non me ne hanno mai data conferma.

«E se non si stancano stai tranquilla, perché ci penserà il mio dolce e premuroso Maggiore a tenerli lontani».

Veronica sorride orgogliosa e con gli occhi a cuoricino.

«Oddio, per descrivere il vichingo che ti sei messa accanto non adotterei mai il temine dolce, direi che terrificante è più appropriato».

La prendo bonariamente in giro, consapevole che Alex è un uomo buono e degno di stima.

«È tutta apparenza, credimi. Dietro il suo aspetto burbero si nasconde un tenero orsacchiotto».

Ride sonoramente trascinandomi nella sua ilarità.

«Orsacchiotto? Lo hai definito veramente così? E lui lo sa che lo chiami con questo epiteto?»

«Ovviamente no. Se lo chiamassi pubblicamente così, poi si sentirebbe in dovere di dimostrarmi quanto è poco "orsacchiotto", ma a pensarci bene forse non mi dispiacerebbe».

Mi strizza l'occhio senza celare in alcun modo come il suo uomo si dimostrerebbe molto lontano dall'essere un tenero peluche.

«Tranquilla, per quanto mi riguarda porterò questo segreto nella tomba».

La rassicuro simpaticamente e poi con uno slancio inaspettato ma la ritrovo tra le braccia.

«Ti voglio bene, Lalla».

«Ti voglio bene anche io, amica mia».

Qualche lacrima e svariate coccole e poi ci ricomponiamo. Decidiamo di accendere il televisore per distrarci un po', magari con un buon film, ma mentre siamo concentrate nel nostro zapping, ci imbattiamo in qualcosa che ci lascia senza parole.

La dicitura in neretto che passa sullo schermo lascia poco spazio ai fraintendimenti:

"L'ufficiale dell'Esercito Italiano Massimo Rinaldi oggi rilascerà una dichiarazione esclusiva sul caso Ferrari-Guccia".

45

Massimo

«Sei sicuro di quello che stai per fare, amico? Non ti sto giudicando e sai che sono sempre al tuo fianco, ma devo essere certo che tu non abbia alcun dubbio o ripensamento».

Alex è come sempre accanto a me.

La storia di Lalla è ormai sulla bocca di tutti e per quanto abbiamo provato a tenerla privata e a tutelarla, alla fine è trapelata ogni cosa.

Il video pubblicato ha inevitabilmente coinvolto anche la mia persona, portandomi a confronto con non poche gatte da pelare sul lavoro. Mi è stato goliardicamente affibbiato lo status di porno-attore a livello amatoriale, inutile sottolineare che questo ha gettato merda sulla mia carriera e di riflesso sulla divisa che mi rappresenta.

I miei superiori sono al corrente di ogni dettaglio e non mi giudicano, al contrario mi stanno manifestando tutto il loro sostegno.

Le dichiarazioni che sto per rilasciare serviranno anche a ripulire la mia immagine, ma la cosa più importante è il messaggio che voglio far arrivare a Lalla e riportare la sua persona ad essere limpida e pulita.

«Sono sicuro!»

Insieme ci incamminiamo verso la sala conferenze, allestita per l'occasione nella palazzina dove ha sede la testata giornalistica in cui lavora Lalla.

Ho scelto loro per la mia uscita pubblica perché si sono rivelati gli unici a non lucrare sulle disgrazie della loro collega;

ho rispetto per il silenzio stampa che hanno adottato subito dopo il primo articolo che hanno pubblicato solo per dovere di cronaca.

Il direttore è una brava persona che ha il mio rispetto e l'ho trovato sinceramente affezionato alla sua reporter. Per lei ha usato solo parole di stima e affetto, e sono certo che la veda come una figlia da difendere e non come un caso sul quale guadagnare.

Arrivati a destinazione, Alex resta ai margini del lungo tavolo professionalmente allestito per l'occasione: due sedie e due microfoni fanno compagnia ad altrettante bottiglie di acqua e bicchieri. Accanto a me siederà il direttore, che si assicurerà di arginare domande scomode e indesiderate. Una volta accomodati, il vociferare che ci circonda cessa di colpo e i mormorii vengono sostituiti da un surreale silenzio, silenzio che precede l'anticipazione delle mie dichiarazioni. Solo la luce dei flash di macchine fotografiche e le piccole spie rosse sulle svariate telecamere puntate contro di noi annunciano la presenza di giornalisti e blogger, tutto è pronto per riprendere ogni dettaglio o parola.

«Buongiorno a tutti e grazie per aver accettato il nostro invito a partecipare, vi do il mio cordiale benvenuto in questa sede. Prima di lasciare la parola al Maggior Rinaldi, ci tengo a precisare alcune cose: questa non è da ritenersi una conferenza stampa, per questo non sono ammesse interruzioni durante la dichiarazione che da qui a poco l'ufficiale al mio fianco rilascerà. Vi prego quindi gentilmente di portare il massimo rispetto, manifestandolo restando in silenzio e ascoltando con la massima attenzione quanto verrà detto in quest'aula.

«Personalmente voglio solo dichiarare che io come direttore e uomo, il mio intero staff e il giornale sosteniamo appieno la nostra stimata collega e amica Lalla Ferrari e le rinnoviamo ancora i nostri migliori auguri per una pronta guarigione. Forza ragazza, che qui ti stiamo aspettando tutti!»

La premessa accompagnata da occhi emozionati e lucidi è terminata, ora la palla passa nelle mie mani; mi auguro di riuscire a mantenere i nervi saldi e fare le cose nel modo giusto, lo devo alla mia divisa e soprattutto alla donna che amo.

Ingoio saliva e respiro, inalando più ossigeno possibile. Guardo Alex che con un sorriso e un pollice alzato mi rinnova tacitamente il suo sostegno, ed è anche grazie al suo appoggio, unito al pensiero della mia donna, che do il via alla mia arringa senza dilungarmi in inutili convenevoli.

«Quello che è successo alla signorina Ferrari è inaccettabile e assolutamente da condannare. Oggi non sono qui per discutere di femminicidio, per quanto mi riguarda non esiste la violenza sulle donne, non esiste la violenza sui bambini, non esiste la violenza sugli uomini, esiste solo la violenza, che non va etichettata e indipendentemente a chi è rivolta è sempre da condannare.

«Oggi, a causa della suddetta violenza, una donna meravigliosa sta combattendo per trovare la forza di riprendere in mano la propria vita. È stata privata di ogni diritto e dignità da qualcuno che non riesco a classificare come uomo.

Lalla è stata lasciata senza nutrimento e acqua per tutto il tempo della sua prigionia, che per quanto possa apparire di breve durata ha comunque fatto in modo di renderla debole e facilmente attaccabile.

«È stata ricattata per un video rubato senza alcun diritto o permesso ed è stato grazie al possesso di questo video che l'aggressore è riuscito a rapirla con facilità, lui ha giocato sui valori e il pudore di una donna riservata e pulita. Lei voleva difendere la sua intimità. La nostra intimità. Quel video che oggi impazza sul web in siti pornografici o simili ha violato il nostro bozzolo casalingo, e chi lo ha diffuso lo ha fatto con l'intenzione di farlo apparire come qualcosa di sporco di cui doversi vergognare, ma su quel video ci sono solo due persone che si amano e che nell'intimità della propria camera da letto si dichiarano i propri sentimenti con gesti e parole che sarebbero dovuti restare solo nostri. In quel filmino usato illegalmente c'è solo ed esclusivamente amore e nulla di cui ci si debba vergognare, se non per mero senso del pudore.

«La polizia postale sta facendo il possibile affinché di quelle immagini rubate non resti più nulla, ma fino a che il loro lavoro non sarà finito vi chiedo di mandare un messaggio, cancellando voi per primi il video ogni volta che vi capiterà di vederlo apparire; ogni volta che vi imbatterete in quelle immagini eliminatele, dimostrando così il vostro disappunto per un gesto vile compiuto da un essere ignobile che ha lavorato solo con l'intento di far del male.

«La carta stampata e il web hanno un grande potere se utilizzati correttamente, ma purtroppo, per il rovescio della medaglia, possono avere la forza di distruggere e fare male; oggi io vi chiedo di far buon uso del potere che avete. Io oggi in tutta umiltà vi sto chiedendo di far in modo di restituirci, anche se in minima parte, la nostra intimità, restituiteci il diritto di fare l'amore in due senza l'ombra di un pubblico non richiesto.

«Concludo questo mio breve monologo ringraziandovi e augurandomi che anche grazie a voi l'amore e la giustizia prevalgano sempre sull'odio e sui soprusi. Io nel mio lavoro mi batto sempre a favore del bene con l'utopia di un mondo migliore e senza ingiustizie, indossando con onore e orgoglio la mia divisa, e spero che voi facciate lo stesso ribellandovi e lottando con le vostre penne».

Il silenzio con cui sono stato ascoltato è rotto da un fragoroso applauso. Come preannunciato, nessuna domanda mi è stata rivolta, ma è una voce fuori campo che raggiunge il mio udito prima di abbandonare la sala.

«Continua ad amarla e rispettarla così e non lasciarla da sola».

Una ragazza dalla pelle scura e luminosa mi sorride e poi mi saluta alzando una mano. Sembra fuori posto eppure perfettamente amalgamata, probabilmente è stato il suo italiano scorretto e forzato a indurmi ad ascoltarla e quando la vedo varcare la porta, l'istinto mi porta a risponderle.

«Sempre e mai».

Mi strizza l'occhio come fossimo amici e ci conoscessimo da sempre e poi se ne va.

«Ti amerò sempre così, Lalla, e non sarai mai sola».

Lo prometto a questa ragazza sconosciuta, lo ricordo a me stesso e lo giuro al mio fiorellino.

46

Sono da poco passate due ore dalla chiusura delle dichiarazioni lasciate da Massimo nella sede del giornale in cui lavoro e ancora non riesco a ragionare con facilità. Rivederlo, anche se solo attraverso un monitor impersonale, mi ha fatto battere il cuore a un ritmo innaturale. Bellissimo come sempre, anche se il suo viso era palesemente stanco e provato; percepire il suo malessere è stato come ricevere un pugno allo stomaco.

Mi fa tanto male avere la conferma che sta soffrendo a causa mia e della mia codardia; lui è forte, a differenza della sottoscritta, lui non ha paura di mostrare le sue fragilità e soprattutto non si nasconde dagli sguardi del mondo. Lui ha quel coraggio che a me manca e che non riesco a trovare, ma lui, a differenza mia, non è sporco e rotto e non deve provare la vergogna di una violenza gratuita. Certo, anche la diffusione di quel video è un sopruso, ma non paragonabile a quello che ho dovuto subire io, e la colpa della mia condizione è solo da attribuire alla mia ingenuità e a quel vigliacco di Riccardo.

Massimo si è rivelato sicuro e combattente come un onorevole soldato e io sono così orgogliosa di lui, di lui e della sua forza. Le parole che ha usato sono arrivate taglienti e mirate a colpire, senza risultare arroganti e saccenti. "Su quel video ci sono solo due persone che si amano", questo ha affermato con decisione e passione; "c'è solo ed esclusivamente amore e niente di cui doversi vergognare", quanta verità in poche parole!

Io quel video sono stata costretta a guardarlo innumerevoli volte, eppure, nonostante le circostanze in cui mi veniva imposto, io continuavo a vedere amore in quei corpi che si cercavano e stringevano. Come afferma Massimo, non me ne vergogno, anche se desideravo che la nostra intimità restasse tale. Ora capisco che non avrei mai dovuto mettermi in pericolo per difendere il mio pudore e che l'aver condiviso la mia privacy con il mondo intero non è il male peggiore; potessi tornare indietro non cadrei più nella trappola del ricatto morale, ma indietro non si può tornare e ora devo convivere con le mie debolezze e colpe.

Posso anche provare ad accettare e lasciar correre i vari messaggi indesiderati e volgari che intasano i miei profili social e sorridere per quelli in cui viene espressa solidarietà e comprensione, tralasciando quelli di apprezzamento nei miei riguardi e soprattutto per la prestazione e la bellezza del mio partner, ma non riesco a fare i conti in nessun modo con la violenza sessuale che ho subito: quella non l'accetto e non l'accetterò mai, e non importa se in passato io ho avuto rapporti sessuali consensuali con quel mostro e non posso definirlo un estraneo, oggi lui per me è solo il mio aggressore che si è abrogato il diritto di prendere qualcosa che non era suo in alcun modo. Oggi in me è comparso un sentimento che non avevo mai provato o sperimentato: l'odio.

Un leggero bussare alla porta mi desta dai miei pensieri.

«Avanti».

Quando vedo una bella chioma scura che fa da contorno a un viso dolce e delicato che ricorda i colori del cioccolato resto assolutamente senza parole.

«Aisha?»

«Ciao, ragazza dell'Italia».

222

Mi strappa inevitabilmente un sorriso, in quanto adoro quando si riferisce a me in questo modo; il suo italiano è alquanto pessimo, ma comunque comprensibile. Da quando l'ho incontrata la prima volta si è sempre riferita a me chiamandomi "ragazza dell'Italia" e io non l'ho mai voluta contraddire, anche perché, a dire la verità, mi piace il soprannome con il quale mi ha simpaticamente ribattezzata.

«Cosa ci fai qui?»

Non voglio apparire antipatica o infastidita dalla sua presenza, ma ho voglia di capire come mai si trovi in Italia e soprattutto in questa stanza.

«Non sono venuta da sola, con me c'è anche Hina. Dopo il tuo articolo, l'Italia ha fatto tanto per la nostra causa e quindi siamo qui per alcuni fondi, ma anche per te, ragazza dell'Italia».

«Per me?»

Sono confusa.

«Si, per te. Dovevamo arrivare il mese prossimo, ma quando abbiamo saputo quello che ti è successo abbiamo deciso di anticipare il nostro viaggio».

«Perché?»

«Perché è il momento di raccogliere quello che hai seminato. Tu senza conoscermi hai messo a disposizione tutti i mezzi che avevi pur di aiutarci e lo hai fatto mettendo tutta te stessa e il tuo cuore buono, oggi tocca a noi aiutare te; oggi io sono qui per te come tu ci sei stata per me e per tante bambine indifese».

Sono emozionata e un dolce nodo alla gola mi impedisce di rispondere prontamente. Mi accorgo che più la sento parlare, più il suo italiano sembra migliorare; so che lei adora il nostro Paese e le nostre usanze e per questo si impegna molto nell'apprendere la nostra lingua, è una ragazza in gamba e caparbia e per questo ha tutta la mia ammirazione e affetto.

«Ti ringrazio per il pensiero, Aisha, ma non vedo come tu possa aiutarmi, nessuno ora può fare niente per me».

Non vorrei che mi veda sgarbata o ingrata, ma effettivamente non vedo come possa aiutarmi o come possa far sparire la melma che sento inghiottirmi dall'interno, e quando glielo faccio notare capisco quanto io sia diventata stupida e insensibile.

«I tuoi occhi mi dicono che hai già capito tutto da sola e che probabilmente ci saresti arrivata anche senza di me, ma io voglio farti capire ancora meglio».

Una leggera pausa mi permette di sistemarmi meglio per prestare maggiore attenzione.

Ero poco più che una bambina quando ho affrontato il tuo stesso inferno e, a differenza tua, io ero completamente sola durante tutto il mio martirio, nessuna mano è stata tesa verso di me e nessun sorriso mi è stato regalato per donarmi conforto. Io ho convissuto per anni con il mio nemico e incubo ed è stato solo grazie all'intervento di Hina che ora posso dire di esserne uscita. Sembravo un caso irrecuperabile, eppure adesso eccomi qui.

«Con il tempo lo sai cosa è stato chiaro? Che odiare e piangersi addosso è facile, trovare il coraggio di vivere è molto difficile, trovare il coraggio di amare e farsi amare è ancora più complicato, ma con il tempo io quel coraggio l'ho trovato e fatto mio ed è stata la cosa migliore che potessi fare per me stessa, e ora io ti chiedo le stesse cose che vennero chieste a me: tu hai il coraggio di vivere? Tu hai il coraggio di far perdere il tuo carceriere vivendo appieno una vita che lui è convinto di averti portato via?»

Lacrime di stima e affetto sono quelle che i miei occhi versano per lei e forse anche per me, questa giovane donna è pura forza e io mi inchino dinanzi alla sua determinazione e saggezza.

«Io non so se ho quel coraggio, Aisha», sussurro, sentendomi già sconfitta in partenza.

«Si che ce l'hai, io lo vedo e non sono l'unica. Non permettergli di vincere, ragazza dell'Italia: lui ti ha rubato solo un attimo d'esistenza convinto di possedere tutto e ora sta solo a te decidere, che vuoi fare? Continui a dargli potere oppure lo distruggerai vivendo una vita felice che lo annienterà per sempre?»

I suoi grandi occhi ambrati che rispecchiano la dolcezza del miele non abbandonano mai i miei e mi dicono che non ha dimenticato il suo calvario ma lo ha affrontato e vinto con la determinazione e la voglia di riemergere. Tutto il mio apprezzamento per la donna che è diventata è riversato nell'abbraccio che le offro, e stringendola ringrazio Dio di averla messa sulla mia strada.

«Brava, ragazza italiana, hai preso la decisione giusta», afferma sciogliendo il nostro incastro.

«Ma io non ho ancora scelto niente».

«Io dico di sì».

La sua caparbietà e sicurezza sono per me una ventata d'aria fresca e pulita.

Aisha resta a farmi compagnia per gran parte della giornata e quando abbandona questa stanza sterile e ci scambiamo la promessa di mantenere i contatti, in me nasce il desiderio di fare un'unica cosa, qualcosa che ho rimandato fin troppo a lungo.

47

Massimo

Cristo, sono più nervoso di un ragazzino alle prese con il suo primo appuntamento e non faccio altro che tirare i capelli per dargli un senso logico e stirarmi addosso la camicia già perfettamente inamidata. Quando Lalla ha finalmente deciso di rispondere ai miei messaggi stentavo a crederci, avevo quasi perso ogni speranza. Non riesco a quantificare quanto mi sia mancata, l'ho cercata in ogni volto senza trovarla mai e i suoi continui rifiuti sono stati stilettate dolorose al mio cuore. Veronica mi ha tenuto costantemente aggiornato sulle sue condizioni e i suoi continui miglioramenti, ma non mi bastava. Sapere che giorno dopo giorno si riprendeva era ovviamente un sollievo, ma l'essere lasciato fuori mi devastava; avrei voluto essere io il suo porto sicuro, la spalla sulla quale piangere e la persona sulla quale fare affidamento e da cui desiderare conforto, volevo essere lì per lei e farle percepire tutto il mio amore, ma questo non è stato possibile a causa dei suoi rifiuti. So che non riusciva a far avvicinare nessun essere maschile, nonostante nella maggior parte dei casi si trattasse di personale medico, ma essere messo al pari di ogni altro uomo è stato un duro colpo. Il solo ad essere riuscito ad avvicinarla è stato Alex, ma anche per lui è stato un puro caso, visto che è stato costretto ad allontanare un giornalista ficcanaso che era riuscito ad arrivare alla mia donna nonostante la sicurezza. Anche in quel caso non c'ero ma fuori dalla sua porta la mia presenza era costante, saperla così vicina mi faceva stare meglio e sopportavo con maggior forza il distacco vegliando sulla sua sicurezza come un fantasma. Tutto questo, oggi, non ha più importanza, ora lei mi ha scritto e vuole vedermi, e questa è l'unica cosa che conta.

Mi sfrego i palmi sudati sui jeans e saltello sul posto cercando di allentare la tensione, guadagnandomi l'occhiata divertita di un'infermiera che mi riconosce. Certo che devo apparirle proprio un deficiente, penso sorridendo di me stesso.

Come mi hai ridotto, mio dolce fiorellino.

Ok, ora basta. Riprendo il controllo che mi ha sempre contraddistinto e mi decido a bussare a questa maledetta porta, che ora è l'unico ostacolo che mi separa da lei. Le nocche si muovono impazienti...

«Avanti».

Solo il poter risentire la sua voce è balsamo per il mio cuore ammaccato dalla sua assenza, e quando la rivedo torno a respirare. Eccolo qui il mio angelo caduto, il fiore che niente e nessuno spezzerà mai, la donna che ormai ha fatto sue le chiavi del mio essere.

«Ciao, fiorellino».

«Ciao, soldato».

La guardo ritrovando la voglia di affrontare ogni giorno e tutto il tempo in cui non è stata con me diventa nebbia; la guardo e il mio cuore mi conferma che amarla è la cosa più naturale del mondo; la guardo e i miei occhi tornano a brillare per la luce che i suoi gli infondono; la guardo e vedo lo stesso amore che provo io, e giuro a me stesso, e tacitamente anche a lei, che mai più nessuno le farà del male e che da oggi, ogni volta che mi chiamerà io correrò al suo fianco.

Due settimane da quando sono tornato a respirare.

227

In questi giorni ci siamo ritrovati, tornando lentamente a scoprirci. Ho riso insieme a lei, ho pianto insieme a lei, ho fatto tutto quello che era in mio potere per farla stare bene. Non è stato facile ascoltarla tra le lacrime mentre si apriva e mi raccontava tutto il suo calvario, spesso la rabbia e la frustrazione si sono impadronite della mia razionalità e pazienza, mi sono sentito inutile davanti al suo dolore, ma non l'ho mai lasciata sola; ogni notte la poltrona messa a disposizione nella sua stanza ospitava i miei sogni agitati alternati a una veglia atta a proteggerla anche solo dai suoi insistenti incubi, io ero sempre lì per lei e con lei. La mia presenza ha fatto da deterrente ai ricordi dolorosi, almeno è quello che il mio amore continuava a ripetermi pur non lasciandosi avvicinare troppo. Avete capito bene, io ero al suo fianco pronto a intervenire in qualsiasi momento, ma non ho potuto mai toccarla e, giuro su Dio, è stata la prova più difficile che ho dovuto affrontare. Combatto costantemente con la voglia di stringerla e tornare a inalare il suo profumo, ma mi sono imposto di rispettare i suoi tempi, anche perché ho una fifa matta di un suo eventuale rifiuto; il fatto che possa associare le mie mani e il mio tocco a qualcosa di sgradevole mi manda al manicomio.

È stata dimessa. Come era da immaginare non ha intenzione di tornare nel suo appartamento, per questo i genitori di Veronica si sono proposti di ospitarla, ma lei ha rifiutato. L'opzione di venire da me non è stata proprio presa in considerazione e alla fine, dopo diverse insistenze e sollecitazioni, è stata Veronica a prendere la decisione definitiva e ora è al suo appartamento che siamo diretti; sempre meglio dell'idea della donna cocciuta che possiede il mio cuore, che aveva la malsana convinzione di trasferirsi in un anonimo e freddo b&b .

Alex, alla guida della sua monovolume, ci fa strada e noi lo seguiamo a bordo della mia macchina.

«Vuoi che passiamo a prendere le tue cose?»

Interrompo così questo irritante e imbarazzante silenzio.

«Non ce n'è bisogno, ci ha già pensato Veronica, ma ti ringrazio per il pensiero».

Sto impazzendo, perché a volte mi tratta come un acerbo amico e io non lo sopporto, ma devo fare forza su tutta la mia pazienza per non scoppiare, devo mantenermi distaccato quando invece avrei solo voglia di morire tra le sue braccia.

«Quando ti avrò accompagnato da Veronica giuro che trascinerò Alex via con me, così avrai modo di riposare e sistemarti in tutta tranquillità».

Mi costa tantissimo dire e fare quello che ho detto, ma non voglio si senta oppressa dalla nostra presenza; devo lottare con la mia parte egoista che la vorrebbe sempre a fianco e lasciarle tutto lo spazio di cui necessita.

«Non c'è bisogno, non sono stanca, e poi staccare quei due non è impresa da poco».

Sorride indicando la macchina di Alex ed è bellissima, vorrei tatuarle in volto quest'espressione serena e divertita.

«Non posso darti torto, i nostri amici sono portatori sani di zucchero, si rischia il diabete solo a starci accanto».

Scherzo simpaticamente sul rapporto di Alex e Veronica e nel farlo afferro istintivamente la mano di Lalla, portandomela alle labbra; non appena mi rendo conto del mio gesto la lascio immediatamente, sentendo subito il vuoto del distacco.

«Scusami, mi è venuto spontaneo».

Non so cosa dirle e il mio giustificarmi rende tutto innaturale.

«Non devi giustificarti, è del tutto naturale il volersi toccare. Io non voglio che ti senta a disagio, e anche se per me non è ancora facile, sappi che la tua vicinanza non è un problema e mi piace ancora essere toccata da te. Tu sei Massimo e non ti confonderò mai con nessun altro, il tuo tocco non è paragonabile a niente di brutto o fastidioso».

Quell'ancora è tutto quello di cui ho bisogno.

Parla a fatica tenendo gli occhi sulle mie mani e allora faccio un tentativo, lasciando la destra sul cambio, vicina al suo ginocchio; la lascio lì per lei, e quando sento la sua sfiorarmi, un brivido di piacere e gioia attraversa il mio braccio, puntando direttamente allo stomaco. Incoraggiato dal suo gesto, intreccio le nostre dita, e il fatto che me lo lasci fare è il primo traguardo che raggiungo. Non mi sono mai soffermato a pensare quanto fosse bello e appagante un semplice contatto, ed è incredibile quanto si apprezzino le piccole cose dopo aver avuto la sensazione di aver perso tutto.

Arriviamo a destinazione con le nostre mani ancora unite e quando sono costrette a staccarsi per poter scendere dalla macchina mi sembra di subire un gran torto, ma allo stesso tempo sento di poter affermare che il mio fiorellino sta tornando da me.

«Tuo figlio ha voglia di pizza fatta in casa».

«Quindi, dottoressa, mi stai dicendo che mio figlio, ancora grande come un fagiolo chiuso nel tuo grembo, riesce a comunicare con te e addirittura a specificare la preferenza del cibo che desidera?»

«Certo! Stai mettendo in dubbio le mie parole, Maggiore? Tu non puoi capire il legame che ho con lui e adesso mi sta dicendo che ha una gran voglia di pizza».

«Ovviamente fatta in casa. Giusto?»

«Giusto, paparino»

Seduti sul divano, io e Lalla ci godiamo divertiti il siparietto messo in scena davanti a noi.

È incredibile come una piccoletta bionda riesca a manipolare e far capitolare una montagna di muscoli e testosterone, e non ho dubbi su chi avrà la meglio fra i due.

«Ok amore mio, se nostro figlio vuole la pizza fatta in casa, avrà la sua fottuta pizza».

Come volevasi dimostrare: la bestia tramutata in docile agnello, sono un vero spasso e anche bellissimi da guardare. Alex, dopo aver baciato amorevolmente la sua piccola manipolatrice, si china in forma reverenziale verso il suo addome ancora piatto.

«Vuoi la pizza, campione di papà? Si? E allora pizza sia!»

Un tenero bacio e torna eretto in tutto il suo metro e novanta.

«Amico, sai fare la pizza?», si rivolge a me in cerca d'aiuto.

Sto per sfotterlo e lasciarlo in balia delle sue difficoltà, quando il mio fiorellino blocca sul nascere ogni mio sfottò.

«Anche io ho voglia di pizza».

Detto questo, il mio cervello, accompagnato dalla mia stupida lingua, si inabissa in terreni inesplorati.

«Certo, che ci vuole!»

Lo affermo come se ci credessi davvero, quindi mi avventuro in cucina palesando una sicurezza e una padronanza della situazione che non ho. Quando ci ritroviamo dietro il bancone come due perfetti deficienti, ci guardiamo aspettando una manna dal cielo.

«Allora? Che dobbiamo fare?»

Alex cerca in me il pizzaiolo che non sono.

«E lo chiedi a me? Cazzo, non ho mai toccato un briciolo di farina in vita mia e vorrei farti presente che sei tu che mi hai trascinato in questa assurda situazione».

«Sì, ma io ricordo a te che sei tu che mi hai assecondato, cretino, e da come ti sei posto mi sono illuso che sapessi cosa fare», ringhia, palesando la sua frustrazione per qualcosa che non è in grado di fare.

«Il mio fiorellino vuole la pizza che dovevo fare? E poi che ci vorrà mai? Che cavolo, facciamo le guerre, non credo che impastare una fottuta pizza sia tanto complicato; e poi, amico mio, è per circostanze come queste che hanno creato i tutorial».

Estraggo il cellulare dai jeans e mi metto subito alla ricerca d'aiuto, giurando a me stesso che darò al mio fiorellino la pizza più buona che abbia mai mangiato, o almeno è quello che mi auguro. Lalla e Veronica, ignare delle nostre scarse capacità, nel frattempo si sono rifugiate nella camera da letto per sistemare i bagagli, e ritengo sia una fortuna il fatto che non debbano assistere al nostro sempre più concreto fallimento.

48

«Allora, quanto pensi che dobbiamo aspettare prima di intervenire in soccorso di quei due bellissimi, valorosi, ma in questo caso incapaci, soldati?»

Veronica me lo chiede mentre si sta letteralmente sbellicando dalle risate. È stata veramente perfida, in quanto perfettamente consapevole delle incapacità dei due uomini che ora si stanno arrabattando in terreni mai esplorati.

Che Alex ormai sia totalmente sotto il suo incantesimo è chiaro, quello che non mi aspettavo è che anche Massimo si offrisse spontaneamente alla disfatta.

«Sei stata veramente subdola a utilizzare il bambino, sapendo che quei due non hanno la più pallida idea di dove mettere le mani».

Lo dico con il sorriso sulle labbra perché, ad essere sincera, vedere due uomini della loro prestanza fisica e spiccata sicurezza dietro il bancone di una cucina in balia dell'ansia da prestazione è alquanto divertente. Sono talmente orgogliosi che sono certa non si sottrarranno all'impresa, pur sapendo che c'è un'alta percentuale di insuccesso. Ammiro il loro spirito di competizione e mi piace il fatto che non si tirino mai indietro in nessuna sfida, anche la più goliardica, come quella che stanno affrontando adesso.

«Non sono subdola, io e il mio bambino abbiamo veramente voglia di pizza e sono certa che i nostri soldati ci stupiranno come fanno sempre».

Mi strizza l'occhio con malizia per poi accantonare l'argomento.

Per ora decidiamo di lasciarli in balia di farina e lievito, ma siamo comunque pronte a intervenire in loro soccorso. Veronica mi aiuta a sistemarmi in quella che per un po' sarà la mia camera; per adesso non me la sento di tornare nel mio appartamento, anche se mi sento più forte e sicura non voglio forzare la mano tornando in un posto in cui i miei ultimi momenti hanno dato il via al mio inferno personale.

Finito di sistemarmi, decidiamo di tornare in cucina per mettere fine al brutto scherzetto messo in atto dalla mia amica e ritroviamo i nostri improvvisati pizzaioli. Quello che abbiamo davanti è un vero disastro: la farina ha imbiancato gran parte della cucina e quello che hanno tra le mani somiglia vagamente a un impasto, visto che non è omogeneo e appare troppo appiccicoso.

Apprezziamo lo sforzo ma credo sia giunta l'ora di intervenire. Veronica è costretta ad allontanarsi un momento per rispondere a una telefonata di lavoro e io decido di godermi ancora per qualche istante lo spettacolo. Inevitabilmente le mie attenzioni sono catalizzate solo su uno dei due affascinanti uomini che ho davanti: Massimo è bellissimo nei suoi jeans scuri e il leggero dolcevita grigio che prima era coperto da una camicia, ora risulta una seconda pelle che fa risaltare la sua muscolatura definita. I suoi occhi della stessa tonalità di grigio-argento risaltano magicamente, le maniche tirate su sino ai gomiti rivelano piacevolmente parte delle sue braccia toniche che tante volte mi hanno ospitata in abbracci che sapevano di protezione, il ciuffo ribelle biondo scuro lo infastidisce andando ripetutamente oltre la sua fronte, costringendolo a rocambolesche espressioni nel tentativo di domarlo...

È bello senza se e senza ma, lui è il mio meraviglioso sogno a occhi aperti e mi manca terribilmente sentirlo stretto a me.

«Ragazzi, io devo per forza di cose abbandonarvi per andare alla casa-famiglia. Purtroppo uno dei miei ragazzi ha avuto una crisi e ora ha bisogno del mio aiuto».

Veronica interrompe la mia contemplazione, e alle sue parole Alex si affretta a togliere i residui di farina dalle sue mani e la segue, più che felice di abbandonare il campo.

«Ti sei salvato in calcio d'angolo da un disastro annunciato, mio adorato Maggiore».

La mia amica prende amorevolmente in giro il suo uomo.

«Io non fallisco mai, mia bella dottoressa, dovresti saperlo».

Le strizza un occhio con fare ammiccante per poi baciarla senza preoccuparsi di avere un pubblico; pochi minuti dopo escono dall'appartamento, lasciando soli me e Massimo. Ok, sembra che la pizza ormai la dobbiamo fare noi due.

«Hai bisogno d'aiuto? Sembra proprio che tu non sappia dove mettere le mani», affermo avvicinandomi e iniziando ad arrotolare le maniche del mio maglioncino bianco.

«Vorrei poter dichiarare che io so sempre dove mettere le mani, ma in questo caso devo ammettere che non sono nel pieno delle mie competenze e abilità».

Mi sorride con la sua suggestiva espressione sexy e irresistibile.

«Sono certa che questa specie indefinita di gelatina possa ancora avere la possibilità di assumere le sembianze di un impasto, basterà aggiungere ancora un po' di farina».

Non sono ancora pronta ad approfondire i suoi doppi sensi sul dove poter usare magistralmente le sue mani, per questo opto per un innocente cambio di rotta; ricordo perfettamente le magie che sa fare con il solo sfiorarmi, ma per ora mi faccio bastare questa vicinanza priva di malizia. Mi avvicino a lui mantenendo la distanza di un soffio e inizio a versare la farina sulle sue mani aiutandolo a liberarsi dell'impasto appiccicoso che ricopre le sue dita, poi assumo il comando e in poco tempo quello che sembrava un disastro diventa un impasto omogeneo e pronto nel naturale percorso della lievitazione. Massimo osserva ogni movimento con ammirazione e curiosità senza allontanarsi dal mio fianco.

«Sei bravissima, dove hai imparato?»

«Ogni fine settimana mia madre era solita fare la pizza e io mi perdevo nell'osservarla, restavo incantata dalla sua agilità e padronanza, poi un giorno mi disse che il tempo di guardare era finito e che era giunto il momento di agire mettendo in pratica quanto appreso. È così che ho iniziato ad essere parte attiva nel suo rito della pizza, e col tempo mi sono perfezionata sempre di più fino a raggiungere i suoi livelli».

Ricordo con un misto di felicità e malinconia quei momenti di semplice quotidianità e riaffiora la soddisfazione di vedere mio padre e mio fratello riempirsi la bocca con quella pizza che, a parere loro, era la più buona del mondo. "È stata bravissima la principessa di papà": me lo ripeteva sempre, manifestava continuamente il suo orgoglio di genitore qualsiasi cosa facessi, mi mancano così tanto!

«Fiorellino, dove stai andando?»

Massimo, come sempre, si accorge di ogni mio cambiamento e ora ha notato la direzione che hanno preso i miei pensieri e l'inevitabile malinconia che hanno trascinato con loro.

«Sono qui, mi sono solo concessa un piccolo viaggio nel viale dei ricordi».

«Belli o brutti?»

Gli sorrido rassicurandolo che va tutto bene.

«Belli! Assolutamente belli!»

«Ti va di condividerli anche con me?»

Ed è sorprendente la naturalezza con cui lo trascino tra i miei dolci ricordi. Gli parlo dei miei genitori e dei continui battibecchi con mio fratello, delle mie giornate normali ma anche uniche e di come la mia vita fosse perfetta nonostante le mie insicurezze personali; gli rivelo di quanto quel "principessa" sia importante e significativo per me e che desidero che quell'appellativo resti esclusivamente legato al ricordo del mio papà.

Le mani di Massimo sulle mie piene di farina mi riportano al presente, e per incanto non avverto nessuna necessità di sottrarmi al suo tocco, ma al contrario ne avverto il bisogno.

«Sarai sempre la principessa del tuo papà, ma ora sei anche altro».

Alzo lo sguardo e mi tuffo nell'argento dei suoi occhi, che hanno il potere di parlarmi e abbracciarmi.

«Cos'altro sono?», domando curiosa e stranamente timida.

«Una regina, la mia regina; il mio cuore si inchina soltanto alla presenza della sua sovrana e padrona».

Ed è magia.

Uno tsunami di proporzioni cosmiche irrompe nel mio torace, abbatte ferite e ingiustizie col suo passaggio e non lascia distruzione ma la ricercata pace, ricostruisce quello che appariva irrimediabilmente rotto, è la cura a ogni male.

In un'altalena di sguardi che si alternano tra occhi e labbra il mondo pare fermarsi, lasciando noi due come i soli abitanti e regalandoci un piccolo paradiso personale. Richiamati da un istinto che non si è mai arreso, i nostri corpi si avvicinano e le nostre labbra entrano in collisione. Assecondiamo ogni impulso e tutto sfocia in un bacio lento e armonico che sa solo di rispetto e devozione.

Mani che si stringono, labbra che si toccano e lingue che si inseguono fameliche fanno da sfondo a due corpi che avvertono il bisogno di fondersi in uno solo.

Avverto solo il suo sapore, percepisco solo il suo respiro affamato di me e solo il suo volto a invadere la mia mente.

Nessuno spettro tra di noi!

«Ci possiamo fermare quando vuoi, vado avanti solo se ci sei anche tu; indipendentemente dalla voglia che ho di sentirti mia, ti assicuro che posso aspettare. Io ti aspetterò e rispetterò sempre, mia regina».

Soffia sulle mie labbra la sua deferenza che è vera e pulita e, se fosse possibile, ora lo amerei ancora di più.

«Regina del tuo cuore, come tu re del mio... Credo sia giunto il momento di regnare insieme sui nostri sentimenti, noi gli unici sovrani di questo amore eletto dal popolo del cuore».

Sporchi di farina ma immacolati dalla purezza dei nostri sentimenti, ci ritroviamo in un unico insieme. Ci spogliamo di ogni cosa ritrovandoci su un letto, coprendoci solo di baci e carezze; finalmente di nuovo uniti, e tutto quello che ci ha tenuto separati sbiadisce fino a dissolversi.

Quelle mani, quella voce e quel corpo non esistono più, il mio re mi fa tornare ad essere pulita.

«Non c'è più, Massimo! Non c'è più, ora esisti di nuovo solo tu...»

Una lacrima accompagna le mie rivelazioni, una lacrima che disseta labbra morbide e rispettose.

«Te l'ho gridato nella disperazione, te l'ho scritto nel dolore, ora però te lo dico nell'unico modo che riconosco giusto: io ti amo. Ti amo, Lalla, quello che sento è un amore che ti investe una sola volta nella vita... Mi sei mancata tanto, mi sei mancata da morire».

È la prima volta che lo sento dichiararmi il suo amore, e vederlo scritto non ha avuto lo stesso impatto; sentirgli dire che mi ama guardandomi negli occhi è qualcosa di meraviglioso, sento che questa è la prima volta che mi vengono rivolte perché è tutto così giusto e perfetto.

«Ti amo anche io. Ti amo come non ho mai amato nessun altro»

Ed è la pura e semplice verità. Non ero solo vergine dal piacere, lo ero anche con i sentimenti, ma da quando c'è il mio soldato ho iniziato a vivere in maniera totalizzante.

Ancora uniti nella forma più intima, ci spogliamo completamente. Mi sento di nuovo tutta intera, è riuscito ad aggiustarmi di nuovo, con lui e grazie a lui torno a respirare, io torno a vivere.

Abbraccio senza paura il coraggio di cui parlava Aisha e mi sento forte e invincibile.

Ho vinto io!

49

Massimo

«Se anche oggi rimandiamo la ricerca del vestito per la cerimonia, rischiamo di apparire come i peggiori testimoni della storia...»

Calda e morbida, la mia regina cerca in tutti i modi di convincermi ad abbandonare questo letto, nel quale io invece ho solo voglia di perdermi continuamente dentro di lei.

Tra un paio di settimane Alex e Veronica si sposano e noi non abbiamo ancora trovato il vestito perfetto. Per fare una precisazione, è Lalla a non averlo trovato, dal canto mio è tutto molto semplice: entro in un negozio di Carlo Pignatelli, prendo il primo completo scuro, pago e il gioco è fatto. In un'ora al massimo ho risolto il problema che sembra affliggere la mia smaniosa donna, ma quello che per me è semplice, non lo è per lei; è ovvio che per il genere femminile la ricerca di un vestito risulti come un vero e proprio lavoro che richiede tempo e snervanti ricerche.

Non capisco proprio la preoccupazione del mio fiorellino, lei è sempre bellissima con qualsiasi vestito, e anche se non faccio altro che ripeterglielo, sembra proprio non capire e la sua risposta è sempre la stessa: "tu sei un uomo e non puoi capire, esiste solo un abito perfetto per ogni occasione e io lo devo trovare assolutamente".

Per quanto ne dica, per me l'unica cosa ad essere perfetta è solo lei, soprattutto ora che è rivestita soltanto dai nostri odori; la sua pelle che profuma di borotalco, purezza e di me, questo è l'abito perfetto.

Tornare a fare l'amore con lei è stato come essere battezzati alla vita; riassaporare il suo sapore, ritrovare il suo odore, risentire il suo respiro accentuato dalla voglia di me e riavere le sue mani sul mio corpo e le mie sul suo, tutto questo mi ha ridato la voglia di vivere.

Il riscoprirci per poi regalarsi la fiducia abbandonandoci completamente e il sapere di poterci lanciare nel vuoto perché consapevoli che ad attenderci troveremo sempre un noi a salvarci. Ci scriviamo in maniera indelebile "ti amo" sulla pelle ogni volta che ci scambiamo carezze e baci, tatuandoci l'importanza di un tocco dato con amore e rispetto.

Ho creduto di aver amato in passato, ne ero convinto. Credevo di saper riconoscere i sintomi dell'innamoramento, certo di averlo già sperimentato, ma oggi ho capito quanto mi sbagliassi perché io non avevo mai amato davvero. Oggi so cos'è il vero amore: è qualcosa di unico e per questo irripetibile. Ci si può infatuare tante volte, voler bene a tante persone, provare una forte attrazione, ma ci si innamora una volta sola e io oggi amo, amo con ogni fibra del mio essere la mia regina.

Non è stato un percorso in discesa quello che ho dovuto affrontare per riavere totalmente e completamente la mia Lalla, Veronica però mi ha confessato di essere rimasta molto colpita dal fatto che la sua amica si sia ripresa così in fretta, solitamente le vittime di abusi sessuali impiegano molto tempo prima di ritrovare la fiducia e la forza di lasciarsi andare nuovamente tra le braccia di un uomo.

A me, comunque, il periodo passato senza poterla toccare è sembrato infinito, anche se le avrei concesso tutto il tempo di cui avesse avuto bisogno. Sono comunque felicissimo di aver appreso che al mio fiorellino è servito poco per tornare a fidarsi di me e delle mie braccia. Con il resto del genere maschile è comunque ancora difficile per lei rapportarsi, noto come si irrigidisce quando un uomo invade il suo spazio personale e anche al lavoro cerca di non restare mai da sola con i suoi colleghi; per questo senso di disagio frequenta il meno possibile il giornale e per ovvie ragioni non si lascia toccare in alcun modo da nessuno. Il suo terapista l'ha rassicurata dicendole che è del tutto normale e con il tempo riuscirà a distinguere il tocco di un aggressore da quello di un amico o conoscente; egoisticamente a me va bene qualsiasi cosa, l'importante è che non si sottragga mai più al mio, di tocco.

Facciamo l'amore e ogni volta è più bello e intenso. Cerco di non risultare mai aggressivo e ancora tendo a trattenermi quando ho voglia di possederla come il mio istinto richiede; il sesso vaniglia e tradizionale non è mai stato la mia fonte d'ispirazione, ma con lei è eccitante anche la semplicità, mi basta perdermi in lei...

«Massimo, ma mi ascolti?»

Perso nei miei ragionamenti, ho proprio accantonato il motivo dei suoi progetti odierni: la ricerca del noioso vestito perfetto.

«Scusa, mio dolce fiorellino, ero un po' distratto ma ti ascolto sempre».

«A me sembravi troppo distratto per ascoltarmi veramente. A cosa stavi pensando così intensamente?»

«I miei pensieri non sono propriamente innocenti, sei sicura di volerli conoscere?»

Mi confesso spudoratamente disegnando linee immaginarie sulla sua pelle, provocandole piccoli brividi e deliziosi sospiri. Questa donna ha la capacità di eccitarmi con niente e mi catapulta a quando avevo sedici anni e pensavo a una cosa sola.

«Se i tuoi pensieri non erano rivolti a un centro commerciale pieno di vestiti da cerimonia, allora non li voglio sapere».

Quello che la sua bocca dice non è in linea con quello che il suo corpo mi comunica. In un attimo sono sopra di lei, sovrastandola completamente e ingabbiando il suo volto tra le mani.

«Sei proprio sicura di non voler sapere, fiorellino?»

Continuo a provocarla con carezze sempre più mirate, atte ad accendere maggiormente il suo desiderio. La sento tremare e vi garantisco che non è a causa del freddo.

«Perché il tuo corpo a me dice altro».

Soffio le mie constatazioni sulle sue labbra morbide e invitanti e senza aspettare conferme superflue la bacio con tutta la fame che ho di lei. Lalla mi asseconda lasciandomi assaltare la sua bocca come un vero predatore.

«Io ora ho solo la voglia e il bisogno d'amarti per riempire il niente che sono quando non sono dentro di te».

Apro il mio cuore assieme alla primordiale voglia di appagamento, il mio cuore viaggia al massimo e il respiro sembra non riuscire a tenere il passo.

«Ho urgenza di darti tutto me stesso e che tu mi veda sempre...»

Non capisco il perché di questo mio affanno e impazienza, ma il desiderio di prenderla e di assecondare i miei istinti è più forte di qualsiasi ragione.

Non voglio farle male o spaventarla, ma desidero fortemente condividere con lei anche quel sesso fatto di pura carica erotica e animalesca e voglio che nutra anche lei i miei stessi bisogni, come era un tempo.

«Io ti vedo! Io vedo sempre solo e soltanto te e quando siamo insieme non ho paura di niente, perché ho la convinzione che mi proteggerai sempre e non mi farai mai del male. Alla fine di me ci sei tu».

Eccitazione e gioia si mescolano diventando un unico elemento, la sua fiducia e il suo totale abbandono sono tutto quello che ho sempre desiderato e di cui sento il bisogno.

«Alla fine di te troverai sempre me, fiorellino, questa è una promessa. Tu sei il mio respiro...»

Parlare e confidarci non ha spento la fiamma del desiderio, infatti continuiamo a cercarci e accarezzarci con foga e passione. Sono mani esigenti quelle che stringono i nostri corpi vogliosi, sono baci carichi di promesse quelli che continuiamo a scambiarci.

Niente più freni.

Nessuna inibizione o pudore.

Solo noi nel nostro vestito più puro e vero.

Scaccio via il piumone che serviva a scaldarci e che ora è superfluo perché stiamo bruciando. Voglio saziarmi anche con gli occhi ed è per questo che elimino ogni barriera, godo della vista del suo corpo caldo e armonioso e scannerizzo ogni dettaglio di pelle della mia regina indiscussa. I suoi piccoli seni vengono intrappolati perfettamente dal palmo delle mie mani e li trovo deliziosamente giusti per il mio possesso: li guardo, li tocco, li bacio e ci gioco per un tempo infinito e a lei piace ogni cosa, me lo dice il suo respiro spezzato e affannato. Quando ne ho avuto abbastanza, le mie attenzioni si spostano altrove. Percorro con occhi e dita la linea del suo corpo: l'addome piatto e i fianchi morbidi e leggermente abbondanti sono simbolo di femminilità e sensualità.

Lei, quando si guarda, continua a vedere assurde imperfezioni, io invece vedo l'assoluta perfezione: non c'è niente che cambierei del suo aspetto, mi fa impazzire esattamente così com'è.

La mia corsa al piacere ha una battuta d'arresto quando mi ritrovo a venerare la sua intimità. Con le mani tengo aperte le sue gambe concedendomi un accesso migliore, ma questo mio gesto la fa irrigidire; non è ancora a suo agio con questo tipo di sesso e tende ad essere insicura e timida, ma non mi scoraggio. Bacio e lecco il suo interno coscia portandola a rilassarsi, e quando avverto che è completamente in balia delle mie labbra, torno al mio obiettivo. Mi nutro dei suoi umori e faccio miei i suoi gemiti, e quando avverto il suo orgasmo montare, mi ritraggo, lasciandola vogliosa e insoddisfatta perché, per quanto adori il sapore della sua eccitazione, è con me dentro di lei che la voglio veder venire. Annullo i suoi mugolii di protesta posizionandomi al centro delle sue gambe, per immergermi immediatamente dentro la sua più intima cavità, che calda e morbida mi accoglie senza difficoltà: ora sono nel mio paradiso personale.

Torno a baciarla, mantenendo le mie spinte a un ritmo lento e controllato.

«Lo senti quello che mi fai? Lo senti quanto ti voglio?»

Glielo chiedo sforzandomi di mantenere ancora quest'andatura moderata, ma immergendomi completamente dentro di lei. La penetro sentendo di non entrarle mai dentro abbastanza, è smaniosa e passionale la necessità che ho nel sentirla sempre più in profondità.

«Sì, lo sento», ansima a fatica nella mia bocca.

«E tu quanto mi vuoi?»

«Tanto... tantissimo», risponde, stringendo le sue gambe intorno al mio busto e chiedendomi implicitamente di più.

La accontento subito perché ogni suo desiderio è un ordine e perché i suoi desideri sposano perfettamente i miei.

E se è di più che vuole, allora lo avrà. Esco da lei solo il tempo di farla girare a pancia in giù, il tempo di allineare il mio petto alla sua schiena e torno dentro le sue labbra lucide d'eccitazione. La faccio aderire perfettamente a me e poi stoccate sempre più decise e esigenti si impadroniscono dei miei movimenti, e fanculo la vaniglia e il missionario: voglio che mi senta tutto, voglio che prenda tutto, e inebriati dalla lussuria continuiamo ad amarci fino a che non raggiungiamo il più esplosivo degli orgasmi.

Sudati, appagati e soddisfatti ci concediamo ancora qualche bacio e poi cediamo alla stanchezza.

«Ti amo, mia regina»

Apro per l'ennesima volta il mio cuore.

«E io amo te, mio re».

La stringo con le ultime forze che mi rimangono e la tengo vicina al mio petto, e silenziosamente la ringrazio per la felicità che ha portato nella mia vita, poi ci abbandoniamo al bisogno di riposare.

Lo shopping?

Più tardi...

Forse...

50

"Dimmi perché quando penso, penso solo a te...
Dimmi perché quando vedo, vedo solo te...
Dimmi perché quando credo, credo solo in te...
Che sei il mio unico grande amore...
Dimmi che sai che solo me sceglierai...
Dimmi perché quando vivo, vivo solo in te...
Non sono farina del mio sacco, ma le ho rubate per te.
Sono certo che oggi sarai la più bella. Ti amo, mia regina".
Ditemi come si fa a non amarlo in maniera viscerale.

Massimo è il mix perfetto tra erotismo e romanticismo, sempre attento a ogni mia necessità e pronto a soddisfare ogni mio bisogno; e pensare che solo poco più di un anno fa non lo sopportavo minimamente e ora non ricordo neanche il perché non mi piacesse.

È un uomo che fa della sua divisa un vanto e delle relazioni una missione da portare al successo, un uomo con dei valori radicati e una morale che verte al massimo, e io sono molto orgogliosa di essere la donna che ha scelto per camminargli a fianco.

È un uomo che si è fatto da solo, i suoi genitori vivono all'estero da molti anni. Lontani dall'Italia si sono ricostruiti una vita dopo il fallimento della ditta di famiglia ma lui, una volta entrato in accademia, non ha voluto seguirli, decidendo di giurare fedeltà eterna alla sua patria. Mi ha confidato che in principio ha sofferto molto per il distacco pur mantenendo contatti costanti, ma con il passare del tempo si è abituato alla lontananza dei suoi cari non rimpiangendo mai la scelta fatta.

Ho conosciuto la sua famiglia attraverso una delle tante videochiamate che si scambiano e ci siamo fatti la promessa di incontrarci presto; certo la cosa sarà impegnativa, visto che si trovano in un altro continente, ma faremo in modo di incontrarci. La mamma e il papà del mio soldato sono entusiasti di vedere il proprio figlio innamorato e, soprattutto, non più solo e mi hanno addirittura ringraziato per il fatto che gli sono a fianco, quando sono io che li devo ringraziare per averlo messo al mondo.

Il fatto che entrambi abbiamo lontane le persone che amiamo è un'altra cosa che ci accomuna. Questo mi fa riflettere sul fatto che sempre più italiani cercano di ricostruire un futuro lontani dal loro Paese e la cosa mi rattrista, ma d'altro canto è innegabile che negli anni la crisi economica che ci ha colpiti si è fatta sempre più imponente e spesso l'unica alternativa è ricominciare altrove; questa è stata la scelta della sua famiglia come quella di mio fratello, io e Massimo però abbiamo un legame troppo profondo con le nostre origini e per quanto se ne dica crediamo ancora in un futuro prospero e migliore per la nostra amata Italia.

«Lalla?»

Veronica richiama la mia attenzione e io gliela concedo senza indugi, scusandomi per i miei viaggi mentali. Quando i miei occhi si posano sulla sua figura, resto basita: è bellissima nel suo abito di pizzo avorio che l'abbraccia in maniera armonica accarezzando deliziosamente le sue forme appena pronunciate dalla gravidanza.

«Mio Dio, sei meravigliosa», confesso emozionata e sincera; non credo di aver mai visto una sposa più raggiante in vita mia.

«Non sembro un supplì rivestito di pizzo?»

Rido perché è buffa ed esilarante, ma mi riprendo in fretta.

«Non dire sciocchezze. Sei perfetta e bellissima, e sono certa che ad Alex verrà un mezzo infarto quando ti vedrà. Amica mia, lasciatelo dire in tutta sincerità: sei da togliere il respiro».

«Allora va bene, perché lui afferma sempre che ama sopra ogni cosa togliermi il respiro...»

Confida questa cosa diventando rossa in viso e non oso immaginare in che modo ami toglierglielo. Anzi, lo immagino, quindi sorvolo.

«Allora vorrà dire che oggi sarai tu a toglierlo a lui, perché sei assolutamente perfetta».

Ci troviamo nella villa dei suoi genitori da ieri perché, come da tradizione, i due innamorati si sono separati il giorno prima della cerimonia.

Intorno a noi c'è un gran trambusto e tanta agitazione: parrucchiere, estetista e sarta girano come trottole impegnandosi a dare il meglio per rendere questo giorno ancora più speciale.

Anna, la mamma di Veronica, impartisce direttive come stesse in una caserma e suo marito Giuseppe la segue in silenzio ma visibilmente emozionato e nervoso, è naturale, d'altronde oggi la sua bambina camminerà al fianco di un altro uomo. È evidente a tutti che adora suo genero Alex e che non nutre dubbi sul fatto che renderà felice la sua adorata figlia, ma mi convinco che comunque, al di là di ogni cosa, sia normale per un padre sentirsi scosso e leggermente messo da parte in un giorno come questo, lei sarà sempre la sua bambina e lui il suo primo amore.

Un velo di tristezza cala sul mio umore quando mi soffermo sul fatto che io non potrò mai più avere la gioia di sentire la presenza dei miei genitori e che se dovessi mai sposarmi non ci sarà il mio papà a sostenermi.

«Piccola mia, quando arriverà il tuo momento noi saremo qui, come adesso. Per noi sei sempre stata come una figlia e questo non cambierà, non dubitarne mai...»

Anna, da buona osservatrice, ha colto in pieno il flusso dei miei pensieri. Mi conosce veramente bene e io ho la certezza che le sue non sono solo parole; avverto distintamente il suo affetto e l'ho considerata come una seconda madre da che ho memoria, lei e la mia erano grandi amiche e sono cresciute insieme proprio come me e Veronica, ed è per questo che quando sono con loro io mi sento a casa e averla accanto mi fa percepire ancora la presenza di mia madre.

«Ti voglio tanto bene, Anna, non so cosa farei senza te e Giuseppe».

Mi avvolge in un abbraccio che sa di casa e amore e io mi abbandono alle sue coccole materne.

«Tu non sarai mai sola, bambina mia, e il giorno in cui Giuseppe avrà l'onore di accompagnare anche te all'altare sono certa sarà un fascio di nervi proprio come adesso».

Sorride guardando suo marito, che nel frattempo ci ha raggiunte.

«Non so se il mio povero cuore potrà resistere a tre figlie da lasciar andar via, è una prova dura per questo uomo che sta invecchiando...», dichiara teatralmente l'uomo che di vecchio non ha ancora niente, ma la cosa che mi colpisce è la naturalezza con cui ha dichiarato di avere tre figlie e non due, mi emoziona constatare quanto si senta mio padre e inevitabilmente una lacrima scivola indisturbata, a dimostrazione di un affetto che non conosce vincoli.

«Grazie, papà Giuseppe».

Istintivamente lo abbraccio forte.

«Non devi ringraziarmi, figlia mia, l'amore si dona senza condizioni o pretese. Ora, però, cerchiamo di riprendere il controllo della situazione e concentriamoci su Veronica, che ci sta studiando chiedendosi il motivo di tutte queste effusioni. Non voglio che pensi ci siano problemi, oggi è il suo giorno speciale e sono certo che presto arriverà anche il tuo».

Dicendo questo, deposita un dolce bacio sulla mia fronte e poi raggiunge prontamente la mia amica.

«Papà, promettimi di non farmi cadere, ho le gambe che sembrano gelatina», chiede speranzosa e visibilmente agitata Veronica.

«Tranquilla tesoro, io ti sosterrò sempre e mi troverai pronto ogni volta che sentirai il bisogno della mia forza e del mio appoggio», risponde stringendola delicatamente a sé.

Mi guardo intorno e vedo solo una commozione generale; anche Chiara, la nostra parrucchiera di fiducia, trattiene a stento le lacrime. In questa casa si respirano amore, rispetto e fiducia e io non posso che sentirmi fortunata a far parte di questa meravigliosa famiglia.

Presa dagli eventi, mi rendo conto solo ora di tenere ancora il telefono in mano, e il messaggio di Massimo è ancora lì a farmi battere il cuore.

"Sono certa che al "Volo" non dispiacerà averti prestato le parole della loro canzone. Grazie per quello che sei e per quello che mi fai provare, tu mi hai spogliata delle mie insicurezze per poi rivestirmi di fiducia e amore; hai saputo ricostruirmi ogni volta che sono andata in pezzi e non smetterò mai di amarti, tu sei la mia parte migliore.

p.s. grazie per i tuoi complimenti, ma oggi la più bella è Veronica e ti consiglio di preparare il tuo amico, in qualità di

251

testimone devi evitare che svenga alla vista della sposa più meravigliosa del creato".

A differenza mia, la sua risposta non si fa attendere.

"Sono certo che Veronica sarà incantevole, ma i miei occhi vedranno solo la mia regina. A tra poco, amore mio".

La cerimonia si è svolta in modo perfetto e non sono mancate le emozioni e qualche lacrima dovuta alla commozione. In una piccola chiesa di Sabaudia, Alex e Veronica, visibilmente emozionati, si sono dichiarati amore eterno aprendo i loro cuori e facendoci spettatori dei loro sentimenti.

Il ricevimento si è svolto in un ristorante che abbracciava la vista del mare d'inverno: il cibo, la musica e l'atmosfera hanno reso questa giornata assolutamente perfetta e il fatto che accanto a me ho sempre avuto l'uomo più affascinate e sexy della sala ha reso il tutto ancora più meraviglioso.

Ora però, una volta chiusa la porta dell'appartamento di Massimo, la stanchezza si palesa e mi attraversa. La prima cosa di cui ho bisogno di liberarmi sono le scarpe, non sopporto un minuto di più questi tacchi alti e appena me ne libero un sospiro di sollievo riecheggia nell'aria; ora ho bisogno di una bella doccia calda e subito dopo di un letto accogliente. Mentre penso alle mie prossime mosse, due braccia forti mi avvolgono catturandomi dalla vita e un alito caldo soffia nel mio orecchio.

«C'è una grande vasca piena di schiuma che aspetta solo te».

La voce roca e sensuale invade i miei sensi e arriva dritta alla mia intimità.

«Mi hai preparato un bagno?»

«Per essere precisi, l'ho preparato per entrambi».

Le sue carezze e i suoi baci preparano il terreno a quelle che sono le sue intenzioni.

«Cosa hai in mente, mio soldato?»

Lo stuzzico strusciando maliziosamente sul suo corpo scolpito.

«Quello che ho in mente ora sono solo pensieri sporchi e indecenti, che ho tutta l'intenzione di mettere in pratica, mio adorato fiorellino».

Il momento di parlare cessa nell'attimo in cui i nostri corpi abbracciano l'acqua calda e la schiuma profumata. Iniziamo lavandoci reciprocamente e provocandoci di continuo con carezze che non hanno niente di innocente; ci impegniamo particolarmente ogni volta che la spugna incontra una nostra zona erogena, facendo aumentare in maniera esponenziale la nostra eccitazione, una dolce e calcolata tortura che sappiamo ci porterà al limite delle nostre più intime perversioni erotiche.

Ben presto, dita esigenti e sapienti sostituiscono questa spugna impersonale. Appoggiata con la schiena al suo petto, mi lascio toccare e stimolare a suo piacimento. I primi a trovare il tormento e il conforto delle sue attenzioni sono i miei capezzoli sensibili e induriti, con i quali gioca pizzicandoli per poi lenirli con delicate carezze, e mi fa impazzire di desiderio. Lascio a lui il pieno controllo o iniziativa perché so che ogni cosa che mi farà sarà perfettamente in linea anche con le mie pulsazioni.

Con un movimento calcolato e preciso mi capovolge, facendomi ritrovare a cavalcioni su di lui. Accertandosi che senta bene la sua erezione, inizia a baciarmi con foga e desiderio facendo l'amore con la mia bocca; la mia lingua lo cerca con ardore mentre le sue mani sono ovunque e le mie lo imitano, armate di vita propria. Siamo l'una lo specchio dell'altra: stesso ritmo, stesso desiderio, stesso bisogno.

Ci perdiamo sempre di più in un oblio tutto nostro fatto di lussuria e amore, e quando giungiamo a focalizzarci sui nostri sessi esigenti ed eccitati, sono solo respiri soffocati quelli che ci circondano.

«Lo senti cosa mi fai? Continua a toccarmi così e mi farai impazzire», soffia sulle mie labbra gonfie.

«Di te non ne ho mai abbastanza, ho costantemente voglia di toccarti e sprofondare dentro di te, non mi stanchi mai».

Continuiamo a stimolare le nostre zone più intime, avvicinandoci sempre di più verso il paradiso del peccato.

«Tu hai lo stesso effetto su di me», affermo soffocando un ansimo.

È difficile parlare quando il corpo è attraversato da brividi di puro piacere. Massimo mette la sua mano libera sopra la mia, che è impegnata sulla sua erezione, invitandomi a dargli di più aumentando il ritmo, e intanto disegna cerchi concentrici sul mio clitoride gonfio e pronto a esplodere per lui e con lui. Pochi minuti e siamo travolti da un orgasmo potente che ci porta a urlare i nostri nomi in studiata sincronia.

Un abbraccio che ci fonde in un unico elemento segna la conclusione di questa sessione di intimità fortemente cercata e voluta.

«Tu sei mia! Solo mia!», dichiara una volta ritrovata la forza per parlare.

«Solo tua e tu solo mio», rispondo possessiva quanto lui. La nostra è una sana ossessione che ci ricorda quanto ci apparteniamo e amiamo.

«Tuo! Tu sei la sola sovrana del mio cuore, mia regina».

«Tua! Il mio cuore si inchina solo davanti al suo re».

Mi stringe ancora più a sé fino quasi a togliermi l'aria e io mi lascio trasportare dal suo dominante abbraccio più che volentieri. L'acqua è diventata fredda e qualche brivido ricopre la mia pelle ma non mi importa, perché il calore dei nostri sentimenti continua a scaldarmi.

«Ora usciamo da qui, ho bisogno di entrare nel mio regno...», dichiara sfacciato, premendo contro il mio sesso la sua erezione, che è tornata a scattare fiera.

So già che questa sarà una lunga notte e che neanche la stanchezza accumulata potrà niente di fronte alla voglia infinita che abbiamo di noi.

51

Massimo

Sbang!
Un'enorme palla di neve colpisce a tradimento la mia faccia.
«Oddio, scusa, scusa! Giuro che non volevo prenderti in faccia».
Si scusa ma al contempo ride come una bambina per nulla pentita dei suoi gesti infantili, e nonostante il gelo che ha pervaso la mia faccia, non posso far a meno di notare quanto mi piaccia vederla ridere.
Ho scoperto che Lalla adora la neve ed è per questo che ora ci troviamo in un complesso sciistico in provincia dell'Aquila. Attorno a noi, tante piccole baite che dall'interno regalano una vista mozzafiato e, cosa più importante, la privacy di cui abbiamo bisogno per i momenti in cui ci perdiamo e ci lasciamo andare urlando i nostri nomi.
Ci siamo concessi due giorni per uscire dal caos di Roma; qui si respirano pace e tranquillità e il mio fiorellino sembra nutrirsi di felicità, e io con lei. Per questo tempo sarà solo una bolla bianca e silenziosa a farci compagnia.
Mentre penso, non perdo d'occhio la piccola canaglia di fronte a me.
«Hai intenzione di colpirmi anche con quella?», chiedo, indicando le sue mani piene di neve.
Mi avvicino lentamente e lei indietreggia al ritmo del mio avanzare, fingendosi preoccupata e timorosa.
«Non essere permaloso, in fondo ti ho già chiesto scusa».

Piccola insolente e bugiarda che chiede scusa ma nel frattempo è già pronta con la sua arma bianca per colpirmi di nuovo.

Un sorriso arrogante e presuntuoso disegna le mie labbra, sfidandola.

«Vuoi davvero fare la guerra con me? Sei proprio ingenua se pensi di avere qualche speranza di vincere. La prima regola è conoscere bene il proprio avversario, non ci si può affidare al caso; questa è proprio la base, mio temerario e ingenuo fiorellino».

Parlo continuando ad avvicinarmi.

«Oh, ma io conosco il mio avversario, soldato, e l'ho studiato molto bene, credimi».

«Ah sì? E dimmi, dove ti hanno portato i tuoi studi?»

Parlo a voce volutamente bassa, inclinando leggermente la testa da un lato. Mantengo lo sguardo sul suo bellissimo viso arrossato dal freddo e ora anche un po' dall'eccitazione, adoro sapere che posso farla eccitare anche senza toccarla, ma la mia regina, oltre ad avere voglia di me, vuole anche vincere questa innocente battaglia ed è per questo che non perdo di vista la palla che mantiene saldamente in mano e che è pronta a scagliarmi contro.

Non mi lascio distrarre dai suoi meravigliosi occhi azzurri o dalle sue labbra invitanti che continua a mordere per irretirmi, anche se non è facile restare indifferenti alle sue sensuali provocazioni; "tempo al tempo" mi ripeto, mantenendo il mio autocontrollo.

«I miei studi mi dicono che posso stare più che tranquilla perché mi basta una sola mossa per vincere», afferma sicura di sé, indossando un mantello fatto di sensualità e malizia.

Fulminea e decisa, mi viene incontro saltandomi letteralmente addosso, sorprendendomi e facendomi perdere l'equilibrio. Inevitabilmente ci ritroviamo a terra su un tappeto bianco e ghiacciato. Mi bacia avidamente non appena tocchiamo il suolo e io sono fottuto perché, per quanto mi ostini a credere il contrario, con lei perdo sempre e non c'è tecnica di combattimento che valga.

«Ho vinto, mio soldato».

E così dicendo, schiaccia sul mio viso una piccola quantità di neve, aiutata dal fatto che le sue labbra mi hanno decisamente distratto.

Ride soddisfatta e felice ed è uno spettacolo per i miei occhi e la mia anima, che ormai sono stregati e sotto l'incantesimo del suo essere.

Ma nonostante tutto, il soldato che alberga costantemente in me è troppo orgoglioso per lasciarsi battere in maniera così plateale.

«Altra regola, fiorellino: non abbassare mai la guardia e soprattutto non cantare mai vittoria troppo presto».

Affermo questo ribaltando le nostre posizioni e ora è lei a stare sotto di me ed è sempre lei a trovarsi con la faccia ricoperta di neve. I suoi occhi sgranati per la sorpresa fanno nascere in me una risata incontrollata e divertita, la aiuto a liberarsi la faccia di quel che resta della morbida e fredda sostanza bianca e poi deposito casti e dolci baci sulle sue labbra fredde e imbronciate.

«Ok, hai vinto tu, energumeno, io batto in ritirata».

Rido ancora, visto anche il persistere del suo delizioso broncio, e poi la bacio ancora.

«Facciamo che siamo pari, né vincitori né vinti in questa infantile battaglia», dichiaro convinto.

«Ma in guerra non funziona così, uno deve vincere per forza».

«Hai detto bene, tesoro mio, in guerra; in amore, invece, si viaggia sempre in parità».

«Giusto, mio saggio soldato, mi trovi pienamente d'accordo con te».

Stringe avidamente la mia nuca conducendomi ancora una volta sulle sue labbra e io le unisco saldamente alle mie; l'ilarità sposa la passione e il desiderio ed è solo il gelo che ci circonda che mi impedisce di prenderla proprio qui e adesso.

Con fatica e scarsa voglia mi allontano da suo calore, invitandola a raggiungere la nostra piccola, calda ed accogliente baita. Il tappeto spesso e morbido adagiato di fronte al camino acceso è la nostra meta, ci spogliamo dei nostri abiti bagnati e freddi e una calda coperta scalda ora i nostri corpi nudi: il fuoco e il calore dei nostri respiri sono tutto quello di cui abbiamo bisogno.

Faccio l'amore con la mia donna in questo clima fiabesco e intimo, lo scoppiettare delle fiamme fa da contrasto alla visione di un cielo carico di fiocchi bianchi e ghiacciati e i nostri corpi che si muovono l'uno dentro l'altro sono il ritratto della magica cornice che li circonda.

Lei è quello che ho sempre cercato e voluto.

Lei è il mio presente e il mio futuro.

Lei che riesce a stare dentro ogni mio pensiero e respiro.

Lei che già vedo gonfia del nostro amore.

E giuro che se c'è una cosa di cui sono assolutamente convinto è che farò di tutto per renderla sempre felice e che il male non incontrerà mai più il suo cammino. Perché leggere la gioia nei suoi occhi dona a me la mia, e tutto questo lo si può definire in un solo modo: amore.

Epilogo

«Non è stato difficile volerti, ma averti. Ora ti chiedo di continuare a camminare nelle vie del mio cuore gridando al mondo che sei solo mia. Sposami, mia regina».

È con questa frase che sono capitolata completamente e oggi, a distanza di tre anni da quella meravigliosa dichiarazione, eccomi qui, pronta ad attraversare la lunga navata color glicine che mi condurrà tra le braccia del mio bellissimo soldato.

Come anticipato e promesso, è Giuseppe a tenermi sottobraccio, visibilmente emozionato e orgoglioso come un padre vero e proprio.

Vi starete chiedendo come mai abbiamo fatto passare ben tre anni prima di arrivare a questo giorno, ve lo spiego subito.

Le lunghe missioni all'estero di Massimo sono state un punto importante, ma non solo: anche il lungo processo ai danni di Riccardo ha contribuito a questo ritardo. Dopo lunghe ed estenuanti battaglie in tribunale ho avuto la mia piccola rivincita: vista la gravità delle accuse e la solidità delle diverse testimonianze contro di lui, Riccardo è stato condannato a dieci anni senza ottenere alcun beneficio. So che il carcere lo ha fortemente debilitato e che ha più volte tentato il suicidio, ma nonostante questo non riesco a provare empatia con il mio aggressore e non sono mai riuscita a perdonarlo per il male che mi ha fatto, che ci ha fatto, perché indirettamente tutte le persone a me care sono state colpite, soprattutto il mio grande amore, che ha sopportato e accettato tutte le conseguenze di una violenza fisica come quella che ho subito io.

Prima di giungere al matrimonio, quindi, ho espresso il desiderio di chiudere definitivamente con il passato per trovarmi libera di vivere il presente e il futuro con il mio re.

E ora eccoci qui, in una chiesa ai margini della maestosa Roma, pronti a giurarci amore eterno alla presenza dei nostri cari e degli amici più importanti. Ci sono proprio tutti: mio fratello con la sua compagna e anche i genitori di Massimo, che non si sarebbero persi per nulla al mondo questo giorno. In questi anni ho avuto modo di conoscerli personalmente e devo dire di aver trovato una famiglia molto unita nonostante la lontananza; sono stata accolta e amata come una figlia e di questo sono molto felice.

Ma torniamo a noi.

Con gambe molli e tremanti muovo i primi passi verso quello che presto sarà mio marito e che mi sta aspettando vicino l'altare, magicamente rivestito da un completo scuro tre pezzi grigio e nero e con un cilindro in testa che lo rende assolutamente affascinante e regale. Inutile dirlo, è l'immagine della sensualità e della bellezza e io mi sento molto fortunata ad aver conquistato il suo cuore.

Dal canto mio, indosso un abito a sirena con un lungo strascico, ma l'attenzione è catalizzata sulla profonda scollatura sulla mia schiena; sexy e romantico, un mix perfetto per conquistare ulteriormente il mio bel soldato.

«Figlia mia, stai tremando come una foglia. Se non sapessi che sei completamente cotta di quel ragazzo, crederei a un ripensamento».

Giuseppe stringe la mia mano e mi regala un sorriso rassicurante.

«Nessun ripensamento, sono solo molto emozionata»

«Se non lo fossi mi preoccuperei, è giusto esserlo, questo è un giorno che ricorderai per sempre e sono sicuro che sarà solo l'inizio di una vita meravigliosa; Massimo ti ama molto e ti rispetta, se non fosse stato così non ti starei conducendo tra le sue braccia».

Deposita un leggero bacio sul dorso della mia mano e mi incita a riprendere a camminare, ora è un solo passo quello che mi separa dall'uomo della mia vita.

«Trattala sempre bene e continueremo ad andare d'accordo, lei è molto preziosa per me», afferma portando la mia mano su quella di Massimo, e io mi emoziono per l'amore che questo padre putativo mi dimostra continuamente

«Il mio scopo nella vita è renderla sempre felice», risponde prontamente ed emozionato l'uomo che tra poco potrò definire mio marito.

Massimo bacia le mie mani e poi mi conduce con un ultimo passo di fronte all'altare. Durante tutta la cerimonia ci scambiamo sguardi pieni di promesse e una volta pronunciate le nostre dichiarazioni, arriva il momento di suggellare il tutto con un bacio, che il mio sposo ha tutta l'intenzione di non rendere casto.

Le sue labbra morbide e invitanti divorano le mie senza preoccuparsi del pubblico presente, fischi e applausi d'approvazione accompagnano questo momento e io sono veramente investita da pura felicità.

«Ora non mi scappi più, mio dolce fiorellino».

«Non ho nessuna intenzione di scappare, mio bellissimo marito».

«Cazzo, quanto mi piace sentirti chiamarmi così», afferma dandomi un altro bacio ardente, ed è solo il leggero tossire del prete che ci ricorda dove siamo.

«Scusi, Padre, ma questa donna ha il potere di farmi perdere la testa», scherza il mio uomo ricevendo in cambio uno sguardo di ammonizione, non so se per la parolaccia o per i bollenti spiriti, ma presumo per entrambe le cose.

Dopo la piccola ramanzina da parte del sacerdote, in cui esorta il mio neo sposo a due padre nostro per ovviare al suo comportamento ritenuto inopportuno, usciamo dalla chiesa e tra foto, baci e saluti di congratulazione passiamo l'ora successiva.

Il ricevimento si tiene in un ristorante che affaccia direttamente sull'imponente Colosseo; la vista è meravigliosa e le luci della sera rendono l'atmosfera ai limiti del fiabesco, e ora, tra le braccia del mio soldato, mi lascio trasportare in un ballo lento e sensuale.

«Sei bellissima e quest'abito è degno di una regina, la mia regina... Ma ora penso solo a quando avrò la possibilità di togliertelo», mi sussurra all'orecchio, portandomi a rabbrividire di piacere.

Con lui è sempre stato così, gli basta una parola e io sono pronta a cadergli letteralmente ai piedi.

«Per quello dovrai pazientare ancora un po', abbiamo ancora qualche ora di balli e intrattenimenti davanti a noi».

«Ma non possiamo lasciare tutto questo ai nostri invitati e passare direttamente al consumare la prima notte di nozze?»

Mi strappa un sorriso misto a un brivido di pura eccitazione, la voglia che ha di me non mi stanca mai e mi gratifica sempre, d'altro canto anche io di lui non ne ho mai abbastanza.

«Fiorellino, la tua faccia mi sta dicendo che la pensi esattamente come me e adesso non mi frega di niente e nessuno, io ti devo avere. Ora!»

Intreccia le sue dita con le mie prima di trascinarmi non so dove, ci arrestiamo solo quando ci troviamo di fronte a un Alex che ci guarda con fare interrogativo e confuso.

«In qualità di mio testimone e amico mi devi un bel regalo di nozze e penso sia ora che tu paghi, amico mio».

Si rivolge in modo sfacciato e quasi minaccioso ad Alex, a cui non sfugge il suo atteggiamento poco amichevole.

«Calma, amico dei miei stivali, io non ti devo proprio un bel niente... E forse ti sfugge il fatto che stai per fare una lunga crociera interamente a mie spese e questo fa di me un testimone e un amico più che generoso, fottuto ingrato».

Io e Veronica ci guardiamo in un misto tra sbigottimento e divertimento, il teatrino tra questi due uomini alfa è ai limiti del tragicomico.

«Non ti facevo così materiale, mio caro testimone, e poi non è bello che mi rinfacci il tuo regalo...»

«Io non ti sto rinfacciando un bel niente, ho semplicemente sottolineato l'ovvio».

Alex grugnisce in faccia a Massimo e se non avessi ben presente l'entità del loro rapporto penserei che questo è l'inizio per una bella scazzottata.

«Ok, finiamola qui. Massimo, cosa stai chiedendo esattamente? Perché è chiaro che tutto questo porta a una richiesta».

Veronica interviene con tutta la diplomazia di cui è dotata.

«Già, cosa vuoi, idiota patentato?»

Alex invece dimostra ancora una volta di non possedere affatto la dote di sua moglie.

«Non sono un fottuto idiota ma solo un neo sposo che ha bisogno di restare solo con sua moglie per un'oretta circa».

Il sorriso d'intesa che si scambiano i due energumeni è quello che cancella ogni precedente discussione.

«Hai fatto tutto questo teatrino quando bastava dirmi di coprirti con gli altri invitati, sei proprio un cazzone e hai solo perso del tempo che io, al posto tuo, avrei usato in modo molto più proficuo e piacevole».

Una pacca sulla spalla e un ghigno malizioso sono tutto quello che serve per dividersi.

«Amico mio, vedi di non deludermi e comincia a pensare a darti da fare, perché io voglio dei nipoti il prima possibile, Eros ha bisogno di compagnia».

«Fagliela tu la compagnia, comunque dal canto mio vedo quello che posso fare».

Ok, mi sono sbagliata, è con questo siparietto che si conclude il loro scambio di battute al sapore di testosterone.

Arrivati in un lampo davanti alla porta della suite prenotata direttamente nel locale dove si sta svolgendo il nostro ricevimento di nozze, Massimo mi prende in braccio prima di poggiare la tessera magnetica che ci permette l'accesso, rispettando ancora tutte le tradizioni, e io mi perdo nei suoi occhi innamorati e tra le sue braccia forti e rassicuranti.

«Allora, mia bellissima e sexy moglie, ora tutto il mondo sa che sei solo e soltanto mia ed è giunto il momento di reclamare i miei diritti di marito», afferma con il suo seducente e sfacciato sorriso impreziosito da una voce roca colma di desiderio ed eccitazione.

***

Massimo

Tengo ancora tra le braccia la donna che il destino ha regalato solo a me, la mia bellissima moglie: è perfetta nel suo abito avorio, sexy e regale come solo una regina può apparire. Lei è la mia regina indiscussa, la sola e unica sovrana del mio cuore e della mia anima.

I suoi capelli neri che con gli anni sono diventati lunghissimi sono raccolti da un lato in una complicata treccia e il suo viso risplende di luce propria, così come i suoi occhi, che ora assumono le tonalità del mare più profondo perché attraversati dalla più pura eccitazione, la stessa che sono certo lei legge nei miei.

La voglio da star male e non me ne frega niente se agli occhi dei nostri invitati io sia apparso come un cavernicolo arrapato e senza un minimo di autocontrollo, ho aspettato anche troppo: sono due giorni che non la stringo a me, sono stato fin troppo paziente rispettando tutte le stupide tradizioni che mi sono state imposte. Quando l'ho vista attraversare la navata che l'avrebbe portata a me, per poco non mi scoppiava un embolo notando la sua bellezza racchiusa tra strati di stoffa e pizzo. Bellissima nella sua naturale sensualità e purezza, lei è un ossimoro continuo: maliziosa e ingenua, sexy e delicata, dominatrice e sottomessa, è un mix di cose che la rendono unica e irresistibile e ora tutti sanno che è solo mia.

«Hai intenzione di mettermi giù?»

Sorride facendomi notare che si trova ancora tra le mie braccia.

«Anche se non ne ho molta voglia sono costretto a metterti giù, altrimenti non saprei come toglierti questo bellissimo ma ingombrante e superfluo vestito».

Lentamente la porto a poggiare i piedi a terra e poi mi accingo a liberarla dal suo abito e... porca puttana!

Se voleva sorprendermi c'è riuscita in pieno, perché tutto quello che era celato sotto sono un micro paio di slip di pizzo color carne e un reggi calze coordinato che si sposa perfettamente con i tacchi alti che ancora adornano i suoi piedi: è una fottuta visione, l'immagine della perdizione e del paradisiaco peccato, la mia Eva tentatrice...

«Fiorellino, se il tuo scopo era quello di colpire, ti posso garantire che ci sei riuscita alla grande: sto impazzendo dalla voglia di farti mia», ammetto senza celare in alcun modo il desiderio che ha suscitato nel mio corpo.

La mia evidente erezione è un chiaro indizio su dove sono andati a parare tutti i miei pensieri e istinti. Mi spoglio a tempo di record e poi la trascino al bordo del letto, facendola sedere; io resto in piedi gustandomi l'immagine di lei dall'alto e vi posso garantire che il solo guardarla da questa angolazione mi porta ad avere un violento spasmo tra le gambe. I suoi occhi calamitati sui miei e la mia erezione indirizzata verso le sue labbra piene e schiuse sono quanto di più erotico i miei occhi abbiano mai visto, e quando la direzione dei suoi pensieri entra in collisione con la mia, vado completamente in combustione. Conquisto, centimetro dopo centimetro, spazio tra le sue invitanti e peccaminose labbra ed è l'apoteosi dell'eros: vederla alle prese con la mia eccitazione mi manda in tilt il cervello, sono lontani i tempi in cui il sesso era per lei un tabù, ora la mia gattina è diventata una vera pantera che sa esattamente come stendere un uomo e lo fa con la grazia di una regina e la sensualità di una sirena. La lascio fare ancora pochi minuti e poi, con enorme sforzo, mi sottraggo alle sue labbra e alla sua sapiente lingua perché se continuiamo di questo passo finirà tutto nel giro di pochissimo. Mi inginocchio davanti a lei sfilandole il suo minimale slip e poi sono pronto a restituirle il favore. Mi tuffo sul suo intimo umido e gonfio per l'eccitazione e mi sazio parzialmente del suo nettare, e quando la sento fremere abbandono il suo fulcro solo per sostituirlo con il mio rigonfiamento e nell'attimo in cui sono sepolto dentro il suo calore, mi sento finalmente completo e appagato. Faccio l'amore per la prima volta con mia moglie e tra spinte sempre più esigenti e baci al gusto dell'amore e della passione ci fondiamo in un unico corpo, e improvvisamente un pensiero si infrange prepotente nella mia mente.

«Dammi un figlio, dammi l'ultimo pezzo di quel puzzle che renderà la mia esistenza assolutamente perfetta».

Esprimo il mio desiderio ad alta voce perdendomi nel blu dei suoi occhi che ora sono lucidi di emozione e amore, trasmettendomi che nutre il mio stesso pensiero.

«Tutto quello che il mio re desidera».

Soffia sulle mie labbra il suo consenso e il mio cuore scoppia di gioia in concomitanza con il nostro più carnale desiderio. Riverso dentro di lei il mio piacere sperando che stavolta non resti solo eros liquido ma che si trasformi nel miracolo più bello del mondo.

Lei è mia e io sono suo, il passato e il dolore che lo hanno a volte caratterizzato non esistono più, ci siamo solo noi e il nostro futuro che spero si colori al più presto con altre brillanti e splendide tonalità.

Questa non è la fine, ma solo l'inizio della storia che ci vede protagonisti: Lalla e Massimo, il soldato e il fiorellino, il re e la regina...

Epilogo extra

Qualche anno dopo, una piccola finestra sul futuro.

«Amico, dove hai nascosto le renne?»

Entrando in casa Del Moro si ha la percezione di essere stati catapultati in un mondo a parte, l'atmosfera natalizia ti raggiunge da ogni angolazione e ti fa sentire come fossi il protagonista di qualche commedia di Natale.

«Non interferire pure tu con le tue battute idiote, qui è un cazzo di incubo per uno come me che non ha mai decorato un albero di Natale, almeno fino a che non mi sono imbattuto nella mia piccola strega vestita da angelo. Cristo, stamattina ho baciato i baffi di Babbo Natale mentre prendevo il mio caffè da quella tazza assurda...»

Alex, con la sua stazza e le sue per nulla delicate movenze, risulta essere l'unica nota stonata in questo clima fiabesco, a meno che non lo si voglia paragonare al Grinch, ma nonostante le sue lamentele e il suo sbuffare in maniera plateale, quello che leggo nei suoi occhi è pura e semplice felicità; è un uomo appagato e realizzato, Veronica lo ha cambiato nel profondo, sapendogli regalare quella pace che lui ha sempre cercato senza realmente saperlo. Lei gli ha donato tutto l'amore che non ha mai avuto e vederlo così sereno, per me è solo motivo di gioia.

«Comunque, amico mio, mi consola il fatto che tra poche settimane questa casa tornerà ad avere un aspetto normale, ma per ora tutto questo rende la mia dottoressa felice; tutti questi assurdi addobbi le strappano continui sorrisi e se lei è contenta, va tutto bene...»

271

Conclude la frase con emozione e una brillante luce negli occhi non appena questi si posano sulla sua donna. Ha la stessa luce che, ci scommetto, vedono anche nei miei ogni volta che nomino il mio fiorellino.

Sono passati quattro anni da quando la donna più bella del mio universo è diventata mia moglie e, nel frattempo, anche la madre della nostra meravigliosa bambina, Cassandra. Sì, avete capito bene, io e la mia dolce metà abbiamo concepito il nostro personale miracolo la notte delle nostre nozze, non abbiamo avuto neanche il tempo di desiderarla che lei è arrivata come se non stesse aspettando altro che la nostra chiamata.

Ora mi sento un uomo veramente completo: un padre, un marito, un uomo che serve il suo Paese con orgoglio, e non desidero altro da questa vita, se non la felicità delle persone che amo e con le quali ho deciso di percorrere questo meraviglioso cammino terrestre.

«Amore, puoi tenere tu Cassandra mentre do una mano a Veronica in cucina?»

Ed eccola qui, come richiamata dai miei pensieri, la mia bellissima moglie, l'unica donna alla quale basta un sorriso per mettermi letteralmente in ginocchio; lei che con un semplice tocco accende il fuoco sotto la mia pelle, lei che non è paragonabile a nessuna e che ha il dono di farmi innamorare ogni giorno di più.

Do un bacio alla mia Lalla perché proprio non riesco a fare a meno della sua bocca, e poi sono tutto per l'altra donna che mi ha rubato il cuore, mia figlia.

«Papà, quando arriva Babbo Natale? Eros ha detto che lui non ci crede più a Babbo Natale e che io sono solo una bambina credulona, che vuol dire? Papà, è vero che invece esiste?»

La guardo e mi perdo per un momento nell'azzurro dei suoi occhioni a mandorla, la mia piccola e dolce principessa che come è giusto che sia vive in un mondo fatto di arcobaleni e unicorni rosa.

Mi chino per prenderla in braccio e le deposito un bacio sulla sua chioma scura, inalando il profumo buono e inconfondibile dei bambini, che poi è lo stesso che ho da sempre percepito sulla sua mamma: borotalco, le mie donne si somigliano tanto e sanno entrambe di purezza.

«Certo che esiste, principessa, e ti porterà un sacco pieno di regali. Lascia stare quello che dice Eros, lui è solo un ragazzino che pensa di fare il grande, ma alla fine sono sicuro che anche lui aspetta l'arrivo di Babbo Natale».

La mia principessa poco elegantemente gli fa una pernacchia e io trattengo una risata. Faccio l'occhiolino al mio amato nipote sperando che capisca e mi regga il gioco, lui ha l'intelligenza di darmi man forte e con un'alzata di occhi e spalle non controbatte né a me né alla piccola peste dalla linguaccia facile.

Eros non è legalmente mio nipote, nessun legame di sangue ci unisce, ma per noi non conta niente: io e Alex ci sentiamo fratelli, come anche Veronica e Lalla, tutto il resto è noia. Questa è la nostra famiglia e sfido chiunque a dichiarare il contrario...

Ci trasferiamo nel soggiorno e lascio andare mia figlia, che prontamente si dirige sotto il grande albero di Natale che spicca maestoso, circondato da un festoso trenino di legno che viaggia in autonomia su grandi rotaie. Devo ammettere che

Veronica è un portento nel rendere ogni cosa una vera attrazione.

Mentre Cassandra e Iris giocano sotto l'occhio sempre vigile di Eros, io e Alex ci accomodiamo sul grande divano ad elle, rilassandoci nell'attesa della cena della Vigilia.

Tra poco arriveranno anche i genitori di Veronica insieme alla sorella Miriam, accompagnata dal suo nuovo fidanzato; i miei non hanno potuto esserci ma li raggiungeremo per Capodanno. Quando saremo tutti presenti, potremo finalmente dare il via alle danze con quelli che sono sicuro saranno dei buonissimi e gustosi manicaretti e lasceremo che il tempo passi nell'attesa del tanto desiderato Babbo Natale. Sì, avete capito bene, perché stanotte il grande e grosso uomo vestito di rosso con barba e capelli bianchi come la neve verrà proprio qui, e trascinerà con sé un enorme sacco stracolmo di regali e donerà alle nostre principesse un'illusione meravigliosa che negli anni ricorderanno sempre con gioia.

Cosa non si è disposti a fare per i propri figli? Per quanto ci riguarda, proprio niente. Quando quegli occhi grandi e innocenti ci guardano, riescono letteralmente a lasciarci in mutande...

Ora voi penserete che ci siamo rammolliti con il passare degli anni e che degli uomini alfa che avete conosciuto e apprezzato sia rimasto ben poco.

Grandissima cazzata!

Niente di più lontano dalla realtà, perché possiamo anche sembrare dei teneri orsacchiotti sotto l'influsso dei nostri figli, ma quando l'intimità con le nostre donne ci accoglie è spasmodica e prepotente la voglia che abbiamo di loro e con cui le facciamo nostre, e vi posso garantire che in quei frangenti non c'è veramente niente di tenero e rammollito.

Mi basta ripensare a ieri notte e al momento in cui ero seppellito tra le cosce del mio fiorellino per avere uno spasmo al basso ventre, e devo fare uno sforzo notevole per tenere a bada l'erezione nei pantaloni che istintivamente tende a palesarsi.

Quindi nulla è cambiato, siamo ancora noi in tutto il nostro splendore e testosterone. Io, alla mia pantera dalle sembianze da tenera gattina, continuo a donare piaceri indicibili e a farle urlare il mio nome tra il picco di un orgasmo e l'altro. Ora, però, non mi sembra il momento più adatto per raccontarvi con dovizia di particolari la nostra vita sessuale; avete l'immaginazione, usatela e poi, se ci riuscite, andate anche oltre e forse riuscirete per un attimo a sbirciare nel nostro mondo fatto dei peccati più belli e appaganti.

A giudicare da come Alex mangia con gli occhi la sua bella dottoressa, posso affermare con assoluta tranquillità che il suo essere alfa viaggia di pari passi con il mio. Quindi, dolci e meno dolci donzelle, abbandonate ogni assurdo pensiero perché Alex e Massimo restano gli stessi ragazzacci che avete conosciuto all'inizio di questo viaggio insieme, solo una cosa è cambiata: ora amano e sono amati.

Passano gli anni e l'odore di pino, di cocco e di vaniglia continuano a mischiarsi in un solo e unico colore, come quello del mare e del borotalco. Con il tempo, quattro respiri si sono fusi diventando due, quattro cuori che battono forte e con insistenza davanti alla meraviglia del vero amore.

All'orizzonte fa capolino un futuro fatto di ostacoli più o meno grandi, ma anche la consapevolezza che insieme si è pronti ad affrontare qualsiasi cosa; l'amicizia, il rispetto, la passione e l'amore, queste le armi più potenti con cui affrontare questo meraviglioso viaggio chiamato vita...

275

E questa è veramente la fine...

Ringraziamenti

Ok, è giunta l'ora di lasciare andare definitivamente Lalla e Massimo e, con loro, Alex e Veronica.

Ho passato gli ultimi due anni in loro compagnia e scrivendo sul mio computer ho vissuto insieme a loro gli stessi sentimenti e tormenti che li hanno accompagnati nelle pagine delle loro storie d'amore, e non solo.

Non è facile mettere la parola fine, ma mi consola il fatto che tutto quello che ho riportato attraverso i loro racconti resterà per sempre imprigionato tra l'inchiostro e la carta; un libro resiste al tempo e alle persone e per questo vive per sempre, i miei amati protagonisti continueranno a camminare tra le pagine di un libro e torneranno ad esistere ogni volta che qualcuno avrà voglia di leggerli.

Ringrazio sin da ora tutti quelli che hanno amato leggermi e che mi sono sempre stati accanto, e anche chi ancora non mi ha conosciuta attraverso la mia penna ma che ha voglia di farlo.

Il mio romanzo d'esordio, "Il colore dei tuoi respiri", è nato un po' per gioco, una sfida con me stessa, ma per il suo spin off il discorso è stato molto diverso: questa storia nasce con una maggiore consapevolezza e prepotenza, Lalla e Massimo hanno fatto breccia nel cuore delle persone pur essendo personaggi secondari, e la loro storia nasce proprio dall'interesse delle persone che li hanno conosciuti attraverso i loro amici. Da qui la voglia di raccontare di loro, con la speranza di aver dato il massimo anche per la loro storia personale.

Nei miei romanzi mi piace spaziare trattando argomenti più o meno ostici e delicati, per questo motivo per brevi momenti mi allontano dalla narrazione della vera e propria storia d'amore; lo faccio perché toccando determinati temi spero di sensibilizzare il lettore su pensieri più seri e degni di nota. Ovviamente la mia speranza è anche quella di riuscire con la mia penna ad essere rispettosa e tutt'altro che presuntuosa.

Dopo questa breve premessa che sentivo di esternare, passiamo al vero motivo per cui siamo qui: i ringraziamenti.

Rinnovo il mio grazie alla mia famiglia, senza la quale mi sentirei persa e sola. Loro sono e saranno per sempre la mia ancora più forte.

Ringrazio le mie amiche, che con il loro buon umore e i vari incoraggiamenti mi hanno aiutata nei momenti di frustrazione e sconforto.

Un doveroso e sostenuto ringraziamento lo rivolgo a tutte le lettrici e alle blogger che hanno amato leggermi e che con le loro recensioni mi hanno incoraggiata a continuare: grazie con tutto il cuore, il mio lavoro, senza di voi, non avrebbe modo d'esistere.

Ovviamente non voglio e non posso escludere dall'equazione la Blueberry Edizioni, che sta continuando a darmi fiducia e spazio nella sua casa editrice, che io vedo più come una bella e consolidata famiglia: in particolar modo ringrazio la persona del direttore, Alessandro, il quale è sempre presente e disponibile e che mi tende la mano ogni volta che sento di stare per cadere, proprio come un buon padre fa con i propri figli.

Rinnovo il mio grazie anche a Marco, che ormai considero quasi un amico. Nella stesura dei miei romanzi ha saputo infondermi coraggio e con le sue sapienti mani ha corretto e visto quello che io non riuscivo a cogliere; lui è quello che ha reso armonioso ciò che a volte risultava stonato, grazie ancora.

Mio marito e i miei figli sono la mia vita e il solo averli accanto mi fa gridare un grazie che risuona come un'eco infinita.

Detto questo, anche stavolta c'è una persona a cui sento il bisogno di dedicare due parole in più.

Simona, la mia adorata e insostituibile sorella, quella a cui è ispirato il personaggio di Miriam; lei, con il suo costante buon umore e la sua innata positività, mi ha letteralmente fatto iniezioni di coraggio e stima. Lei è la prima a piangere con me, ad emozionarsi insieme a me, ogni mio successo è costantemente avallato dal suo più sincero supporto; lei la mia più grande sostenitrice e ammiratrice, lei che sostiene essere orgogliosa di avermi come sorella e io che lo sono ancor di più, perché oltre ad essere legate dal sangue, noi ci scegliamo ogni giorno anche come amiche e confidenti; lei che è per me una delle rocce più importanti nella mia vita, e allora grazie ancora sorellina, per esserci sempre e per il tuo continuo e disinteressato appoggio. Tu sei pulita e vera e io ti voglio un gran bene.

Ora vi saluto veramente, ma con la speranza di ritrovarci presto con altre storie e altri personaggi da amare e ricordare, come è stato per Alex, Veronica, Massimo e Lalla.

Grazie ancora,
la vostra Raffaella.

Raffaella Ieni

Sposata, madre di due figli, Raffaella è una donna che vive di semplicità e momenti. Scrive nella tranquillità della sua casa, spesso trovando l'ispirazione e la calma affondando le dita nel pelo del suo adorato amico a quattro zampe. Nel suo romanzo d'esordio sono proprio questi i punti fondamentali: la quotidianità che diventa speciale. Scritto quasi per gioco, inizia a lavorarci senza sapere se avrebbe mai avuto il coraggio di pubblicarlo. Alla fine, spinta anche dalle persone a lei più vicine, trova la forza di condividere i suoi pensieri e le sue fantasie. Nel 2021 pubblica con Blueberry Edizioni:
Il colore dei tuoi respiri

Printed in Great Britain
by Amazon